오, 윌리엄!

OH WILLIAM!

오, 윌리엄!

ELIZABETH STROUT

엘리자베스 스트라우트

장편소설

정연희 옮김

문학동네

내 남편 짐 티어니에게 이 책을 바친다.

그리고 이 책이 필요한 누구든―이 책은 당신을 위한 것이다.

차 례

오, 윌리엄! ● 009

나의 첫 남편 윌리엄에 대해 몇 가지 말하고 싶다.

윌리엄은 최근에 몹시 슬픈 일을 몇 차례 겪었고―많은 사람이 그런 일을 겪었다―나는 그 이야기를 하고 싶은데, 그래야 한다고 거의 강박적으로 느끼기 때문이다. 그는 지금 일흔한 살이다.

두번째 남편 데이비드는 작년에 죽었는데, 그의 죽음을 슬퍼하는 과정에서 나는 윌리엄에 대해서도 슬픔을 느꼈다. 슬픔이란 정말로―오, 그건 정말로 고독한 일이다. 그것이 슬픔이 무서운 이유라고, 나는 생각한다. 슬픔은 당신이 유리로 된 아주 높은 건물의 긴 외벽을 미끄러져 내려오는데 당신을 보는 사람이 아무도 없는 것과 같다.

하지만 내가 여기서 말하고 싶은 사람은 윌리엄이다.

*

그의 이름은 윌리엄 게르하르트. 당시 유행과는 맞지 않았지만, 나는 그와 결혼하면서 내 이름에 그의 성을 붙였다. 그때 내 대학교 룸메이트는 말했다. "루시, 그의 성을 쓰겠다고? 난 네가 페미니스트인 줄 알았는데." 그래서 나는 페미니스트가 되는 것에는 관심이 없다고 말해주었다. 나는 더이상 내가 되고 싶지 않을 뿐이라고. 당시 나는 내가 나인 것에 지쳐 있었고, 이미 내 인생 전체를 나로 살고 싶지 않다는 소망에 바쳤던 터라―그때 나는 그렇게 생각했다―그의 성을 따랐고 십일 년 동안 루시 게르하르트가 되었지만, 한 번도 그 이름이 내게 맞는다고 느낀 적이 없었다. 그래서 윌리엄의 어머니가 돌아가시자마자 운전면허증에 다시 내 원래 이름을 넣으려고 차량관리국을 찾아갔는데, 예상했던 것보다 절차가 훨씬 번거로워서, 다시 법원에 가서 무슨 서류를 준비해 와야 했다. 하지만 그렇게 했다.

그리고 나는 다시 루시 바턴이 되었다.

우리는 결혼해서 거의 이십 년을 같이 살았고, 그런 뒤에 내가 그를 떠났고, 우리에겐 딸이 둘 있다. 우리는 지금까지 오랜 세월 친하게 지내왔다―어떻게 그럴 수 있었는지, 그건 정확히 모르겠다. 이혼에 대해서라면 끔찍한 이야기가 많지만, 헤어짐 자체를 제외하면 우리 이혼은 그렇지 않았다. 이따금 나는 헤어짐의 고통과 그것이 내 딸들에게 일으킨 고통 때문에 죽을 것 같다고 생각했지만 나는 죽지 않았고, 지금 여기 살아 있으며, 윌리엄도 그렇다.

나는 소설가라서 이 이야기를 거의 소설처럼 써야 하지만, 이건 진실이다―내가 써낼 수 있는 최대한의 진실이다. 그리고 나는 말하고 싶다―오, 무슨 말을 해야 할지 알기란 쉽지 않다! 하지만 내가 윌리엄에 대해 뭔가를 이야기한다면, 그가 내게 말해줬거나 내 눈으로 직접 봤기 때문에 말하는 것이다.

이제 나는 이 이야기를 윌리엄이 예순아홉 살이었던 시점에서 시작할 텐데, 지금은 그때로부터 채 이 년도 지나지 않았다.

*

겉모습:
최근에 윌리엄의 실험실 조교가 윌리엄을 '아인슈타인'이라고

부르기 시작했고, 윌리엄은 그걸 정말로 재미있어하는 것 같았다. 나는 윌리엄이 아인슈타인처럼 생겼다고는 전혀 생각하지 않지만, 그 젊은 여자가 말하는 게 뭔지는 알 것 같다. 윌리엄의 콧수염은 회색이 섞인 흰색으로 풍성하지만 잘 손질되어 있고, 머리칼도 숱이 많고 흰색이다. 커트를 했는데, 일부 머리칼은 삐죽삐죽 뻗쳤다. 그는 키가 크고 옷을 아주 잘 입는다. 그리고 내가 보기에 아인슈타인은 묘하게 광적인 인상을 풍기지만 윌리엄은 그렇지 않다. 윌리엄의 얼굴에는 보통 유쾌한 표정이 고집스럽고 폐쇄적으로 떠올라 있지만, 아주 드물게 한 번씩은 고개를 뒤로 젖히고 진짜로 껄껄 웃는다. 나는 그런 모습을 오랫동안 보지 못했다. 그의 눈은 갈색이고 한결같이 크다. 모든 사람이 나이를 먹은 뒤에도 큰 눈을 유지하지는 않지만, 윌리엄은 그렇다.

한편—

매일 아침 윌리엄은 리버사이드 드라이브에 있는 널찍한 아파트에서 일어난다. 그의 모습을 그려보라—아내는 여전히 킹사이즈 침대 위에 잠들어 있고, 그는 진청색 면 커버를 씌운 폭신한 퀼트 이불을 밀어내고 욕실로 간다. 매일 아침 몸이 뻣뻣하다고 느낀다. 하지만 늘 하는 운동이 있어 그걸 하는데, 거실로 가서 고풍스러운 상들리에를 머리 위에 두고 검은색과 붉은색이

섞인 넓은 러그에 누워 자전거 페달을 밟듯 허공에서 다리를 젓고, 이어 이쪽저쪽 스트레칭을 하며 다리를 풀어준다. 그러고는 허드슨강이 내다보이는 창가의 큰 적갈색 의자로 가서 노트북으로 뉴스를 읽는다. 어느 시점에 에스텔이 침실에서 나와 졸린 얼굴로 그에게 손을 흔들고 그들의 딸 브리짓을 깨운다. 브리짓은 열 살이고, 윌리엄이 샤워를 마치면 그들 셋은 부엌 둥근 탁자에 둘러앉아 아침을 먹는다. 윌리엄은 이런 반복되는 일과를 즐겼다. 딸은 수다스러운 아이였는데, 그는 그 점 또한 좋다며 한번은 새가 지저귀는 소리를 듣는 것 같다고 말했다. 그애의 엄마역시 수다스러운 사람이었다.

그는 아파트에서 나온 뒤 센트럴파크를 가로질러 시내로 가는 지하철을 탔고, 포틴스 스트리트에서 내려 뉴욕대학교까지 남은 거리를 걸어갔다. 손에 음식 봉지를 들었거나 두 아이를 태운 유아차를 밀고 가거나 스판덱스 타이츠를 입고 귀에 이어버드를 꽂았거나 요가 매트를 고무 끈으로 고정해 어깨에 둘러멘 젊은 사람들이 그와 부딪치고 지나가도, 자신은 그들만큼 빠르게 걸을 수 없다는 사실을 알고 있음에도, 그는 이렇게 매일 아침 걷는 것을 좋아했다. 그는 자신이 추월해서 걸을 수 있는 사람—보행 보조기를 사용하는 노인, 지팡이를 짚는 여인, 심지어 그와 나이는 비슷해 보이는데 더 천천히 움직이는 듯한 사람—이 많다는 사실에서 자신감을 얻었다. 그것은 끊임없는 이동이 일어나는 이 세상에서, 자신이 건강하게 살아 있으며 거의 어떤 것도 자신을 해칠 수 없으리라는 느낌을 주었다. 그는 하루에 만 걸음 이상 걸을 수 있다는 사실을 자랑스러워했다.

윌리엄은 (거의) 어떤 것도 자신을 해칠 수 없다고 느꼈다, 그게 내가 말하려는 것이다.

어떤 날에 그는 그런 아침 산책길에서, 오, 맙소사, 내가 저 남자처럼 될 수도 있었어! 하고 생각했다—저기 센트럴파크에 휠체어를 탄 남자가 아침햇살 속에 앉아 있고, 남자가 머리를 가슴팍으로 푹 떨굴 때 도우미는 벤치에 앉아 휴대전화로 뭔가를 쓰고 있다. 아니면 그는 저 사람이 될 수도 있었다!—뇌졸중이 와서 팔이 비틀어지고 절뚝거리며 걷는 사람. 하지만 그 순간 윌리엄은 생각했다. 아니, 나는 저런 사람이 아니야.

그리고 윌리엄은 그런 사람이 아니었다. 앞서 말했듯, 그는 키가 컸고, 나이가 들었지만 전보다 살이 더 찌지도 않았고(옷을 입고 있으면 거의 눈에 띄지 않는 뱃살이 좀 붙긴 했지만), 머리칼도 하얗게 세긴 했지만 숱이 풍성했고, 그리고 그는—윌리엄이었다. 그리고 그에겐 자신보다 스물두 살이 어린 아내—세번째—가 있었다. 그리고 그건 작은 일이 아니었다.

하지만 밤에 그는 종종 공포를 느꼈다.

어느 아침—이 년도 채 지나지 않은 일이다—우리가 어퍼이스트사이드에서 만나 커피를 마실 때 윌리엄이 내게 이 말을 했다. 우리는 나인티퍼스트 스트리트와 렉싱턴 애비뉴가 교차하는 모퉁이 작은 식당에서 만났다. 윌리엄은 돈이 많아서 기부도 많이 하는데, 그의 기부처 중 한 곳이 우리집 근처에 있는 청소년 아이들을 위한 병원이라, 예전에 그가 이른 아침 회의가 있을 때면 나를 불러내 거기 모퉁이에서 잠시 만나 커피를 마셨다. 이날—윌리엄이 일흔이 되기 몇 달 전 3월이었다—우리는 이 식당 구석 자리 테이블에 앉았다. 창문에는 세인트 패트릭 데이를 기념해 토끼풀이 그려져 있었고, 나는 윌리엄이 평소보다 더 피곤해 보인다고 생각했다—내가 이렇게 생각한 것이다. 내 눈에 윌리엄은 나이가 들면서 종종 더 멋있어 보였다. 풍성한 하얀 머리칼은 그를 돋보이게 했다. 예전보다 머리를 조금 더 길게 길러서 머리칼이 약간 붕 떠 보였는데, 그것이 아래로 곡선을 그리는 풍성한 콧수염과 대칭되는 효과를 주었고, 광대뼈는 더 튀어나왔으며 눈 색깔은 여전히 짙었다. 그건 좀 기묘해 보였는데, 그는 누군가를 쳐다볼 때 상대의 전체적인 모습을—기분좋게—

보는 듯하다가도 종종 순간적으로 꿰뚫어보는 눈빛을 할 때가 있었기 때문이다. 그렇다면 그럴 때 그는 무엇을 꿰뚫어보는가? 나는 단 한 번도 그걸 알았던 적이 없다.

그날 식당에서 "윌리엄, 어떻게 지내?" 하고 물으면서 나는 그가 늘 하던 대답을 할 줄 알았다. 빈정대는 어조로 "뭐, 나는 완벽히 잘 지내지, 고마워, 루시"라고 답할 줄 알았다는 의미다. 하지만 그날 아침 그는 그저 "괜찮아"라고만 대답했다. 그는 기다란 검은색 코트를 입고 있었는데, 그걸 벗어 자기 옆쪽 의자에 걸쳐놓고 자리에 앉았다. 정장은 맞춰 입은 것이었는데, 그는 에스텔을 만난 뒤로 맞춤 정장을 입었고, 그래서 어깨가 완벽히 잘 맞았다. 정장은 진회색, 셔츠는 연청색, 타이는 빨간색이었다. 그는 근엄해 보였다. 윌리엄은 종종 그러듯 가슴께에 팔짱을 꼈다. "멋진데." 내가 말하자, 그가 "고마워" 하고 말했다. (지금까지 우리가 알아온 그 모든 시간 동안 윌리엄은 한 번도 내게 좋아 보인다거나 예뻐 보인다거나 심지어 괜찮아 보인다는 말조차 해준 적이 없었고, 진실은 그가 그래주기를 내가 늘 바랐다는 것이다.) 그는 우리가 마실 커피를 주문한 뒤 콧수염을 살짝 잡아당기면서 실내를 획 훑었다. 그리고 한동안 우리 딸들 이야기를 했다. 둘째 딸 베카가 그에게 화난 것 같다며, 어느 날 그냥 가볍게 이야기를 나누려고 전화를 걸었는데 베카가 좀—모호하게—기분 나쁜 듯한 태도를 보이더라고 해서, 나는 그애에게 여유를 줘야 한다고, 지금 결혼생활에 적응하는 중이라고 말해주었다. 우리는 그런 식으로 잠시 이야기를 나누었다. 그러다 어느 순간 윌리엄이 나를 쳐다보더니 "버튼, 당신한테 하고 싶은 말이 있어" 하고 말했다. 그가 몸을 잠시 앞으로 숙였다. "요즘 한밤중에 끔찍한 공포를 느껴."

윌리엄이 나를 과거의 애칭으로 부른다는 것은 어떤 의미에서 그가 이 순간 여기 존재한다는 의미인데, 그는 그렇지 않을 때가 많기에 나는 윌리엄이 그렇게 부르면 늘 가슴이 뭉클하다.

내가 말했다. "악몽을 꾼다는 거야?"

그는 내 말을 생각해보는 것처럼 고개를 옆으로 기울이더니 대답했다. "아니. 깨어 있을 때 그런 일이 일어나. 어둠 속에서 뭔가가 나를 찾아와." 그가 덧붙였다. "이런 경험은 한 번도 해본 적이 없어. 정말 무서워, 루시. 그런 일이 일어나면 무서워."

윌리엄은 다시 몸을 앞으로 숙이고 커피잔을 내려놓았다.

나는 그를 쳐다보았고, 이어 물었다. "혹시 다른 약 먹는 거 있어?"

그가 얼굴을 약간 찡그리더니 말했다. "없어."

그래서 나는 말했다. "음, 그럼 수면제를 먹어봐."

그러자 그가 "수면제는 먹어본 적 없어" 하고 말했고, 그건 별로 놀랍지 않았다. 하지만 아내는 먹는다고 그가 말했다. 에스텔은 여러 종류의 약을 먹고, 그녀가 밤에 한 움큼씩 집어먹는 약에 대해 이해하려는 것을 이제는 그만두었다고. "지금 약 먹을 거야." 에스텔은 그렇게 말하고 반시간도 안 되어 잠이 들었다. 윌리엄은 그건 신경쓰지 않는다고 했다. 다만 약은 그를 위한 해법이 아니었다. 그는 잠이 들었다가도 네 시간이 지나면 깨어났고, 그러면 종종 이런 공포가 시작되었다.

"자세히 말해봐." 내가 말했다.

그러자 윌리엄이 여전히 그 공포에 붙들려 있는 것처럼 나를 가끔씩만 흘긋 쳐다보며 이야기를 해주었다.

한 가지 공포. 이름을 붙일 수는 없지만, 그의 어머니와 관련이 있었다. 윌리엄의 어머니—이름은 캐서린이었다—는 아주 아주 오래전에 돌아가셨는데, 이 밤의 공포에서 그는 어머니의 존재를 느꼈다. 그러나 좋은 존재감은 아니었고, 그는 어머니를 사랑했기 때문에 그 사실에 깜짝 놀랐다. 윌리엄은 외동아이였고, 어머니가 자신을 (마음속으로) 끔찍이 사랑하는 것을 늘 알고 있었다.

그는 잠들지 못한 채 잠든 아내 옆에 누워서 이 공포를 극복하려고—그날 이 말을 듣고, 나는 꽤 놀랐다—나를 떠올렸다. 그 순간 내가 이 세상에 살아 있다는―나는 정말로 살아 있었다―
생각을 했고, 그러면 마음이 편안해졌다는 것이다. 그가 커피잔
받침에 놓인 스푼을 바로잡아놓고 말하길, 그래야 하면, 한밤중
에는 절대 그러고 싶지 않지만, 꼭 그래야 하면 내게 전화할 것이
고, 그러면 내가 받으리란 걸 알기 때문이었다고 했다. 내 존재감
이 그가 찾아낸 가장 큰 위로였고, 그래서 다시 잠들 수 있었다고.

"전화야 당연히 언제든 해도 되지." 내가 말했다.

그러자 윌리엄이 눈알을 굴렸다. "나도 알아. 그게 내가 말하
고 싶었던 요점이야." 그가 말했다.

또 한 가지 공포. 이것은 독일과 윌리엄이 열네 살 때 사망한
그의 아버지와 관련이 있었다. 그의 아버지는 전쟁―2차대전―
포로로 독일에서 건너왔고, 메인주 감자 농장으로 보내져 거기
서 일하다가, 감자 농사를 짓는 남자와 결혼해 살고 있던 윌리엄
의 어머니를 만났다. 이것이 윌리엄에게는 최악의 공포였을 텐
데, 그의 아버지가 나치의 편에서 싸웠다는 사실이 한밤중에 이
따금 윌리엄을 찾아와 그를 공포로 몰아넣었기 때문이다―우리
가 독일을 여행할 때 수용소에 직접 갔었기 때문에 그는 그 장소
가 눈앞에 아주 선명하게 떠올랐고, 사람들에게 가스를 살포한
방도 봤다. 그러면 그는 일어나 거실로 가서 불을 켜고 카우치에

앉아 창밖을 내다보았다. 이런 공포에는 나에 대한 생각이나 다른 어느 것에 대한 생각도 도움이 되지 않았다. 그러한 공포는 그의 어머니와 관련된 것만큼 자주 찾아오진 않았지만, 찾아오면 무척 힘들었다.

한 가지 더. 이것은 죽음과 관련이 있었다. 그리고 떠나는 느낌과 관련이 있어서, 자신이 거의 세상을 떠나고 있다고 느꼈지만, 그는 어떤 사후 세계도 믿지 않았기에, 어떤 밤에는 그로 인해 내면에 일종의 공포가 차올랐다. 이런 때는 대체로 계속 침대에 누워 있을 수 있었지만, 가끔은 일어나 거실로 가서 창가의 커다란 적갈색 의자에 앉아 다시 잠들 수 있을 것 같을 때까지 책—그는 전기를 좋아했다—을 읽었다.

"이런 일을 겪은 지 얼마나 됐어?" 내가 물었다. 우리는 그 자리에서 오랫동안 영업을 해온 식당에 들어갔는데, 하루 중 이 시간대는 늘 붐볐다. 우리가 주문한 커피와 함께 테이블 위에 흰 종이 냅킨 넉 장이 휙 던져졌다.
윌리엄은 창밖을 내다보았는데, 좌석이 장착된 보행기에 의지해 걷고 있는 늙은 여인을 바라보고 있는 것 같았다. 그녀는 구부정한 자세로 천천히 움직였고, 등뒤로 코트 자락이 바람에 나

부꼈다. "몇 달 정도 된 것 같은데." 그가 말했다.

"느닷없이 시작됐다는 거야?"

그러자 윌리엄이 나를 쳐다보았고, 어두운색 눈 위로 그의 눈썹이 점점 짙어지는 것 같았다. 그가 말했다. "그런 것 같아." 그러더니 잠시 후 뒤로 기대앉으며 덧붙였다. "그냥 점점 나이가 드니 그런 걸 거야."

"그런지도." 내가 말했다. 하지만 나는 그게 이유라고는 확신할 수 없었다. 윌리엄은 내게 늘 미스터리였다―우리 딸아이들에게도 그랬다. 나는 주저하며 말했다. "그 공포에 대해 말할 수 있는 누군가가 있으면 좋겠어?"

"맙소사, 그건 아니야." 그가 말했고, 윌리엄의 그런 면은 내게 미스터리가 아니어서, 나는 그가 그렇게 말할 줄 알고 있었다. "하지만 끔찍해." 그가 덧붙였다.

"오, 필리." 내가 아주 옛날에 쓰던 그의 애칭을 부르며 말했다. "어쩌면 좋아."

"그때 독일로 여행을 가지 말 걸 그랬어." 윌리엄이 말했다. 그리고 냅킨 한 장을 집어 콧등을 닦았다. 그러고는 손으로 콧수염을 쓸어내렸다―종종 그러듯 거의 반사적으로. "그리고 다하우 수용소에는 정말로 가지 말았어야 해. 계속 거기가 떠올라. 그곳에 있던 화장터 말이야." 그가 나를 흘끗 보며 덧붙였다.

"당신은 영리해서 그 안에 들어가지 않았지."

나는 윌리엄이 우리가 독일에 갔던 그해 여름에 내가 가스실이나 화장터에 들어가지 않았다는 것을 기억한다는 사실에 깜짝 놀랐다. 나는 당시에도 그래서는 안 된다는 것을 알 만큼 나 자신을 충분히 잘 알았기에 들어가지 않았다. 윌리엄의 어머니는 바로 전해에 돌아가셨고, 우리 딸들은 각각 아홉 살, 열 살이었다. 딸들이 두 주 동안 여름 캠프를 떠나서 우리가 독일로 갈 수 있었던 것이다—그때 나는 우리가 같은 비행기를 탔다가 사고가 나면 딸들이 고아가 될까봐 두려워서 각자 다른 비행기를 타고 가자고 했지만, 나중에 그건 어리석은 생각이었음을 깨달았다. 차들이 우리 옆을 쌩쌩 달려가는 아우토반에서도 얼마든지 우리 둘 다 죽을 수 있었기 때문이다. 그때 독일에 간 건, 앞서 말했듯 윌리엄이 열네 살 때 세상을 떠난 윌리엄의 아버지에 대해 알아낼 수 있는 만큼 알아내기 위해서였다. 그는 매사추세츠주에 있는 어느 병원에서 복막염으로 사망했는데, 장에서 용종을 제거하다 천공이 생겼고 결국 죽음에 이르렀다. 우리가 그해 여름 독일로 간 것은 몇 년 전 윌리엄에게 돈이 아주 많이 생겼기 때문인데, 알고 보니 그의 증조부가 전쟁을 통해 수익을 많이 냈고, 윌리엄이 서른다섯 살이 되었을 때 신탁금으로 그 돈이 들어왔다. 그것이 윌리엄의 마음을 괴롭히는 원인이 되어, 같이 비행기를 타고 가서 그 노인과—나이가 아주 많으셨다—윌리엄의 두 고모를 만나보기로 한 것이었다. 고모들은 정중했으나 차갑게 느껴졌다. 그리고 그의 할아버지는 작고 빛나는 눈을 가진 노인이었는데, 나는 그가 특히 싫었다. 그 여행은 우리에게 만족스럽지 못한 기분을 남겼다.

"있잖아." 내가 말했다. "밤의 악몽은 서서히 사라질 거야. 지나가는 한때 같은 거고—시간이 지나면 알아서 사라질 거야."

윌리엄은 나를 다시 쳐다보고 말했다. "그중에 정말로 괴로운 건 캐서린에 관한 공포야. 그게 무슨 의미인지 도무지 모르겠어." 윌리엄은 늘 어머니를 이름으로 칭하며 이야기했다. 직접 부를 때도 마찬가지였다. 그가 어머니를 '엄마'라고 부른 기억은 전혀 없다. 그러더니 윌리엄은 냅킨을 테이블에 놓고 일어섰다. "가봐야겠다." 그가 말했다. "당신을 만나면 늘 좋아, 버튼."

내가 말했다. "윌리엄! 커피는 언제부터 마시기 시작한 거야?"

"꽤 오래됐지." 그가 말했다. 그러고는 무릎을 굽혀 내게 키스했는데, 윌리엄의 뺨은 차가웠다. 내 뺨에 닿은 콧수염이 약간 까끌거렸다.

나는 고개를 돌려 창밖으로 윌리엄을 흘끗 보았고, 그는 지하철을 향해 빠르게 걸음을 옮기고 있었다. 하지만 걷는 자세가 평소처럼 꼿꼿하지 않았다. 그런 모습이 그 순간 내 마음을 조금 아프게 했다. 하지만 나는 그 감정에는 익숙했다―그를 만나고 나면 거의 매번 그런 감정이 들었다.

그 시기에 윌리엄은 자신의 실험실로 출근해서 연구를 했다. 그는 기생충학자였고, 뉴욕대학교에서 오랫동안 미생물학을 가르쳤다. 학교에서는 그가 계속 연구실을 쓸 수 있게 해주었고, 조교도 한 명 붙여주었다. 수업은 더이상 하지 않는다. 학생들을 가르치지 않는다는 것에 대해, 그는 자신이 그 일을 아쉬워하지 않는다는 사실에 놀랐고―최근에 내게 해준 이야기다―생각해보니 자신은 학생들 앞에 설 때마다 두려움을 느꼈는데, 가르치기를 그만둔 뒤에야 자신이 정말로 그랬다는 걸 깨달았다.

나는 왜 이 말에 마음이 움직이는가? 그건 내가 결코 몰랐기 때문일 테고, 윌리엄 역시 전혀 몰랐기 때문일 것이다.

그래서 그는 이제 매일 아침 열시에 학교로 가서 오후 네시까지 근무하면서, 논문을 쓰거나 연구를 하거나 실험실에서 일하는 조교를 지도했다. 이따금―일 년에 두 번이었을 것이다―학술 대회에 참가했고, 같은 분야의 다른 과학자들 앞에서 논문을 발표했다.

*

우리가 식당에서 만난 뒤 윌리엄에게 두 가지 일이 일어났는데, 나는 곧 그 이야기를 할 것이다.

그전에 먼저 그의 결혼에 대해 잠시 이야기하겠다.

나, 루시.

윌리엄은 내가 시카고 바로 외곽에 있는 어느 대학 2학년 때 들은 생물학 강의의 조교였고—그는 대학원생이었다—우리는 그렇게 만났다. 그는 나보다 일곱 살 위였다—지금도 당연히 그렇다.

나는 지독히 암울하고 찢어지게 가난한 집안에서 자랐다. 그것이 이 이야기의 한 부분을 차지하고, 나는 그러지 않았기를 바라지만, 사실이 그렇다. 나는 일리노이주 한복판에 있는 아주 작은 집에서 자랐다—열한 살 때까지는 그 작은 집의 차고에서 살았고 그뒤에 작은 집으로 들어갔다. 차고에서 살 때 화학물질로 배설물을 처리하는 작은 변기를 사용했는데, 자꾸 고장이 나서 아버지를 화나게 했다. 들판을 통과해 조금 걸으면 옥외 변소가 있었다. 한번은 어머니가 어느 살해된 남자에 대해 말해주었는데, 잘린 머리가 어떤 변소에 버려졌다고 했다. 나는 그 이야기를 듣고 믿을 수 없을 만큼 겁을 먹어서, 그 변소의 변기 뚜껑을 들어올릴 때마다 남자의 부릅뜬 눈이 보일 것만 같았고, 그래서 주위에 아무도 없으면, 겨울에는 가기가 더 힘들었음에도, 종종 더 먼 들판에 있는 욕실까지 걸어가곤 했다. 집에는 요강도 있었다.

우리집은 드넓은 옥수수밭과 콩밭의 한복판에 있었다. 내겐 오빠가 한 명, 언니가 한 명 있었고, 당시에는 부모님이 두 분 다 계셨다. 하지만 차고에서, 더 나중에는 그 작은 집에서 아주 안 좋은 일들이 일어났다. 그 집에서 일어난 몇 가지 일에 대해서는 이미 썼고, 그것에 대해 더 쓰고 싶은 생각은 정말로 없다. 하지만 우리는 지독히 가난했다. 그러니 이 말만 하겠다. 나는 열일곱 살 때 전액 장학금을 받고 시카고 외곽에 있는 대학에 갔지만, 다른 가족 중 고등학교 이상 진학한 사람은 아무도 없었다. 진로 상담 교사가 나를 차로 대학까지 데려다주었는데, 내시라는 이름의 선생님이었다. 그녀가 8월 하순 어느 토요일 아침 열 시에 나를 데리러 왔다.

전날 밤 나는 어머니에게 뭘 챙겨 가야 하는지 물었고, 어머니는 "네가 뭘 가져가건 내 알 바 아니다"라고 말했다. 그래서 결국 나는 부엌 싱크대 밑에서 식료품 종이봉투 두 개를 찾아내고 아버지의 트럭에서 박스 하나를 꺼내, 식료품 봉투와 박스 안에 몇 벌 안 되는 옷을 집어넣었다. 다음날 아침 어머니는 아홉시 삼십분에 차를 몰고 떠났고, 나는 긴 진입로의 흙바닥을 달리며 "엄마! 엄마!" 하고 소리를 질렀다. 하지만 어머니는 그냥 계속 차를 몰아, 페인트로 바느질과 수선이라고 쓴 간판을 세워놓은 길로 들어가버렸다. 오빠와 언니는 거기 없었는데, 어디 있었는지 기억나지 않는다. 열시가 되기 조금 전, 내가 문 쪽으로 걸어가는데 아버지가 말했다. "필요한 건 다 챙겼니, 루시?" 나는 아버지를 보았고, 그의 눈에는 눈물이 그렁그렁했다. 내가 말했다. "네, 아빠." 하지만 나는 대학에서 필요한 게 뭔지 전혀 몰랐다. 아버지는 나를 안아주며 "알았다, 나는 집에 있는 게 낫겠다" 하고 말했고, 나는 이해했다. 그리고 말했다. "알겠어요, 저는 나가서 기다릴게요." 나는 몇 벌 안 되는 옷을 넣은 식료품 봉투와 박스를 들고서 내시 선생님이 차를 몰고 나타날 때까지 진입로에 서 있었다.

내시 선생님의 차에 올라탄 그 순간부터 내 삶은 달라졌다. 오, 달라졌다!

그리고 나는 윌리엄을 만났다.

솔직히 말하고 싶다. 나는 여전히 겁을 많이 먹는다고. 분명 어린 시절에 내게 일어난 일 때문이겠지만, 나는 걸핏하면 몹시 겁에 질린다. 한 예로, 거의 매일 저녁 해가 지면 나는 여전히 무섭다. 아니면 이따금 뭔가 끔찍한 일이 일어날 것 같은 기분이 들면서 공포를 느낀다. 하지만 처음 윌리엄을 만났을 때는 나 자신의 이런 면을 알지 못했고, 그 모든 게…… 오, 그냥 내가 원래 그런 사람이라고 느꼈다.

하지만 윌리엄과의 결혼생활을 끝내려고 마음먹었을 때, 나는 어느 정신과의사를 찾아갔고, 그 다정한 여인은 내가 처음 찾아간 그날 여러 가지 질문을 했다. 내가 답하자 그녀는 안경을 머리 위로 밀어올리며 내 문제에 해당하는 진단명을 말했다. "루시, 당신은 외상 후 스트레스 장애가 완전히 진행된 경우로군요." 어느 면에서 그것이 내게 도움이 되었다. 그러니까 뭔가에 이름을 붙이는 게 도움이 될 수 있다는 말이다.

딸들이 대학에 가려고 집을 떠날 무렵, 나는 윌리엄을 떠났다. 그리고 작가가 되었다. 그러니까 늘 작가였지만, 그후로 책을 내기 시작했고—한 권은 이미 출간된 시점이었다—더 많은 책을 내기 시작했다. 그게 내가 하려는 말이다.

조앤.

우리의 결혼이 끝나고 일 년 뒤, 윌리엄은 육 년 동안 관계를 가져온 여자와 결혼했다. 육 년보다 더 길었을 수도 있지만, 나로서는 알 수 없다. 이 조앤이라는 여자는 대학 때부터 우리 두 사람의 친구였다. 외모가 나와는 정반대였다. 키가 크고 머리칼이 길고 짙은 색깔이었다는 말이다. 그리고 조용한 성격이었다. 윌리엄과 결혼한 뒤로 그녀는 좀 못되게 변했는데, 그건 그가 예상하지 못했던 일로(그는 최근에야 그 이야기를 해주었다), 조앤은 자신이 그의 정부情婦—이 단어는 그들 중 누군가가 쓴 표현이 아니고, 내가 지금 쓰는 단어다—로 사느라 아이를 낳을 시기를 놓쳤다고 느꼈고, 윌리엄과 결혼생활을 시작하자 그가 나하고 낳은 두 딸의 존재를 떠올릴 때마다, 그애들을 아주 어렸을 때부터 알았음에도, 속상한 마음이 들었던 것이다. 그는 조앤과 같이 부부 상담사를 찾아갔지만, 그 시간이 끔찍이 싫었다. 그는 상담을 하면서 그 여자 상담사가 지적이라고 생각했지만, 조앤에 대해서는 특별히 지적이라는 생각은 들지 않았다. 사실 그가 조앤의 지성은 평범한 수준이고 그 오랜 세월 동안 자기가 그녀에게 끌렸던 것은 단순히 그녀가 그의 아내, 루시, 즉 내가 아니라는 사실 때문임을 알게 된 것은 그 상담실에서 시간을 보낸 뒤였다. 회색 쿠션이 깔린 질 낮은 카우치가 있고, 그들 맞은편에 상담사가 회전의자에 앉아 있고, 자연광은 전혀 들어오지 않고,

하나뿐인 창문에는 밖으로 내다보이는 건물 환기 통로를 시야에서 가리기 위해 얇은 종이 가림막을 붙여놓은 그곳에서.

그는 팔 주 동안의 상담 시간을 견뎠다. "당신은 자신이 가질 수 없는 것만을 원해." 그들이 마지막으로 함께 보낸 나날 중 어느 밤에 조앤이 그에게 조용히 말했고 윌리엄은—나는 그가 가슴 앞에 팔짱을 끼고 있었을 거라고 상상한다—아무 말도 하지 않았다. 그 결혼은 칠 년 동안 이어졌다.

나는 그녀를 미워한다. 조앤. 나는 그녀를 미워한다.

에스텔.

그의 세번째 결혼 상대는 (나이가 훨씬 어린) 우아한 여인이었다. 윌리엄은 더이상 자식을 가질 생각이 없다는 말을 반복적으로 했지만, 그는 그녀와의 사이에서 한 아이의 아버지가 되었다. 에스텔은 그에게 임신 소식을 알리면서 "당신이 정관절제수술을 받을 수도 있었잖아" 하고 말했고, 그 말이 그의 머릿속을 떠나지 않았다. 그는 그럴 수 있었다. 그런데 그러지 않았던 것이다. 윌리엄은 에스텔의 임신이 의도된 것임을 깨달았고, 즉시 정관절제수술을 받으러 갔다—에스텔에게는 말하지 않고. 딸아이가 태어났을 때, 그는 어린 자식에게 나이 많은 아버지가 되는 일에 대해 다음의 사실을 깨달았다. 그애를 사랑한다는 것. 그는 그애를 아주 많이 사랑했다. 하지만 그애를 보면서, 특히 어렸을 때 모습을 보면서 그랬지만 나이를 먹어가는 모습을 보면서도 그는 거의 항상 나와의 사이에서 낳은 두 딸을 떠올렸다. 그리고 두 가정을 유지하고 살면서—그는 자신도 그런 경우라고 생각했다—어린 자식들과 더 많은 시간을 보내는 남자들 이야기, 그래서 손위 형제가 동생에게 화를 낸다거나 하는 그렇고 그런 식으로 흘러가는 이야기를 들으면서 그는 늘 속으로, 음, 나는 아니야, 하고 느꼈다. 자신의 딸이자 에스텔의 딸인 브리짓을 보면, 지금은 서른도 한참 넘긴 첫 두 딸에 대해 마음 깊은 곳에서 그리움과 사랑이 샘솟으며 때로는 거의 무너져내릴 것 같은 기분이 들었기 때문이다.

낮에 전화로 에스텔과 통화하면서 윌리엄이 그녀를 몇 번 "루시"라고 부르는 일이 있었지만, 에스텔은 늘 웃으면서 잘 받아주었다.

*

내가 윌리엄을 다음으로 본 것은 에스텔이 그들의 아파트에서 연 그의 일흔 살 생일 파티에서였다. 5월의 끝이 다가오고 있었고, 맑은 밤이었지만 서늘했다. 내 남편 데이비드 역시 초대를 받았지만, 첼리스트이고 교향악단 단원인 그는 그날 밤 공연이 있어서 나하고 우리 딸들인 크리시와 베카만 각자의 남편과 함께 갔다. 나는 전에 그 아파트에 두 번 가본 적이 있었는데, 한 번은 베카의 약혼 파티, 또 한번은 크리시의 생일 파티 때였고, 그곳이 마음에 들었던 적은 없었다. 동굴처럼 방 하나를 지나면 또 다른 방이 나오는 구조로 되어 있어서 어둡게 느껴졌고 내 취향엔 과했다. 사실 거의 모든 것이 내 취향엔 과했다. 내가 아는 다른 가난한 가정 출신들 중에는 다소 화려한 아파트를 사서 그 가난을 보상하는 사람들도 있지만, 내가 데이비드와 함께 살았던—그리고 나는 지금도 사는—아파트는 소박했다. 데이비드 역시 가난한 가정 출신이었다.

어쨌거나 에스텔은 뉴욕주 라치몬트에서 성장했고, 돈 있는 집안 출신이었다. 윌리엄과 에스텔 두 사람이 꾸린 집을 보면 집처럼 느껴지지 않아서 나는 내심 당혹스러웠다. 거긴 오히려 뭐랄까, 바닥이 나무로 된 방—고급 러그가 깔려 있었다—이 연속된 공간이었고, 출입구에는 나무 미닫이문이 달려 있었는데 내가 보기엔 나무 색깔이 너무 짙은 것 같았고, 여기저기 샹들리에가 달려 있었으며, 부엌이 우리집 침실만큼 컸다—그러니까 뉴욕의 부엌치고 너무 컸고, 크롬 가구가 많았으며, 그릇장이나 다른 것들 역시 짙은 색깔의 나무로 되어 있었다. 부엌에는 둥근 나무 탁자가, 식사실에는 길고 그보다 훨씬 더 큰 나무 탁자가 놓여 있었다. 그리고 거울이 사방에 있었다. 가구도 아주 비싼 티가 났는데, 창가에 놓은 적갈색 의자는 천을 씌운 커다란 것이 었고, 카우치는 짙은 갈색에 벨벳 쿠션이 깔려 있었다.

나는 그곳이 도무지 이해되지 않았다, 그게 내가 말하려는 것이다.

윌리엄의 생일 파티가 있던 날 밤, 나는 거기 가져가려고 모퉁이 가게에 들러 하얀 튤립 세 다발을 샀는데, 지금 그 일을 떠올리면 우리가 타인에게 선물하려고 고르는 것은 자신이 좋아하는 것이라는 말이 참 맞는 것 같다. 아파트 안에는 사람들이 북적거렸지만 예상했던 것만큼 많지는 않았는데, 그럼에도 그런 자리에 가면 나는 불안해진다. 누군가와 대화를 시작했다가 다른 사람이 끼어들면 갑자기 하던 말을 멈추어야 하고, 이내 당신이 이야기하는 동안 그들의 눈이 방안을 훑는 것을 보게 된다—알다시피 그런 식이다. 거북한 자리였지만, 딸들—우리 딸들—은 너무도 사랑스러웠고, 가만히 보니 브리짓에게도 잘해주었는데, 그 사실이 다행스러웠다. 아이들이 내게 브리짓에 대해 말할 때 늘 너그럽진 않았고, 당연히 나도 그애가 멍청하고 가볍다는 둥 그런 말을 하면서 아이들 편을 들었기 때문이다. 하지만 사실 브리짓은 그냥 어린애이고, 예쁘고, 자신도 그걸 알고 있다. 그리고 돈도 많다. 그중 어느 것도 그애의 잘못이 아니라고, 브리짓을 볼 때마다 나 자신에게 말한다. 그애는 나와 혈연이 아니다. 하지만 우리 딸들과는 피가 섞였고, 그러니 그렇고 그런 거다.

뉴욕대학교에서 윌리엄과 같이 일한 나이 많은 남자들이 몇명 보였고, 그들의 아내들도 같이 와 있었는데, 일부는 오래전부터 나와 알고 지낸 사이였다. 그런 건 다 괜찮았지만, 그래도 피곤했다. 오래전부터 윌리엄과 아는 사이였던 팸 칼슨이라는 여자도 와 있었는데―둘은 어떤 실험실에서 같이 일했었다―술에 취한 상태였다. 나는 오래전 기억을 통해 그녀를 알아보았고, 그날 파티에서 그녀는 내게 아주 많은 말을 했다. 특히 첫 남편밥 버지스 이야기를 계속했다. 그 남자를 기억하느냐고? 유감스럽지만 기억하지 못한다고, 나는 말했다. 팸은 그날 밤 나라면 입을 생각도 하지 못했을 드레스를 입고 왔고 아주 세련된 모습이었다―그러니까 나라면 목선이 너무 깊이 파였다고 생각했을 소매 없는 검은 드레스를 잘 소화했고 그녀에게 자연스럽게 어울렸다. 나이는 나와 같은 예순셋쯤으로 보였지만 팔이 가는 걸보니 체육관에서 운동을 하는 것 같았고, 취한 모습 자체가 마음을 움직이는 데가 있었다. 그녀가 멀찍이 서 있는 자기 남편 쪽을 향해 고개를 까딱하더니, 남편을 사랑하지만 밥 생각을 많이 한다고, 나도 윌리엄에 대해 똑같이 느끼는지 물었다. 나는 대답했다. "가끔은 그렇죠." 그런 다음 양해를 구하고 자리를 떴다. 나는 팸에게 윌리엄에 대해, 그가 유난히 그리워질 때가 언제인지 정말로 말할 수 있을 만큼 충분히 취한 기분이었지만, 그러고 싶지 않아서 베카가 서 있는 쪽으로 갔다. 베카가 내 팔을 손으로 쓸며 말했다. "안녕, 엄마." 그때 에스텔이 건배사를 했다. 에스텔은 스팽글 장식이 달린 드레스를 입고 있었고, 옷감이 어깨를 아주 멋지게 감쌌다. 그녀는 내가 늘 좋아한, 갈색에 가까운 야성적인 붉은색 머리카락을 가진 매력적인 여자이고, 에스텔이 건배사를 할 때 나는 생각했다. 아주 잘하는데. 하지만 그녀는 배우를 업으로 하는 사람이다.

베카가 소곤거렸다. "오 엄마, 저도 건배사를 해야겠어요!" 그래서 나는 말했다. "안 돼, 하지 마. 그런 걸 왜 하려고?"

하지만 그 순간 크리시가 건배사를 했고, 정말로 잘했다. 건배사의 내용을 다 기억할 수는 없지만, 에스텔만큼—더 잘하지는 않았더라도—잘했다. 그애가—어디쯤에서—자기 아버지의 업적에 대해 말한 부분만 기억이 나는데, 그가 수많은 학생들을 돕기 위해 한 여러 일들이 그 내용이었다. 크리시는 자기 아버지처럼 키가 크고 침착한 태도를 지녔다. 늘 그랬다. 베카가 갈색 눈동자에 두려움을 담은 채 나를 쳐다보더니, 조그맣게 말했다.

"오 엄마, 알았어요." 그러더니 잔을 들고 "아빠, 제 건배사는 아빠를 사랑한다는 거예요. 그게 제가 아빠에게 드리는 건배사예요. 사랑해요" 하고 말했다. 그러자 사람들이 박수를 보냈고, 나는 베카를 끌어안았다. 크리시가 다가왔고, 딸들은—내 생각에—거의 늘 그렇듯 서로를 다정하게 대했다. 두 아이는 항상—내가 보기엔—거의 부자연스러울 만큼 가깝게 지냈다. 그애들은 브루클린에서 서로 두 블록 떨어진 곳에 산다. 나는 그애들의 남편들과 잠시 더 이야기를 나누었다. 크리시의 남편은 금융계에서 일하는데, 윌리엄과 내게는 조금 생소하게 느껴지는 분야이지만, 그건 단지 윌리엄은 과학자고 나는 작가라 우리가 그쪽 세계에서 일하는 사람들을 모르기 때문이다. 그가 영민한 사람이라는 건 눈빛을 보면 알 수 있다. 한편 베카의 남편은 시인인데, 오 맙소사 가여운 사람, 내 생각에 그는 자기중심적이다. 그 순간 윌리엄이 다가왔고, 우리는 누군가가 그를 부르기 전까지 한동안 편안하게 이야기를 나누었다. 자리를 뜨기 전에 그가 허리를 숙이고 말했다. "와줘서 고마워, 루시. 당신이 와줘서 좋았어."

*

결혼해서 같이 살 때 나는 그가 정말로 싫어질 때가 더러 있었다. 유쾌한 거리감과 온화한 표정을 지닌 그는, 가슴속에 묵직한 두려움 덩어리를 지닌 내가 다가갈 수 없는 사람 같았다. 하지만 실상은 그보다 더 나빴다. 그의 고양된 유쾌함 이면에는 청소년이나 할 법한 불평불만이 깔려 있었고, 영혼에는 못마땅한 기색이 번득였다. 아랫입술을 쑥 내밀고 이 사람 저 사람을 탓하는—그는 나를 탓했고, 나는 종종 그것을 느꼈다—통통한 소년 같았다. 우리의 현재 삶과 아무런 관련이 없는 뭔가로 나를 비난했고, 나를 "여보"라고 부르면서 커피를 내려—당시에 그는 커피를 전혀 마시지 않았음에도 매일 아침 나를 위해 한 잔을 만들었다—내 앞에 순교자처럼 내려놓으면서도 나를 비난했다.

그 바보 같은 커피는 그만 됐어, 나는 이따금 외치고 싶었다. 내 커피는 내가 만들어 마실 테니. 하지만 나는 윌리엄이 내민 커피를 받고 그의 손을 만지면서 "고마워, 여보" 하고 말했다. 그리고 우리는 또 하루를 시작했다.

*

그날 밤 택시를 타고 타운을 가로지르고 공원을 통과해 집으로 돌아가면서 나는 에스텔을 생각했다. 그녀는 아주 예뻤다. 붉은빛이 도는 야성적인 갈색 머리칼과 반짝이는 눈, 그리고 성격도 아주 좋았다. 윌리엄이 내게 에스텔은 결코 우울감에 빠지지 않는다고 말한 적이 있는데, 나는 내게 그런 이야기를 한 것은 그의 비열한 면이 무의식적으로 드러난 거라고 생각했다. 우리의 결혼생활 동안 내가 더러 우울감에 빠졌기 때문이다. 하지만 그날 밤 나는, 음, 에스텔이 결코 우울감에 빠지지 않는다는 사실이 다행으로 여겨졌다. 그녀는 윌리엄을 만났을 때 연극배우로 여기저기 돌아다니고 있었다. 윌리엄은 어느 연극에서 그녀를 보았는데, 당시 그들은 각자 배우자가 있는 상태였고, 그 연극은 소규모의 오프오프브로드웨이* 극단에서 올린 〈스틸먼의 무덤〉이라는 제목의 공연이었다. 어느 밤에는 남편과 나도 윌리엄과 함께 그걸 보러 갔었다. 에스텔이 무대에 올라 말은 하지 않고 눈으로는 누군가를 찾듯 무의식적으로 관중을 쳐다보았을 때 나는 너무 놀랐다. 그때 이후 그녀는 무수히 많은 오디션을 보러 다녔는데, 오디션을 위해 자기 집의 커다란 거실을 거닐며 거트루드나 헤다 가블러 혹은 이런저런 다른 역할을 연습했고, 배역을 따내지 못했을 때에도 여전히 명랑한 모습을 유지했다. 하지만 그녀는 몇 편의 광고를 찍었고, 그중 하나가 뉴욕 어느 지역 텔레비전 방송에 나왔는데, 거기서 그녀는 디오더런트를

---

* 오프브로드웨이보다 더 전위적인 실험극.

광고했다. "내가 찾던 바로 그거예요." 그녀는 이렇게 말하고 눈을 찡긋하며 덧붙였다. "그리고 장담하는데"—그러고는 카메라를 향해 손가락을 뻗었다—"당신이 찾던 바로 그것일걸요."

사람들은 종종 그들에게 매력적인 부부라고 말해주었다. 에스텔은 좀 산만한 면은 있어도 좋은 엄마였다. 윌리엄은 그렇게 생각했고, 나도 그렇게 생각했다. 브리짓 또한 산만했고 외모도 엄마와 딸이 쏙 빼닮았는데, 사람들은 그것 또한 매력적이라 생각하는 듯했다. 어느 날—윌리엄이 말해주었다—그는 모녀가 빌리지에 있는 어느 옷가게에서 막 나와 걸어가는 것을 보게 됐는데, 이야기하며 웃는 모습이 너무 비슷해서 깜짝 놀랐다고 했다. 에스텔은 그를 보고 유난스럽게 손을 흔들었고, 그런 행동은 윌리엄이 따라 할 만한 게 아닌데도 그날 그녀는 장난처럼 그를 나무랐다. "아내가 남편을 보고 이렇게 반가워하면, 아내 입장에서는 남편도 자기를 그만큼 반가워해주길 바랄걸."

*

최근에 나는 내 아파트에 앉아 창밖으로 도시 전망을 바라보다가—우리집(내 집)에서는 도시는 물론이고 이스트강의 아름다운 풍경도 보였다—도시와 저멀리 엠파이어스테이트빌딩의 불빛을 보고 대학 입학 첫날에 나를 태워다준 진로 상담 교사, 내시 선생님을 떠올렸다—오 나는 그녀를 정말로 사랑했다! 그날 선생님은 나를 태우고 달리다가 갑자기 고속도로에서 차를 돌려 쇼핑몰로 들어가더니 내 팔을 톡톡 치며 "내려, 내리자" 하고 말했다. 우리는 차에서 내려 쇼핑몰로 들어갔고, 그녀는 한 손을 내 어깨에 올리고 내 눈을 들여다보며 말했다. "십 년 뒤에 갚으면 돼, 루시, 알겠지?" 그러고는 내게 옷을 몇 벌 사주었다. 긴소매 티셔츠를 색깔별로 여러 벌 사주고 스커트 두 벌, 블라우스 두 벌을 사주었는데, 그중 한 벌은 예쁜 페전트블라우스였다. 하지만 기억에 가장 많이 남은 것은 선생님이 사준 속옷이었고, 그것이 그녀를 사랑하게 된 가장 큰 이유였다. 내가 그때까지 본 것 중 가장 예쁜 작은 속옷 뭉치. 그리고 선생님은 내 몸에 맞는 청바지도 사주었다. 그리고 여행용 가방도 사주었다! 베이지색 바탕에 붉은색 테두리가 둘린 것이었는데, 차로 돌아갔을 때 그녀가 말했다. "좋은 생각이 있어. 여기 안에 전부 담자." 그러더니 차 트렁크 안에 가방을 넣고 연 다음, 옷의 가격표를 하나하나 조심스럽고 부드럽게, 나는 난생처음 보는 아주 작은 가위— 나중에 그게 손톱 손질용 가위라는 것을 알게 되었다—로 잘라 냈다. 그리고 우리는 여행 가방 안에 내 물건을 전부 담았다. 그녀가 그렇게 해준 것이다, 내시 선생님이. 선생님은 그로부터 십

년이 안 돼 돌아가셨다. 자동차 사고가 죽음의 원인이었고, 그래서 나는 은혜를 갚을 기회를 잃었으며, 그뒤로 한 번도 그녀를 잊은 적이 없다. (캐서린과 함께 쇼핑하러 갈 때마다 나는 내시 선생님과의 그날을 생각했다.) 그날 우리가 대학에 도착했을 때, 나는 내시 선생님에게 농담처럼 "선생님이 제 엄마인 것처럼 해도 돼요?" 하고 물었다. 그러자 그녀는 놀란 표정을 짓더니 이내 말했다. "그럼, 그래도 되지, 루시!" 내가 선생님을 엄마라고 부르진 않았지만, 그녀가 나와 함께 기숙사로 들어갔을 때 사람들에게 친절히 대해주었으니, 사람들은 선생님이 내 엄마라고 생각했을 것이다.

나는 늘─오, 늘!─나는 늘 그 여인을 사랑할 것이다.

*

몇 주가 지났을 때 윌리엄이 실험실에서 내게 전화를 걸어─그는 주로 실험실에 있을 때 내게 전화를 했다─파티에 와주어서 다시 한번 고맙다고 말했다. "즐거운 시간 보냈어?" 그가 물었다. 그래서 나는 그랬다고 말해주었다. 팸 칼슨과 이야기한 것, 그녀가 첫 남편인 밥 누군가에 대해 이야기하고 싶어한 것에 대해 말해주었다. 말하면서 나는 강을 바라보고 있었고, 강에는 거대한 붉은색 바지선이 예인선에 끌려가고 있었다.

"밥 버지스." 윌리엄이 말했다. "좋은 사람이었어. 그가 불임이라서 팸이 그를 떠났지."

"그 사람도 당신하고 같이 일했어?" 내가 물었다.

"아니야. 밥 버지스는 국선변호인인가 뭔가였어. 그의 형이 짐 버지스야―윌리 패커 재판 기억나? 그 남자 변호를 맡았던 게 그의 형이었어."

"그랬어?" 내가 말했다. 윌리 패커는 여자친구를 살해한 혐의로 기소된 솔뮤직 가수였고, 짐 버지스는 그의 혐의를 벗겨주었다. 아주 오래전 일이지만, 당시에 그 재판은 어마어마한 사건이어서 텔레비전으로 방송되었고, 온 나라의 관심이 거기 쏠린 듯했다. 내 기억에 나는 늘 윌리 패커가 결백하다고 생각했고, 짐 버지스를 영웅이라 여겼다.

그래서 우리는 잠시 그 주제에 대해 대화를 나누었다. 윌리엄은 그전에도 말했듯, 윌리 패커가 결백하다고 생각하는 사람은 멍청이라고 했다. 나는 그냥 가만히 있었다.

그러다 느닷없이 윌리엄에게 "당신은 파티가 재미있었어?" 하고 물었다.

그가 잠시 뜸을 들인 뒤에 말했다. "그랬던 것 같은데."

내가 말했다. "무슨 뜻이야, 그랬던 것 같다니? 에스텔이 파티에 공을 많이 들였잖아."

"케이터링 업체를 고용했어, 루시."

"그게 뭐? 그래도 그 모든 준비를 다 한 거잖아." 바지선이 빠르게 이동하고 있었다. 나는 그 배가 얼마나 빠른지에 늘 놀라는데, 배의 검은색 아랫면이 많이 보이고 높게 떠서 나아가는 걸 보면 틀림없이 배 안이 비어 있을 것 같았다.

"그래, 그래. 알아, 알아. 아니, 그건 대단한 파티였어. 이제 그만 끊어야겠어."

"필," 내가 말했다. "이것만 물어볼게. 요즘은 밤에 어때? 그러니까, 당신이 느낀다던 악몽 같은 공포 말이야."

그리고 윌리엄의 목소리에서, 나는 그것이 그가 내게 전화한 이유라는 것을 알 수 있었다. "오 루시." 그가 말했다. "지난밤에도 그랬어―새벽 세시쯤이었을 거야. 캐서린에 대한 것이었는데, 정말로 이상했어. 정확히 설명할 수는 없지만, 그러니까, 캐서린이 거기 서성이고 있는 것 같았어." 윌리엄이 잠시 말을 멈추었다가 말했다. "약을 먹어야 할까봐. 정말로 점점 더 힘들어져." 그가 덧붙였다. "캐서린이 나하고 같이 있는 느낌이야. 그러니까, 캐서린의 존재감이 느껴져. 그건…… 그건 정말 좋지 않아, 루시."

"오 필리." 내가 말했다. "어쩜 좋아, 정말 힘들겠다."

우리는 잠시 좀더 이야기를 나누었고, 전화를 끊었다.

하지만 윌리엄이 전화를 걸어 그 파티에 대해 말하기 전까지 내가 미처 생각하지 못한 게 있다.

파티가 열린 그 밤에 나는 잔을 갖다놓고 에스텔에게 작별 인 사를 하려고 부엌으로 갔고, 그녀는 나보다 약간 앞에서 걷고 있 었다. 부엌에는 한 남자가 조리대에 기대서 있었는데, 나도 한 번 만난 적이 있는 에스텔의 친구였다. 에스텔이 그에게 조용히 말하는 소리가 들렸다. "지겨워 죽겠지?" 그러고는 고개를 돌려 나를 보더니 소리쳤다. "오 루시, 당신을 다시 만나서 정말 즐거 웠어요!" 그러자 남자도 같은 말을 했고—그는 늘 친절해 보였 고, 그 또한 연극배우였다—나는 에스텔과 가벼운 이야기를 나 누다가 서로의 뺨에 키스한 뒤 떠났다. 하지만 그녀가 남자와 대 화하는 어조가 마음에 들지 않았다. 목소리에 친밀감이 묻어 있 었고, 그녀의 말에는—아마—자신도 지겹다는 뜻이 내포되어 있었을 텐데, 그게 마음에 걸린 부분이었다. 마음속에서 뭔가가 작게 핑 하고 날아가는 느낌이었다. 그게 내가 하려는 말인 것 같 다. 하지만 나는 그걸 그 순간까지 잊고 있었다.

그리고 또 (이것도 갑자기 생각난 것인데) 내가 가져간 튤립이 여전히 부엌 조리대 위에 포장지에 싸인 채 놓여 있었다. 그건 특별히 기분이 나쁘지는 않았다. 파티 꽃 장식은 플로리스트의 솜씨였으니 모퉁이 가게에서 산 튤립이 필요할 거란 생각 자체가 어리석었다.

계속 귓가에 맴돈 것은 에스텔의 목소리였다.

*

내 남편은 그해 이른 여름에 병에 걸렸고, 11월에 죽었다. 그 결혼이 윌리엄과의 결혼과는 아주 달랐다는 점 외에는, 그것이 지금 내가 말할 수 있는 전부다.

하지만 이 말은 해야 할 것 같다. 내 남편의 이름은 데이비드 에이브럼슨이었고, 그는—오, 그가 어떤 사람이었는지 내가 어떻게 말할 수 있겠는가? 그는 그저 그였다! 우리는—우리는 정말로—서로에게 잘 맞는 상대였고, 이런 표현은 정말로 진부한 것 같지만—오, 지금은 더 말할 수 없다.

하지만 이런 일이 있었다. 데이비드의 병에 대해 알게 됐을 때, 그리고 그가 죽었을 때, 두 번 다 내가 가장 먼저 연락한 사람은 윌리엄이었다. "오 윌리엄, 도와줘." 나는 아마도―기억은 나지 않지만―그 비슷한 말을 했을 것이다. 왜냐하면 그가 도와줬으니까. 그 시점엔 어떤 의사도 도움을 줄 수 없는 상황이었지만, 윌리엄은 내 남편이 다른 의사―더 좋은 의사였으리라고 확신한다―를 만날 수 있게 해주었다.

그리고 그가 죽었을 때 윌리엄은 다시 나를 도와주었다. 실무적인 문제들을 해결하는 데 도움을 주었고―사람이 죽으면 여러 개의 신용카드를 해지해야 하고 은행 계좌나 숱하게 많은 컴퓨터 암호를 정리하는 등 처리할 일이 아주 많다―장례식 준비는 크리시에게 맡기라고 했는데 아주 지혜로운 제안이었다. 크리시가 모든 것을 맡아서 처리했다.

처음 며칠 동안 나를 찾아와 같이 밤을 보내준 사람은 베카였다. 당시에 그애는 내가 울어야 할 몫까지 울어주었다. 베카는 버려진 아이처럼 울고 또 울다가 카우치에 훌렁 몸을 던졌고, 몇 분 뒤에 뭐라고―뭐였는지 전혀 기억나지 않는다―말했는데, 그러자 우리 둘 다 웃기 시작했다. 그애는 그런 아이다, 사랑스러운 베카. 그애는 나를 웃게 만들었고, 그러고 나서는 집에 돌아가야 했기에, 돌아갔다.

도시에 있는 장례식장에서 열린 데이비드의 장례식―당시에

도, 지금도 내게는 흐릿할 뿐이다—에서 베카가 내게 속삭인 말
이 기억난다. "아빠도 여기 와서 같이 앉고 싶어했어요."

"아빠가 그렇게 말했어?" 내가 그애를 돌아보며 물었고, 그애
는 진지하게 고개를 끄덕였다. 불쌍한 윌리엄, 나는 생각했다.

불쌍한 윌리엄.

*

크리스마스 무렵 에스텔이 내게 전화를 걸어 크리스마스 날에
그들의 집에 와서 같이 시간을 보내면 어떻겠느냐고 물었다. 나
는 물어봐준 것은 정말로 고맙지만 괜찮다고, 딸들과 함께 지내
겠다고 말했는데, 그 말을 하자마자 장례식 때 윌리엄이 우리와
같이 앞에 앉고 싶어했다는 베카의 말이 기억났고, 윌리엄이 크
리스마스를 딸들과, 그리고 나와 보내고 싶어했을지도 모르겠다
는 생각이 머릿속을 스쳤다. 그래서 그가 에스텔에게 우리를 초
대해도 괜찮을지 물어봤는지도 모르겠다고. 하지만 그는 에스
텔, 그리고 그녀의 어머니와 함께 크리스마스를 보낸 지 벌써 여
러 해가 되었고, 당연히 브리짓도 함께였다. 에스텔의 어머니는
나이가 거의 윌리엄과 비슷했다. 내 머릿속에 있는 그 당시 그들

의 아파트에 대한 이미지는 큰 크리스마스트리가 놓이고 아주 잘 꾸며진 모습인데, 베카가 그렇다고 말해주었다. 베카는 메이시 백화점만큼 축제 분위기라고 살짝 빈정대듯 말했다. 그래서 내가 말했다. "삭스 백화점만큼 호화롭지는 않고?" 그리고 우리는 웃었다. 또한 근처 동네에서 해마다 크리스마스 파티가 열려서, 그들은 밤에는 거기에 갔다. 윌리엄은 그곳에 가는 걸 늘 좋아했다.

"이해해요." 에스텔이 말했다. "하지만 우리가 당신을 생각하고 있다는 걸 알아줬으면 해요, 루시. 알겠죠?"

"고마워요." 나는 말했다. "정말 고마워요."

"데이비드가 떠나서 힘드신 거 알아요." 그녀가 말했다. "오, 루시, 정말 안타까운 일이에요."

"난 괜찮아요." 내가 말했다. "걱정 마세요. 하지만 고마워요." 나는 다시 말했다. "생각해줘서 정말로 감사해요."

"그래요." 에스텔이 주저하듯 말했다. "알겠어요." 그녀가 다시 말했다. "음, 그럼 잘 지내세요."

*

그렇게 새해가 시작되었다. 그리고 다소 빠르게 연이어서, 윌리엄에게 두 사건이 일어났다. 하지만 먼저 몇 가지 더 말해두 겠다.

*

1월에 윌리엄이 내게—실험실 전화로, 우리가 딸들 이야기를 나눈 뒤에—크리스마스 때 에스텔에게 값비싼 꽃병을 선물했다 고 말했다. 에스텔이 어느 날 가게에서 보고 몹시 감탄했던 물건 이었다. 그녀는 윌리엄에게 조상에 대해 찾아볼 수 있는 온라인 사이트 회원권을 주었다. 그가 그 선물에 실망했다는 것을 말투 로 알 수 있었다. 윌리엄에게는 늘 선물이 중요한 의미였지만, 나는 한 번도 그걸 이해한 적이 없었다. "그래도 에스텔이 머리 를 잘 썼네." 내가 말했다. "아이디어 정말 좋은데." 내가 말했 다. "당신은 어머니에 대해 아는 게 거의 없잖아, 윌리엄. 좋은 기회일 수도 있어." 내가 그렇게 말했던 게 기억난다. 그리고 그 는 그저 "그래. 그럴지도" 하고 말했을 뿐이었다. 나를 지치게 만든 게 바로 윌리엄의 그런 모습이었다. 기품 있고 유쾌한 태도 이면에 존재하는 잘 토라지는 소년. 하지만 그러든 말든 상관없 었다, 그는 더이상 내 것이 아니었으니까. 그리고 나는 전화를 끊고 생각했다. 하느님, 감사합니다. 그가 더이상 내 남편이 아니라는 사실에 대한 안도였다.

*

하지만 내가 윌리엄의 생일 파티에 오래 남아 팸 칼슨이라는 여자와 이야기를 더 나누었다면 이 이야기를 했을 것이다. 데이비드가 죽기 몇 년 전 우리는 데이비드의 조카 결혼식에 참석하기 위해 펜실베이니아로 갔다. 데이비드는 시카고 바로 외곽에서 하시드파* 유대교 신자로 키워졌고, 열아홉 살에 그 공동체를 떠났다. 그때 그는 추방을 당해서 가족 누구와도 연락하지 않고 지내다가 최근에 누이의 연락을 받았다. 그래서 나는 그녀를 잘 몰랐고, 낯선 사람처럼 느껴졌는데, 실제로 낯선 사람이었기 때문이다. 우리는 기차를 타고 갔고, 누이가 차로 우리를 데리러 나와서 인적 드문 어딘가에 있는 호텔을 향해 반시간 동안 어둠 속을 달렸다. 전날 밤에 눈이 내렸고, 나는 뒷좌석에 앉아 차창을 통해 스쳐가는 모든 어둠을 바라보았다. 드문드문 집이 보였고, 종종 다양한 가게—한 곳에는 영원히 영업 중단이라고 쓴 안내판이 걸려 있었다—나 창고처럼 보이는 장소들이 나타났으며, 나

---

* 유대교의 분파로 엄격한 율법을 따른다.

는 마음이 아주 무거웠다. 그 모든 게 윌리엄에 대한 기억을 떠올리게 했기 때문이다. 우리가 어리고 대학생이던 시절 그의 어머니를 만나러 밤중에 시카고에서 동부로 달려가면서도 이렇게 눈 내리고 황량한 장소를 지났었지만, 그때 나는 그와 함께 있어 더없이 행복했고 그의 옆에서 아늑함을 느꼈다. 앞서 말했듯 윌리엄은 형제가 없었고—그 시점에 어떤 면에서는 나 역시 그랬다—내가 당시의 남편과 그의 누이와 함께 차를 타고 가던 그날 밤 그 아늑한 기억이 강하게 떠올랐던 것은 그 옛날에는 윌리엄과 내가 서로의 세상이 되어주었기 때문이다. 동부로 차를 타고 가던 어느 날의 기억이 하나 떠오른다. 그가 내게 복숭아씨를 차창 밖으로 던져도 된다고 말했을 때였는데, 무슨 마음으로 그랬는지 몰라도 나는 복숭아씨를 운전중인 그의 쪽 창문을 향해 던졌고 하필 그 복숭아씨가 윌리엄의 얼굴에 맞았다. 내 기억에 우리는 그게 세상에서 가장 재미있는 일인 것처럼 웃고 또 웃었다. 그리고 또 몇 년 뒤 우리는 그의 어머니를 만나기 위해 아기인 딸들을 카시트에 앉히고 매사추세츠주 뉴턴으로 달렸고, 그때도 그런 아늑함을 느꼈다. 하지만 우리가 눈 덮인 땅을 한참 달려가던 그날 나는 뒷좌석에 앉아 남편이 누이와 그들의 어린 시절에 대해 조용히 말하는 것을 흘려듣다가, 교통사고가 났습니까? HHR*에 전화하세요, 라고 쓰인 광고판을 지나가게 되었고, 그 순간 이런 생각이 떠올랐다. 같이 있어서 안전하다는 느낌이 들었던 사람은 윌리엄이 유일하다고. 그가 내가 가져본 유일한 집이라고.

내가 파티에서 그냥 나와버리지 않았다면 팸 칼슨에게 그 이야기를 했을지도 모른다.

*

전남편의 어머니 캐서린에 대해, 나는 이 이야기를 하고 싶다.

처음에 윌리엄과 약혼했을 때 그녀는 들뜬 목소리로 내게 물었다. 그게 거의 내게 한 첫 질문이었고, 우리는 전화 통화를 하던 중이었다. "나를 엄마라고 부를 거니?" 그래서 나는 말했다. "노력해볼게요." 하지만 결코 그럴 수 없었다. 그녀를 캐서린이라고만 부를 수 있었고, 그건 윌리엄이 부르는 방식이었다. 그녀의 결혼 전 이름은 캐서린 콜이었는데, 이따금 윌리엄은 살짝 냉소적인 어조로 눈을 반짝거리며 그녀를 그렇게 불렀다. "캐서린 콜, 그동안 어떻게 지내셨어요?"

---

* Handler, Henning & Rosenberg의 약자로, 펜실베이니아에 소재한 상해 전문 법률사무소이다.

우리는 캐서린을 사랑했다. 오, 우리는 그녀를 사랑했다. 그녀는 우리 결혼생활의 중심을 차지하고 있는 듯했다. 캐서린은 활기가 넘쳤다. 얼굴은 종종 빛으로 가득했다. 내 대학 친구는 그녀를 처음 만난 뒤 내게 말했다. "캐서린은 내가 만나본 사람 중에서 가장 빨리 호감을 느꼈던 사람이야."

나는 그녀의 집이 놀랄 만큼 멋지다고 생각했다. 그 집은 매사추세츠주 뉴턴의, 나무가 줄지어 심긴 거리에 있었고 근처에는 다른 집들도 있었다. 내가 그곳에 처음 갔을 때 햇빛이 부엌 창문을 통해 쏟아져 들어오고 있었고, 하얀 식탁이 놓인 커다란 부엌은 반짝반짝 윤이 나고 깨끗했다. 조리대는 하얀색이고, 큰 아프리카제비꽃 한 송이가 개수대 위쪽 창가 선반에 놓여 있었다. 개수대 위에 아치형으로 돌출된 수도꼭지는 은빛으로 반짝거렸다. 나는 천국에 들어온 줄 알았다. 캐서린의 집 전체가 깨끗했다. 거실의 나무 바닥은 광채가 흐르는 벌꿀색이었고, 침실에 달린 흰색 커튼은 풀을 먹인 듯했다. 나는 그렇게 살 수 있다는 생각은 한 번도 해본 적이 없었다. 그런 생각은 아예 떠오르지 않았다. 하지만 그녀는 그렇게 살고 있었다! 나는 정말로 그걸 잊을 수가 없었다.

하지만 이 말은 할 필요가 있겠다.

앞서 낸 책에서도 썼지만 좀더 설명해야 할 것 같은데, 내가 처음 윌리엄을 만나 그의 어머니가 메인주에 사는 어느 감자 농부와 결혼했었다는 말을 들었을 때, 나는―메인주에서 감자 농장을 한다는 게 어떤 건지 몰랐으므로―그녀가 좀 가난한 편이었을 거라고 생각했다. 하지만 그렇지 않았다. 캐서린의 첫번째 남편인 감자 농부 클라이드 트래스크는 농장을 훌륭하고 성공적으로 경영했고, 정치가이기도 했다. 그는 메인주에서 오랫동안 공화당 주의원이었다. 그리고 캐서린의 두번째 남편인 윌리엄의 아버지는 전쟁이 끝난 뒤 미국으로 건너와 토목기사가 되었다. 그러니 캐서린은 가난하지 않았다. 그리고 그녀를 만나러 갔을 때 나는 그 집의 우아한 분위기에 깜짝 놀랐다. 나는 그녀가 사회 계급에서 제법 높은 위치까지 올라갔다고 생각한다. 하지만 나는 미국에서의 계급이라는 문제에 대해 한 번도 완전히 이해한 적이 없었다. 그건 내가 밑바닥 출신이고, 그렇게 태어나면 그 사실은 절대 당신을 진정으로 떠나지는 않기 때문이다. 그건 내가 정말로 그것을, 내 출신을, 가난을 결코 극복하지 못했다는 뜻이다, 그게 내가 하려는 말 같다.

하지만 내가 처음 캐서린을 만났을 때, 그녀는 나를 자기 친구들에게 소개하면서 조용히 내 팔에 손을 올리고 말했다. "이쪽이 루시. 루시는 출신이랄 게 없어." 그것에 대해서는 앞서 낸 책에서 썼다.

캐서린의 거실에는 긴 카우치가 있었는데, 색깔은 귤색이었다. 윌리엄이 그녀를 놀라게 하는 걸 좋아해서 우리가 가끔 알리지 않고 찾아가면, 캐서린은 카우치에 몸을 길게 뻗고 누워 있었다. "오! 오!" 그녀는 그렇게 말하면서 허둥지둥 몸을 일으켰다. "이리 와서 안아주렴." 그러면 우리는 그녀에게 다가갔고, 그녀는 우리를 부엌으로 데려가 쉴새없이 말하면서 음식을 주고 어떻게 지냈는지 묻고 윌리엄에게는 이발을 좀 해야겠다고 말했다. "넌 정말 잘생겼어." 캐서린은 손을 그의 턱에 대며 말했다. "그러니까 우리에게 너를 좀더 많이 보여주는 게 어때? 그 콧수염을 없애서 말이야." 그녀는 빛 자체였다. 대체로 그랬다. 이따금 기분이 좀 가라앉아 보일 때면 그녀는 거의 웃으면서 이렇게 말했다. "오, 내 기분이 좀 블루해." 윌리엄은 캐서린이 늘 그런 식이었다고, 걱정하지 말라고 말했지만, 기분이 가라앉아 있을 때조차 그녀는 여전히 친절했고, 늘 우리가 어떻게 사는지 조목조목 물었다. 우리 친구들의 이름도 알아서 그들의 안부도 묻곤 했다. "조앤은 어떻게 지낸대?" 그녀가 이렇게 물었던 기억이 난다. "남편감은 찾았대?" 그러고는 내게 눈을 찡긋하며 말했다.

"좀 뚱한 편이잖아, 그애 말이야."

캐서린은 식탁에 앉아 우리가 먹는 것을 지켜보곤 했다. "다 말해줘!" 그녀는 말했다. 그러면 우리는 그렇게 했다. 우리의 뉴욕 생활에 대해 말했고, 아래층 사람들은 아내가 남편보다 훨씬 어린데 남편을 좋아하지 않는 것 같다는 이야기나, 어느 날 그 늙은 남자가 계단에서 나를 막아서고 자기에게 키스해줄 때까지 지나가지 못하게 했다는 이야기도 했다. "루시!" 그녀가 말했다. "그거 정말 끔찍하다. 다시는 그 사람에게 키스해주지 마!" 나는 할 수밖에 없었다고 말했고, 그러자 캐서린은 "안 돼. 그래선 안 돼" 하고 말했다. 나는 그냥 뺨에 가볍게 입을 댄 것뿐이었는데 기분이 이상했다고 말했다. "당연히 기분이 이상하지!" 캐서린은 고개를 가로저으며 손으로 내 팔을 어루만졌다. "루시, 루시." 그녀가 말했다. "오 내 사랑스러운 아가."

그러고는 윌리엄을 돌아보며 말했다. "네 불쌍한 아내가 추행당하는 동안 넌 어디 있었니, 이 사람아?"

윌리엄은 어깨를 으쓱했다. 그것이 그가 어머니와 함께 있을 때의 태도였다. 장난스럽게 무례한 것.

캐서린은 내게 옷을 사주었다. 자기가 좋아하는 옷을 사줄 때가 많았지만, 가끔은 나보고 좋아하는 걸 고르라고 했다. 청바지와 같이 입을 줄무늬 셔츠, 내가 좋아하는 스타일인 허리선이 낮게 내려오는 디자인의 푸른색과 흰색으로 된 원피스. 한번은 내게 흰색 로퍼를 사주겠다고 했다. "이걸 신으면 벗을 생각이 안 들 만큼 발이 정말 편할걸." 그녀가 말했다. 나는 사지 말자고, 신을 일이 전혀 없을 것 같다고 말했다. 그건 캐서린이나 신을 만한 거지, 나는 그렇게 생각했지만 말은 하지 않았고, 결국 그녀는 사지 않았다.

윌리엄과 내가 결혼하고 몇 달 뒤, 캐서린은 내가 아주 좋아하는 코트를 없애버렸다. 중고품 가게에서 5달러를 주고 샀던 것인데, 소맷동이 넓어서 좋았고, 걸을 때 옷자락이 흔들리는 느낌이 좋았고, 색깔은 감청색이었다. 나는 그 코트가 그냥 좋았다. 그게 나라고 생각했다. 그런데 캐서린이 나를 옷가게로 데려가 새 코트를 사준 뒤 어느 날 그것을 내다버린 것이다. 내다버리는 모습을 본 기억은 없고, 내가 그게 어디 있는지 물었을 때 웃으면서 버렸다고 말한 것만 기억난다. "이제 멋진 새 코트가 있잖아." 그녀는 말했다.

웃기다고 생각한 건—그러니까 재미있게 웃겼다는 뜻이다—그녀가 사준 새 코트가 특별히 고급 옷을 파는 가게에서 산 것이 아니었다는 사실이다. 이런저런 가게를 다녀보기 전까지 오랫동안 그걸 모르고 있었다. 거긴 돈이 없는 사람들이 옷을 사러 가는 거의 그런 곳이었다. 내가 어렸을 때 우리 가족은 한 번도 그런 가게에 가지 않았고, 사실 거의 아무 가게에도 가지 않았다. 하지만 시어머니에겐 돈이 있었다. 그건 한편으로 토목기사가 된 캐서린의 남편이자 윌리엄의 아버지인 빌헬름 게르하르트가 아주 괜찮은 생명보험에 가입해서, 그가 죽은 뒤 그녀가 그 돈을 받을 수 있었기 때문이었다. 그리고 몇 년 뒤 캐서린은 부동산중 개사 자격을 따서 고급 주택가에 있는 집 여러 채를 팔았다. 그 래서 그녀에겐 돈이 있었다. 내가 여기서 말하려는 건 그게 전부다.

캐서린은 내게 자신이 입던 오래된 원피스 잠옷을 주었다. 고급이었고, 흰색 바탕에 자수가 들어간 것이었다. 나는 그걸 입었다.

*

지금 그녀에 대해 생각해보면, 윌리엄이 밤중에 캐서린과 관련된 공포를 느꼈을 때 내 존재가 위로가 된다고 생각한 이유를 알 것 같다. 그건 남은 사람 중에—캐서린이 죽었을 때 각각 여덟 살, 아홉 살이었던 우리 딸들을 제외하고—내가 그의 어머니를 아는 유일한 사람이기 때문이다. 조앤은 거기 포함되지 않는다. 그녀는 이혼하고 나서 남부로 가버렸으니까. 조앤은 결코 재혼하지 않았다. 하지 않았을 것 같은데, 확실하진 않다.

*

예전에 한번은 캐서린이—윌리엄과 내가 아직 결혼하지 않았을 때였다—내게 우리 가족에 대해 물어보았고, 나는 입을 열자마자 눈물을 흘렸다. 내가 "말을 못하겠어요" 하고 말하자 그녀가 앉아 있던 의자에서 일어나 다가오더니 귤색 카우치의 내 옆자리에 앉아 두 팔로 나를 안으며 말했다. "오 루시." 캐서린은 내 팔과 등을 어루만지며 계속 그 말만 했고, 내 얼굴을 자기 목에 갖다댔다. "오 루시."

그날 캐서린은 내게 말했다. "나도 우울해질 때가 있어." 그래서 나는 놀랐다. 내가 아는 누구도, 어떤 어른도 그런 말을 해준적이 없었고—게다가 그녀는 그걸 아무렇지 않게 말했다—캐서린은 나를 다시 안아주었다. 나는 늘 그 순간을 기억하고 있다. 그녀의 가슴속에는 그런 다정함이 있었다.

캐서린에게서는 늘 좋은 냄새가 났다. 특정한 향수를 썼고, 그게 그녀의 향이었다. 결국 내가 특정한 향수—그녀와 같은 향은 아니었지만—를 사용하기 시작하고 나 자신의 향을 갖게 된 건 그래서였다. 내게 그 향이 나는 바디로션은 아무리 사도 부족한 것 같았다.

그 사랑스러운 여자 정신과의사는 어느 날 어깨를 으쓱하며 말했다. "그건 당신이 자기 몸에서 냄새가 난다고 생각하기 때문이에요."

그녀가 맞았다.

언니와 오빠와 나는 거의 매일 학교 운동장에서 코를 싸쥐고 달아나는 아이들에게서 이런 말을 들었다. "너희 가족은 냄새나."

*

윌리엄이 일흔한 살이 되기 직전에 크리시가 내게 임신했다고 말했다. 나는 데이비드가 죽은 뒤로 다시는 느낄 수 없을 줄 알았던 행복감이 차오르는 것을 느꼈다. 윌리엄과 나는 전화로 그 이야기—손주라니!—를 했고, 나만큼 흥분한 것 같진 않았지만 그도 기쁜 듯했다. 윌리엄은 원래 그런 사람이라는 것, 그냥 그게 그의 본성이라는 것, 그게 내가 하려는 말이다. 하지만 두 주 뒤 크리시는 유산했다. 그애가 아침 일찍 집에서 내게 전화를 걸어 비명을 질렀다. "엄마!" 지금 병원에 갈 거라고 했다. 그래서 나는 즉시 브루클린으로 향했고—하루 중 그 시간대는 지하철로 가는 게 가장 빨라서 그렇게 갔다—병원에 갔다가, 그애의 집으로 가서 함께 카우치에 누웠고, 그애는 울었다. 오, 크리시가 그렇게 울 수 있는지 몰랐는데, 그애는—나보다 키가 더 컸다—머리를 내 가슴에 얹고 울음이 잦아들 때까지 누워 있었다. 그애 남편도 집에 있었고 그 역시 병원에 같이 갔었지만, 우리끼리만 거실에 있게 해주었다. 나는 크리시에게 다시 임신할 수 있을 거라는 말은 하지 않았다. 그게 그애가 들어야 할 말은 아니라고 생각했다. 나는 그저 크리시를 안아주었고, 얼굴에 흘러내린 머리칼을 옆으로 부드럽게 넘겨주었다. "엄마," 크리시가 나를 쳐다보며 말했다. "딸이 태어나면 루시라고 부르려고 했어요."

믿을 수가 없었다. 나는 말했다. "정말?" 그러자 그애가 코를 비비고 고개를 끄덕이며 말했다. "네, 정말."

나는 계속 딸아이의 머리를 쓰다듬어주었다. 이어 크리시가 말했다. "뭐랄까, 좀 부끄러워요."

내가 말했다. "뭐가, 크리시?"

그러자 그애가 말했다. "유산한 거요. 왜 내 몸은 제대로 작동하지 않지? 그런 느낌이에요."

"오, 아가." 나는 말했다. "우리 딸, 유산하는 여자들이 얼마나 많은데. 그건 아마 네 몸이 제대로 작동하고 있었다는 의미일 거야."

"그런가." 크리시가 잠시 뒤에 말했다. "저는 그렇게 생각하지 않았어요." 크리시는 작은 아이가 된 것처럼 내 품을 파고들었고, 나는 계속 머리를 쓰다듬어주었다.

그리고 마침내 크리시가 일어나 앉더니 말했다. "데이비드 아저씨가 돌아가신 거, 엄마한테 많이 힘든 일이었던 거 알아요."

내가 말했다. "고맙다, 딸. 하지만 걱정하지 마, 난 괜찮아."

그 순간 베카가 아파트로 들어왔고 그애 역시 울고 있었는데, 베카는 걸핏하면 울었다. 크리시가 웃으면서 말했다. "괜찮아, 이제 그만 울어." 나는 점심을 먹고 가기로 했고, 식사할 때쯤엔 크리시의 상태가 좀 나아지고 있는 것 같았다. 그애의 남편과 베카까지 함께 점심을 먹었고, 이어 내가 말했다. "자, 얘들아, 나는 이만 가봐야겠다. 너희 모두 사랑한다." 그러자 아이들은 헤어질 때 늘 그러듯, "안녕히 가세요, 엄마, 우리도 엄마를 사랑해요―" 하고 말했다.

보도를 걷다가 나는 어머니가 내게 사랑한다는 말을 한 번도 해준 적이 없었다는 사실을 떠올렸고, 크리시가 태어날 아기를 루시라고 부르려고 했다는 사실을 떠올렸다. 그애는 나를 사랑했다, 내 딸이! 알고 있는 사실이었지만, 놀라웠다. 솔직히 감동적이었다.

집으로 돌아가는 지하철에서 나는 작은 아이를, 어린 남자아이를 데리고 있는 차분해 보이는 여자 옆에 앉았다. 나는 두 사람을 지켜보았다. 여자는 아이를 사랑했다. 나는 그녀도 유산을 한 적이 있는지 궁금했고, 그랬다면 그게 부끄러웠을지 궁금했다. 그녀는 자기 자신이 더없이 만족스러운 모양이었는데, 다만 그 만족에는 그 아이가 포함되어 있었다. 아이는 '유치원에 갈 준비하기'라고 쓰인 작은 학습장을 갖고 있었고, 아이 엄마로 보이는 여자는 학습장에서 색깔을 찾아내고 있는 아이에게 아주 인내심 있게 오렌지, 블랙, 레드의 철자를 불러주고 있었다.

그날 오후 나는 윌리엄에게 전화를 걸었고, 그는 크리시가 아까 전화를 걸어 소식을 알렸을 때 제대로 위로하지 못한 것 같아서 후회된다고 말했다. "걱정하지 말라고, 다시 임신할 수 있을 거라고 했거든. 그러니까 그애가, 아빠 맙소사, 할말이 그것밖에 없어요? 다른 사람들도 다 그렇게 말해요. 근데 난 방금 아이를 잃었다고요! 라고 하더라고." 그리고 윌리엄은 덧붙였다. "하지만 사실 아직 아이는 아니었잖아. 왜 그렇게 나를 몰아세우는 거지?" 그래서 나는 윌리엄에게, 크리시에게는 그게 사실상 그애의 아이였다는 걸 이해시키려고 했다. 여자아이가 태어났다면 이름을 루시로 하려고 했다는 말까지 거의 할 뻔했지만, 왠지 그러면 안 될 것 같아서 그 말은 하지 않았다. 그리고 우리는 전화를 끊었다.

나는 크리시의 눈물에 대해 생각했다. 그리고 베카의 눈물에 대해서도.

내가 아이였을 때 부모님은 오빠나 언니나 내가 울면 무조건 몹시 화를 냈다. 부모님, 특히 어머니는 우리가 울지 않을 때도 자주 화를 냈고, 우리 중 하나가 울면 두 분 다 우리에게 거의 미친 사람처럼 화를 냈다. 전에도 이 이야기를 썼지만 여기서 다시 언급하는 건, 몇 년 전 내가 아는 한 여자가 해준 이야기 때문이다. 그녀는 어느 수녀가 자기에게 '눈물을 흘리는 재능'이 있다고 말해주었다고 했다. 그런데 그건 베카도 가진 재능이다. 심지어 크리시도 필요할 때는 그 재능을 보인다. 내게 운다는 건 대체로 어려운 일이었다. 내가 하려는 말은, 나도 울지만 울면서 아주 많이 두려워한다는 것이다. 윌리엄은 그걸 잘 받아주었다. 내가 정말로 서럽게 울면, 데이비드라면 겁을 먹었겠지만 윌리엄은 그러지 않았다. 하지만 데이비드와 살 때는 한 번도 첫 결혼에서처럼 그렇게 울지는 않았다. 아이처럼 서럽게 흐느끼지는 않았다. 하지만 데이비드가 죽은 뒤로는 이따금 침대 근처 바닥—침대와 창문 사이—에 주저앉아 아이처럼 두려움에 휩싸여 다급하게 운다. 그럴 때면—아파트에 살다보니—누군가가 들을까봐 늘 걱정이 된다. 하지만 자주 그러지는 않는다.

*

윌리엄의 일흔한번째 생일날, 나는 오후에 그에게 문자메시지를 보냈다. 생일 축하해, 영감. 그러고 얼마 안 돼 전화벨이 울렸다. 그가 실험실에서 전화를 걸었다. 나는 말했다. "어떻게 지내, 윌리엄?" 그러자 그가 말했다. "잘 모르겠어." 우리는 딸들에 대해—크리시가 잘 버티는 것 같다고—짧게 이야기했고, 윌리엄은 이어서 그날 아침에 에스텔이 그의 생일 선물을 준비하지 못했다면서 원하는 게 있으면 알려달라고, 브리짓과 관련된 이런저런 일로 너무 바빴다고 털어놓더라는 얘기를 했다. "브리짓이 어떤데?" 그러자 윌리엄은 브리짓이 학교에서 연주회 같은 걸 했고, 그애는 플루트를 싫어하는데 에스텔이 일 년만 더 해보라고 설득하고 있다고 말했다. 윌리엄이 말하는 걸 들으면서, 나는—그리고 아마 그도—브리짓에게 정말로 어떤 일이 일어나고 있는지 모른다는 생각을 했다. 하지만 나는 말했다. "음, 알겠어. 선물 말인데. 결혼한 지 오래됐잖아. 원하는 게 있긴 해?" 그러면서 이런 생각을 했다. 오 윌리엄, 이 이야긴 빨리 끝내자, 당신은 정말 아기 같아. 그런 생각을 했다. 맙소사, 당신은 정말 어린애 같아, 그런 생각을 한 것이다.

그리고 곧 우리는 전화를 끊었다.

*

하지만 이런 일도 있었다.

한번은, 지금으로부터 아주 오래전 내가 윌리엄과 여전히 같이 살 때였는데, 내 첫 책이 나오고 워싱턴 D.C.에서 행사가 있었다. 그 행사에 대해서는 내가 혼자 가서 참여했다는 것—당시에 그런 유의 모든 일들에 겁을 먹었으니 그 행사 때도 그랬을 것이다—말고는 지금 기억나는 게 없지만, 내가 말하고 싶은 건 이것이다. 집으로 돌아오는 길에 날씨가 나빠져 천둥을 동반한 폭우가 쏟아졌는데 그칠 것 같지 않은데다 바람마저 불어서, 공항은 점점 사람들로 북적거렸고 나는 결국 바닥에 앉게 되었다. 내 옆에는 코네티컷에서 왔다는 어느 젊은 부부가 있었다. 여자는 예쁘고 쌀쌀맞았으며, 남자는 친절하고 과묵했다. 요점은, 밤이 깊어지자 두려움도 커져서 나는 가능할 때마다 공중전화로 윌리엄에게 전화를 걸었고—공중전화를 이용하려고 사람들이 줄을 서 있었다—그는 내가 밤을 보낼 만한 장소를 찾아보려고 애썼다는 것이다. 그가 D.C.에 있는 여러 지인들에게 전화를 걸어보았지만 누구도 해줄 수 있는 것이 없어서 우리는 그저 날씨가 좋아지기를 기다리는 수밖에 없었고, 나는 정말로 겁을 먹었다. 그리고 그때 코네티컷에서 왔다는 그 예쁜 여자가 (당시 기준으로는) 최신형 휴대전화를 갖고 있어서 그걸 꺼냈고, 나는 그녀가 기차역에 전화를 걸어 남편과 함께 뉴욕행 기차를 타기로 하는 것을 지켜보았다. 나는 같이 가도 되느냐고 물었고, 그들은 괜찮다고 했다. 그들과 같이 가고 싶었던 가장 큰 이유는 혼자 밤새 그 광대하고 북적거리는 공항에 있어야 한다는 것이 무서웠기 때문이다. 우리는 나가서 택시를 타고 기차역으로 갔고, 남은 좌석이 몇 개 있어서 나도 기차에 탈 수 있었다. 기억나는 것은 해가 떠오를 때 바라본 뉴저지 풍경과 내게 집이 있다는 사실, 그리고 내 집이 있는 뉴욕으로, 남편과 딸들이 있는 집으로 가고 있다는 사실에 대해 느꼈던 너무나 깊은 감사함이었다. 나는 그 일을 결코 잊지 못할 것이다. 나는 그 전부를 그만큼 사랑했다—오, 몹시 사랑했다.

그러니까 그런 일도 있었다.

*

그리고 윌리엄에게 두 가지 일이 일어났다. 내가 들은 첫번째
는 5월 말 어느 토요일에 일어난 일이었다. 데이비드가 자신의
병에 대해 알게 된 지 일 년이 되는 날이었는데, 윌리엄이 내게
전화를 걸어왔고, 나는 그가 그것 때문에 전화한 거라고 (너무
어리석게도) 생각해서 정확한 날짜를 기억하고 있다는 사실에
놀라고 감동했다. 내가 말했다. "오, 필리, 전화해줘서 고마워."
그러자 그가 말했다. "무슨 일이 있어?" 그래서 그날은 데이비드
의 병을 알게 된 지 일주년이 되는 날이라고 말해주었고, 윌리엄
은 "오 맙소사, 루시, 미안해" 하고 말했다. 그래서 나는 "아니
야, 괜찮아, 왜 전화했는지 말해봐" 하고 답했다.

그러자 그가 말했다. "오 루시, 다른 날 전화할게. 나중에 말해
도 돼."

그래서 내가 말했다. "다른 날은 무슨 다른 날이야? 지금 말
해봐."

그러자 윌리엄은 그날 아침 에스텔이 가입시켜준 족보 웹사이
트에 마침내 들어갔다면서 다음의 이야기를―방금 재미있게 본
테니스 게임에 대해 얘기하듯―해주었다.

이것이 그가 알아낸 것이다.

윌리엄의 어머니는 그가 태어나기 전에 아이를 하나 낳았다. 메인주에서 감자 농부였던 남편 클라이드 트래스크와의 사이에서 태어난 아이였다.

이 아이는 윌리엄보다 두 살 더 많았고, 웹사이트에 기재된 출생시 이름은 로이스 트래스크였으며, 이 로이스라는 아이는 캐서린이 감자 농부이자 첫 남편인 클라이드 트래스크와 같이 살던 곳 근처인 메인주 홀턴에서 태어났다. 출생증명서에는 캐서린 콜 트래스크가 어머니로, 클라이드 트래스크가 아버지로 명시되어 있었다. 클라이드 트래스크는 로이스가 두 살이었을 때 다른 사람과 결혼했다. 그것에 대한 결혼증명서도 있었다. 윌리엄은 로이스의 사망증명서는 찾지 못했고, 1969년에 발행된 결혼증명서만 찾았는데, 그때부터는 로이스 부바Bubur라는 이름을 썼다―"어떻게 발음하는지 찾아봤더니, 부-바boo-bar라고 읽더라." 윌리엄이 약간 냉소적으로 말했다. 그녀의 아이들과 손주들 이름도 있었다. 로이스의 남편에 대해서는 오 년 전에 발행된 사망증명서가 있었다.

윌리엄이 나보고 그것에 대해 어떻게 생각하는지 묻더니, 이어 "당연히 웃기는 소리야. 사실일 리 없어. 이 사이트에는 온갖 종류의 잘못된 정보가 있다고 장담해" 하고 거의 무심한 투로 말했다.

나는 일어나서 다른 의자로 이동했다. 윌리엄에게 그런 정보를 찾아낸 과정을 다시 한 단계씩 알려달라고 했다. 나는 이런 웹사이트에 대해서는 전혀 몰랐다. 그러자 그가 인내심 있게 다시 알려주었고, 나는 귀기울여 들으면서―말 그대로―옆구리를 타고 소름이 쫙 끼치는 걸 느꼈다. "루시?" 그가 말했다.

잠시 뒤 나는 말했다. "내 생각에 그건 사실일 수밖에 없어, 윌리엄."

"사실이 아니야." 그는 단호했다. "맙소사, 루시. 캐서린은 아이를 절대 버리지 않았을 테고, 설령 그랬다 하더라도―그러지 않았겠지만―다른 누군가에게 그 이야기를 했을 거야."

"그렇게 확신하는 이유는 뭐야?"

"이런 곳이 하는 일이 원래 그런 거니까―누군가를 걸려들게 해서……"

"이런 곳이라니?" 내가 물었다.

그러자 윌리엄이 말했다. "이 덜떨어진 웹사이트 말이야."

나는 눈알을 굴렸고, 물론 그는 그것을 보지 못했다. "오 필, 제발 그만. 출생증명서를 조작하진 않아. 캐서린은 아이를 낳았던 거야!"

"좀더 조사해봐야겠어." 윌리엄이 침착하게 말했다.

그러고는 전화를 끊었다.

나는 소리 내서 말했다. "이 바보야. 캐서린은 아이를 하나 더 낳았다니까!" 나는 그 이야기를 듣고 깜짝 놀랐다. 하지만 곰곰이 생각해보니 묘하게 말이 되는 것 같았다.

*

결혼 전해에 우리는 거의 매일 윌리엄의 아파트에서 지냈다. 내가 거기 사는 건 아니었지만, 사는 거나 마찬가지였다. 그리고 우리는 너무 행복했다. 나는 너무 행복했고, 그 역시 그랬으리라 확신한다. 나는 먹을 것을 직접 만들려고 했지만, 요리에 대해서는 아는 것이 거의 없었다. 내가 음식에 대해 얼마나 아는 게 없는지에 대해 윌리엄이 어리둥절했던 게 기억나지만, 그는 그것에 대해 아주 너그러웠다. 그리고 윌리엄의 집에는 텔레비전이 있었는데, 나는 자라면서 한 번도 누려보지 못한 것이었고, 우리는 매일 밤 조니 칼슨 쇼를 보았다. 나는 그때까지 그런 프로그램이 있는지도 몰랐고, 우리는 매일 밤 그의 카우치에 앉아 그것을 보았다.

그해에 윌리엄이 내게 책을 읽어주던 게 기억난다. 어린이용 책이었지만, 어느 정도 나이를 먹은 아이들을 위한 책이었고, 그가 어렸을 때 좋아하던 책이었다—스스로 자기 삶을 개척한 소년에 대한 내용이었다. 매일 밤 우리가 침대에 누워 있는 동안 그가 몇 페이지씩 읽어주었지만, 그러는 동안에도 나는 다른 무엇보다 윌리엄에 대한 욕망에 사로잡혀 있었다. 그가 불을 끄고 내 몸에 손을 뻗지 않으면—대부분의 밤에 손을 뻗었다—공포와 상실감을 느꼈다. 나는 그 정도로 그를 원했다.

우리는 윌리엄의 어머니가 회원인 어느 컨트리클럽에서 결혼식을 올렸다. 우리의 대학 친구 몇 명과 그의 어머니의 친구들이 참석한 아주 작은 결혼식이었고, 결혼식이 시작되기 한 시간쯤 전에 클럽 위층 어느 방에서 드레스를 입던 중에—내 부모님과 언니 오빠는 참석하지 않았을 뿐 아니라, 결혼한다는 소식을 전한 뒤로 내게 무언가를 보내지도 편지를 쓰지도 않았다—나는 좀 야릇한 기분을 느끼기 시작했다. 설명하기 아주 까다로운데, 이 모든 상황이 완전히 현실 같지는 않다는 그런 느낌과 비슷했고, 아래층으로 내려가 윌리엄 옆에 서서 치안판사를 앞에 두고 결혼 서약을 할 때는 거의 말을 할 수가 없었다. 윌리엄은 내가 결혼식을 무사히 마칠 수 있게 도와주려는 듯 큰 사랑과 다정함을 담은 눈빛으로 나를 쳐다보았다. 하지만 그 느낌은 사라지지 않았다.

결혼식이 끝나고 뒤돌아섰을 때 나는 그의 어머니가 몹시 기뻐하며 손뼉을 치는 것을 보았고, 아마―확실하지는 않지만―그 순간 내 어머니가 몹시 보고 싶었던 것 같다. 어쩌면 줄곧 어머니를 보고 싶어했을 수도 있지만, 잘 모르겠다. 하지만 내가 방금 묘사한 느낌은 사라지지 않았고, 결혼식이 끝나고 열린 조촐한 피로연에서도 내가 정말로 거기 존재한다는 느낌은 들지 않았다. 내가 그 자리로부터 제거된 것처럼, 모든 것이 조금 멀리 있는 듯 느껴졌다. 그게 내가 하려는 말이다. 그리고 그날 밤 호텔에서는 평소처럼 남편에게 나를 자유롭게 맡길 수 없었다. 그 느낌이 여전히 내게 머물러 있었다.

진실은 이것이다. 그 느낌은 영영 사라지지 않았다.

완전히 사라지지는 않았다. 그와의 결혼생활 내내 나는 그것을 느꼈고―밀물과 썰물처럼 오갔다―그 느낌은 정말 끔찍했다. 윌리엄에게, 심지어 나 자신에게도 설명할 수 없었지만, 그것은 내 옆에 종종 머물러 있는 은밀하고 조용한 공포였고, 밤에 그와 함께 침대에 있을 때도 나는 예전과는 사뭇 다른 모습이었다. 나는 윌리엄이 그걸 알지 못하게 하려고 애썼지만 그는 당연히 알았고, 결혼하기 전 그가 내게 손을 뻗지 않은 밤에 느꼈던 절망감을 생각해보면, 우리가 결혼해서 살 때 그가 어떤 기분이었을지 짐작할 수 있다. 수치스럽고 어리둥절했을 것이다. 그리고 그 문제에 대해 어떻게 해볼 방법도 없어 보였다. 그래서 아무것도 하지 않았다. 내가 그것에 대해 말할 수 없었기 때문이고, 윌리엄이 행복을 덜 느끼게 되고 작은 일에서 마음의 문을 닫아버렸기 때문이다. 내 눈앞에서 그 일이 일어나는 것이 보였다. 그리고 우리는 그 사실은 덮어둔 채 우리의 삶을 살았다.

처음 크리시를 낳았을 때 나는 아주 무서웠고, 아기를 어떻게 돌봐야 할지 전혀 몰랐다. 캐서린이 와서 두 주를 함께 지냈다. "나가, 밖으로 좀 나가." 그녀는 첫 주에 우리에게 말했다. "둘이 지금 나가서 같이 저녁 먹고 들어와." 내 기억에 그녀는 아기를—그리고 우리를—맡아 돌볼 때 약간 공격적으로 보였다. 그래서 우리는 저녁을 먹으러 나갔지만, 나는 여전히 겁에 질려 있었고, 그리고 그때, 아기가 태어난 뒤로 정말 눈에 띄게 말이 없어진 윌리엄이 내게 말했다. "저기, 루시. 난 아기가 아들이었다면 더 좋았을 것 같아."

내 내면 깊은 곳에서 뭔가가 쿵 떨어지는 것 같았고, 나는 그것에 대해 아무 말도 하지 않았다.

하지만 늘 그 순간을 기억하고 있다. 당시에 나는 생각했다.

음, 적어도 그는 솔직하기는 하잖아.

우리에게는 이렇게 서로에게 놀라거나 실망하는 일들이 있었다. 그게 내가 하려는 말이다.

*

나는 캐서린에 대한 생각을 멈출 수가 없었다. 그녀가 그 아이를 낳았다는 사실을 내가 확신하는 이유는 잘 모르겠지만, 그녀가 아이를 낳은 건 분명하다고 느꼈다. 크리시가 아기였을 때 캐서린이 크리시를 어떻게 안고 있었는지가 기억났다. 앞서 말했듯, 캐서린은 처음 우리집에 와서 지내는 동안 아기를 맡아서 돌봤다. 하지만 생각해보니, 캐서린이 크리시를 안고 있을 때―시간이 좀더 지난 후의 일이다―그녀의 얼굴에 모종의 두려움이 떠오른 다른 순간들이 기억났다. 지금은 쉽게 회상할 수 있는데, 내 기억에 따르면 그것은 사실이다. 그리고 그녀는 베카에게 사랑을 주면서도 가끔은 묘하게 거리를 두었다. 아기인 우리의 두 딸을 안고서 그녀가 무슨 생각을 했을지 상상해보라!

나는 캐서린이 자신의 과거 이야기를 거의 하지 않았다는 게 기억났다. 아주아주 조금 했을 뿐이다. 그녀에겐 오빠가 하나 있었는데, 늘 고개를 저으며 "오, 그는 골칫덩이였어"라는 한마디

로 일축해버렸고, 오래전에 기차 건널목에서 사고로 죽었다고
했다. 그리고 감자 농부였던 남편에 대해 말할 때는 늘 "불쾌한"
사람이었고, 그들은 한 번도 사랑한 적이 없었다고 폄하했다. 그
와 결혼했을 때 그녀는 열여덟 살이었고, 독일 전쟁 포로였던 윌
리엄의 아버지와 함께 매사추세츠로 이주하기 전까지는 대학에
가지 않았다.

윌리엄의 아버지 이야기가 나왔으니 말인데, 그녀가 빌헬름
(그가 미국에 영주하려고 온 뒤에는 그 역시 윌리엄이라는 이름
을 썼다)을 만난 이야기는 우리도 잘 알았다. 빌헬름은 그 농장
에서 일한 전쟁 포로 열두 명 중 한 명이었다. 포로들은 홀턴에
있는 공항 근처 막사에서 매일 트럭에 실려 농장으로 이송되었
다. 그리고 그들이 처음 나타나고 한 달쯤 지난 어느 날 캐서린
은 그들을 위해 직접 도넛을 만들어, 감자 창고 옆에서 점심을
먹을 때 같이 먹을 수 있게 갖다주었다. 그녀는 그 남자들이 평
소에 충분히 먹지 못했다고, 그리고 빌헬름이 잠시 눈길을 주었
을 때 그녀의 몸에 기분좋은 전율이 일었다고 말했다.

하지만 캐서린이 빌헬름과 절박하게—오 그냥 절박하게—사
랑에 빠진 이야기는 이것이다. 감자 농부였던 클라이드 트래스
크의 집에는 거실에 피아노가 있었다. 분명 그의 어머니가 치던
피아노였을 텐데, 그녀는 캐서린과 클라이드 트래스크가 결혼하

기 직전에 죽었다. 피아노는 거기 계속 놓여 있었고, 오래된 업라이트피아노였다. 그리고 어느 날 캐서린의 남편이 집을 비웠을 때―그는 주의회 의원 일로 오거스타에 갔는데, 회기중은 아니었으나 위원회에서 회의가 있었다―빌헬름이 집으로 걸어들어왔다. 캐서린은 겁을 먹었지만, 그는 그녀에게 미소를 지어 보였다. 그리고 쓰고 있던 모자를 벗더니 거실로 들어가 피아노 앞에 앉아 연주를 하기 시작했다.

캐서린이 그에게 미친듯이, 되돌릴 수 없게 빠져든 것이 이때였다. 그녀는 그날 빌헬름의 연주만큼 아름다운 연주는 들어본 적이 없었다고 말했다. 계절은 여름, 창문이 조금 열려 있고 바람이 불어와 커튼을 부드럽게 들칠 때 그는 피아노 앞에 앉아 연주를 시작했다. 브람스의 곡이었는데, 그건 그녀가 나중에 안 사실이었다. 그는 연주하고 또 연주했고, 그저 한두 번 그녀를 슬쩍 올려다보았을 뿐이었다. 그러고는 일어서서 캐서린을 향해 고개를 살짝 숙인 뒤―그는 짙은 금발에 키가 컸다―그녀 옆을 지나 다시 들판으로 나갔다. 캐서린은 창문을 통해 그를 지켜보았는데, 걷어올린 셔츠 소매 아래 드러난 팔은 강인해 보였고, 셔츠 등에는 크고 검은 글씨로 POW*라고 쓰여 있었으며,

*prisoner of war. '전쟁 포로'라는 뜻.

전쟁 포로가 입는 낡은 바지와 부츠 차림이었다. 그녀는 그가 들판으로 걸어가는 모습을 지켜보았는데, 그는 큰 키로 꼿꼿한 자세를 하고 걷다가 딱 한 번 아주 잠깐 뒤돌아보고 미소를 지었다. 하지만 캐서린은 창가 커튼 근처에 서 있어서 그 거리에서는 자신이 지켜보는 모습이 그에게 보이지 않았으리라고 확신했다.

그 이야기를 할 때마다 캐서린의 시선은 아주 먼 곳을 향했다. 그녀가 그 장면을 그려보고 있는 것을 알 수 있었다. 그녀의 집으로 들어와 모자를 벗고 피아노 앞에 앉아 연주하는 남자. "그렇게 된 거야." 그녀는 우리에게 다시 시선을 돌리며 말했다. "그렇게 된 거였어."

그들이 어떻게 연애를 했는지 나는 모른다. 그녀가 한 번도 말해준 적이 없다. 하지만 빌헬름은 영어를 조금 할 줄 알았던 것 같은데, 캐서린의 이야기에 따르면 대부분의 전쟁 포로는 할 줄 몰랐기 때문에, 그건 흔치 않은 일이었다. 하지만 그녀는 자신이 감자 농부인 남편을 떠난 날에 대해서는 말해주었다. 그건 그녀가 빌헬름을 마지막으로 보고 일 년 뒤의 일이었는데, 전쟁이 끝난 뒤 그는 다시 본국으로 송환된 상태였다. 그는 배상 문제로 먼저 잉글랜드로 보내졌고—전쟁으로 파손된 지역을 정리하는 일에 투입되었다—거기서 여섯 달을 보낸 뒤 독일로 돌아갔다.

그들은 편지를 주고받았다. 감자 농부인 남편이 그 편지를 발견했는지 어쨌는지는 모르겠지만, 언젠가 그녀가 내게 이런 이야기를 했다. 빌헬름이 보낸 편지가 왔는지 보려고 매일 우체국으로 걸어갔고 메인주의 그 작은 우체국 국장이 그녀를 점점 의심하게 되었다고. 그녀는 그 이야기를 내게 했다. 그리고 빌헬름에게서 지금 매사추세츠주에 와 있다는 소식이 날아온 뒤 그에게 보낸 마지막 편지에서 캐서린은 새벽 다섯시에 보스턴의 노스스테이션에 도착하는 기차에 타겠다고 말했고, 분명 날짜도 말했을 것이다. 11월이었고, 땅에는 눈이 거의 1피트나 쌓여 있었다. 캐서린은 편지를 부치러 가면서 우체국 국장이 그걸 발송하지 않을까봐 걱정했다. 하지만 결국 발송할 수밖에 없을 거라고 생각했고, 국장은 실제로 그렇게 했다. 그녀는 남편의 누이가 집에 오는 날을 기다렸다가 달아났다. 자기가 떠난 것을 깨달았을 때 감자 농부인 남편이 집에 혼자 있기를 바라지 않은 것이다. 나는 그 부분에서 늘 놀랐다.

나는 그것 말고는 캐서린에 대해 거의 아무것도 알지 못했다. 내가 어린 시절은 어땠느냐고 물으면 그녀는 고개를 젓곤 했다. "오, 그렇게 좋진 않았어." 한번은 그렇게 말했다. "하지만 괜찮았어." 그녀는 두 번 다시 메인주로 돌아가지 않았다.

*

   나는 일주일을 기다렸다가 윌리엄의 실험실로 전화했고, 그의 목소리에서 심란한 마음을 느꼈다. 내가 물었다. "뭘 더 찾아냈어?" 그러자 그가 말했다. "오 루시, 그건 다 헛소리야. 더 알아야 할 건 없어." 나는 그에게 에스텔이 뭐라고 했는지 물었고, 그는 망설이다 말했다. "뭐에 대해서?"

   "당신 어머니가 아이를 하나 더 낳은 것에 대해서." 내가 말하자, 윌리엄이 대답했다. "루시, 우린 어머니가 아이를 하나 더 낳았는지 아닌지 몰라." 그래서 나는 에스텔은 뭐라고 하더냐고 물었고, 잠시 뒤 그가 말했다. "에스텔은 그런 일은 일어나지 않았다고 생각해."

   그가 전화를 끊었을 때 나는 윌리엄이 거짓말을 한다는 것을 깨달았다. 무엇에 대해선지는 알 수 없었다. 하지만 목소리에서 어딘가 솔직하지 않은 게 느껴졌다. 그렇게 들렸다. 나는 그 일과 관련해 그에게 다시 전화하지 않겠다고 마음먹었다.

   오 나는 데이비드가 그리웠다! 몹시 그리웠다. 믿을 수 없을 만큼 그리웠다. 내가 튤립을 좋아하는 걸 알고는 늘—늘—집으로 튤립을 가져왔던 것을 생각했다. 튤립 철이 지났을 때도 그는 근처 꽃가게에 들러 튤립을 사서 집으로 가져오곤 했다.

*

어린 시절 나든 언니든 오빠든 거짓말을 하면, 심지어 하지 않았더라도 부모님이 우리가 거짓말을 했다고 생각하면, 우리는 입안을 비누로 씻어야 했다. 그것이 그 집에서 우리에게 일어난 최악의 일은 아니었고, 그래서 지금 여기서 그 이야기를 하려고 한다. 우리는 작은 거실의 바닥에 등을 대고 누웠고, 거짓말을 한 사람이 누구건 간에―예를 들어 언니 비키가 거짓말을 했다고 치면―나머지 두 아이, 오빠와 나 중 하나는 언니의 팔을 잡아 누르고 나머지 하나는 언니의 다리를 잡아 눌러야 했다. 그러고 나면 어머니는 부엌에서 접시 닦는 행주를 가져다가, 욕실로 가서 그것에 비누를 묻힌 다음 비키가 혀를 내밀면 입안에 행주를 쑤셔넣은 뒤 구역질을 할 때까지 계속 문질렀다.

나이를 먹고 생각하니, 부모님이 이 행위에 나머지 아이들을 개입시킨 것은 무의식적으로 머리를 아주 잘 쓴 것 같다. 그 집에서 일어난 모든 일이 그랬듯, 그게 우리를 갈라놓았다.

내가 바닥에 눕는 차례가 되면 나는 불쌍한 오빠―그럴 때마다 늘 겁을 먹었다―와 불쌍한 언니―그럴 때마다 늘 분노했다—와 달리 결코 버둥거리지 않았다. 그냥 거기 누워서 눈을 감았다.

*

이걸 한번 이해하려고 해보라.

대형 코르크판이 있고 그 판에 지금껏 살아온 모든 사람의 핀이 꽂혀 있다면, 거기 내 핀은 없을 거라고 나는 늘 생각했다.

나는 내가 투명인간이라고 느낀다, 그게 내가 하려는 말이다. 하지만 가장 깊은 수준에서 그렇다는 것이다. 설명하기가 아주 어렵다. 그리고 설명하려고 해도 내가 할 수 있는 말은…… 오, 무슨 말을 해야 할지 모르겠다! 진정으로, 나는 존재하지 않는 것 같다, 이렇게 말하는 게 내가 하려는 말에 가장 가까울 것이다. 그러니까 나는 세상에 존재하지 않는다는 뜻이다. 그건 내가 자랄 때 우리집에는 욕실 세면대 위에 높이 걸려 있던 아주 작은 거울 말고는 거울이 하나도 없었다는 말처럼 단순한 이야기일 수 있다. 나도 내가 무슨 말을 하려는 건지 모르겠다, 아주 근본적인 수준에서 나를 투명인간으로 느낀다는 말 외에는.

이건 워싱턴 D.C. 공항에 붙들려 있던 그날 밤 나를 뉴욕으로 돌아가는 기차에 같이 타게 해준 그 부부 이야기다. 그때로부터 그리 오랜 시간이 흐르지 않았을 때, 신문에서 내 사진을 본 그들이 코네티컷에서 열린 낭독회에 왔다. 여자는 만면에 환한 미소를 띠고 있었고 정말로 나를 아주 상냥히, 공항에서 함께 있을 때보다 훨씬 상냥히 대했는데 그건—내 생각에는—그녀가 이제 나를 대단한 사람으로 보기 때문이었다. 그날 밤 공항에서 나는 그녀 뒤에 따라붙은 겁먹은 사람이었다. 낭독회가 있던 밤에 그녀가 얼마나 달랐는지, 나는 늘 그 사실을 기억한다. 책이 아주 잘 팔려서, 그날 낭독회가 열린 도서관에는 사람들이 빼곡히 들어차 있었다. 그러니 아마도 그녀는 그 사실에 깊은 인상을 받았을 것이다.

그녀가 알지 못했을 것은, 그 많은 사람 앞에 서서 책을 읽고 질문에 답하면서도 여전히 나는 이상하게도—하지만 너무도 진실하게도—내가 투명인간으로 느껴졌다는 것이다.

*

7월과 8월에 에스텔과 윌리엄은 늘 롱아일랜드 동쪽 맨 끝에 있는 몬토크에서 집을 빌려 지냈다.

캐서린이 죽고 여러 해 동안 윌리엄과 나와 딸들은 8월이 되면 몬토크에 가서 일주일을 보내곤 했다. 우리는 작은 호텔에 묵으면서, 길 건너 해변으로 이어지는 작은 길을 따라 기다란 풀 사이를 통과해 걷곤 했다. 그리고 큰 비치 타월을 깔고 모래 속에 우산을 꽂았다. 나는 해변을 좋아했다. 나는 바다를 사랑했다. 바다를 바라보면서 미시간호수와 어떻게 비슷한지 생각하곤 했지만, 전혀 비슷하지 않았다. 거긴 바다였다! 그럼에도 솔직히 나는 우리가 거기서 보낸 시간에 대해 복합적인 감정을 갖고 있다.

윌리엄은 몬토크를 아주 많이 좋아했지만, 내가 기억하기로 거기서 그는 종종 나, 그리고 우리 아이들과 거리를 두었다. 한번은 아이들이 어렸을 때였는데, 그가 레스토랑에서 큰 그릇에 담긴 조개 찜을 다 먹는 동안 나와 딸들은 한참을 기다려야 했다. 그가 조개의 수관에서 검은 부분을 벗겨내 테이블에 놓여 있던 회색 물컵에 담그는 걸 지켜봤던 게 기억나는데, 그는 전혀 말이 없었고 딸들은 가만히 있지 못하고 내 무릎에 기어올랐다가, 이어 실내를 돌아다니거나 다른 테이블 쪽으로 걸어갔다. "애들 데리고 나가 있어." 그가 말했고, 나는 그렇게 했다. 하지만 그러고도 윌리엄이 조개를 다 먹기까지는 한참이 걸렸다. 그리고 또 한번은 우리가 몬토크에서 집으로 돌아오는 길에 그가 내게 한 번도 말을 걸지 않았던 적도 있었다.

우리의 결혼생활이 끝난 뒤 나는 다시는 몬토크에 가지 않았다.

*

하지만.

윌리엄과 에스텔은 그곳에 집을 빌렸다. 브리짓은 매사추세츠
서부로 캠핑을 갔다. 그애는 그걸 아주 좋아하는 것 같았고, 윌
리엄은 실험실 연구를 위해 일주일에 며칠씩만 뉴욕에 왔다. 에
스텔은 몬토크에 계속 머물렀고, 그곳에서 그들은 주말에 많은
손님을 초대했다. 내가 그걸 아는 건 크리시와 베카가 가끔은 따
로, 가끔은 같이 거기 가서 며칠 지내고 왔기 때문이다. 베카는
그 집을 큰 창문이 많은 집으로 묘사했고, 크리시는 그들이 초대
한 사람들에 대해 "아주 따분한 사람들이에요. 아마 극단 사람들
일걸요" 하고 말했다. 하지만 크리시는 미국시민자유연맹의 변
호사이고, 금융계 남자와 결혼했다. 두 딸 모두 에스텔이 요리를
얼마나 많이 했는지 말했고, 나는 그 말을 듣기만 해도 지겨웠
다. 나는 요리를 좋아해본 적이 결코 없었다.

*

윌리엄에게 일어난 두번째 일은 이것이다.

이른 7월의 어느 목요일, 윌리엄이 내게 전화를 걸어 말했다.
"루시? 이리로 와줄 수 있어?"

"어디로?" 내가 물었다.

"내 아파트로."

"당신 몬토크에 있는 줄 알았는데." 내가 말했다. "괜찮은 거야?"

"당장 와줘. 그렇게 해줄 수 있어? 부탁이야."

그래서 나는 집을 나섰고—날씨가 아주 더워서 뉴욕을 돌아다니는 게 쉽지 않을 만큼 열기가 후끈한 날이었다—택시를 타고 리버사이드 드라이브에 있는 윌리엄의 집으로 갔다. 아파트 경비가 내게 말했다. "얼른 올라가세요. 기다리고 계세요."

엘리베이터에서 나는 걱정을 많이 했다. 윌리엄의 전화를 받은 뒤부터 계속 걱정했지만, 경비가 한 말 때문에 더욱 걱정스러웠다. 엘리베이터에서 내려 복도를 지나 아파트 문 앞에 다다라 문을 두드렸고, 안쪽에서 윌리엄이 소리쳤다. "열려 있어." 그래서 나는 안으로 들어갔다.

윌리엄이 카우치 앞 바닥에 앉아 있었다. 셔츠는 구겨져 있었고, 청바지조차 더러워 보였다. 신발도 신지 않고 양말만 신은 채였다. "루시." 그가 말했다. "루시, 믿을 수가 없어."

처음에 나는 집안이 썰렁해진 듯한 느낌 때문에 도둑이 든 거라고 생각했다.

하지만 실제로 일어난 일은 이것이다.

윌리엄은 샌프란시스코에서 열리는 컨퍼런스에 가서 논문을 발표했다. 당시에 그는 자신의 논문이 대단치 않다고 느꼈고, 듣는 사람들도 그걸 알 거라고 생각했다. 그는 논문에 대한 피드백을 거의 받지 못했다. 그후 리셉션에서 그와 오래 알고 지낸 남자와 여자들은 그를 친절히 대했고, 딱 한 사람만이 그의 논문을 언급했는데, 그때조차 윌리엄은 단지 예의를 차리느라 그런 거라고 생각했다. 집으로 돌아오는 비행기에서 그는 그 일에 대해 생각해보았고, 자신의 커리어는 근본적으로 끝났음을 깨달았다.

그가 자신의 아파트 건물 입구로 들어가는데—토요일 정오였다—윌리엄을 바라보는 경비원의 눈빛이 심상치 않았다. 경비가 고개를 까딱하고 말했다. "안녕하세요, 게르하르트 선생님." 윌리엄은 뭔가 눈치챘다. 하지만 이렇게만 말했다. "좋은 오후네요." 윌리엄은 그 건물에서 거의 십오 년을 살았지만 경비원들의 이름을 다 알지는 못했고, 이 경비원의 이름도 기억나지 않았다. 그리고 잠긴 아파트 문을 열었을 때, 집이 달라진 것을 대번에 알아보았다. 더 넓어 보여서, 처음에는 (내가 들어올 때 그랬던 것처럼) 도둑이 들었나 생각했다. 그런데 바닥에 평범한 크기의 종이 한 장이 놓여 있었고—그는 그것을 거의 밟을 뻔했다—그건 에스텔이 손글씨로 쓴 편지였다. 윌리엄은 바닥에 앉은 채 내게 그 편지를 건넨 뒤 말했다. "당신이 갖고 있어." 나는 카우치에 앉아 그것을 읽었다. 편지엔 이렇게 쓰여 있었다(편지는 내가 보관했다).

여보, 이걸 이런 식으로 알게 돼서 정말 미안해! 정말로 미안해, 여보.

집을 나왔어—지금은 몬토크에 있지만, 빌리지에 아파트가 있어. 브리짓은 당신이 원할 때 언제든 만날 수 있어. 이혼 수당은 걱정하지 마. 나는 준비가 다 끝났어. 정말로 미안해, 윌리엄. 이 일로 당신을 탓하진 않아(하지만 당신은 종종 가늠할수 없는 사람으로 느껴졌어). 그래도 당신은 좋은 사람이야. 때때로 아주 멀게 느껴질 뿐이지. 그런 때가 많았다는 말이야. 미리 알리지 못해서 정말 미안해. 아마 내가 겁쟁이라서 그럴 거야.

사랑을 담아, 에스텔

나는 거기 카우치에 앉아 한참을 아무 말 없이 그저 아파트 안을 둘러보았다. 뭐가 없어졌는지는 말할 수 없었지만 텅 빈 느낌이었고, 창문으로 들어오는 햇살이 그곳을 더욱 을씨년스럽게 했다. 마침내 나는 큰 적갈색 의자가 사라졌다는 걸 알아차렸다. 그리고 벽난로 선반에 놓인 큰 꽃병을 보았는데, 윌리엄이 내 시선을 따라오며 말했다. "맞아, 내가 크리스마스 선물로 준 건데, 여기 놓고 갔어."

"맙소사." 내가 말했다. 우리는 한동안 아무 말도 하지 않았다. 문득 나는 거실 저 안쪽 구석에 있는 작은 러그를 제외하고 러그가 모조리 사라졌다는 걸 알아차렸다. 그곳이 그토록 황량해 보인 건 어느 정도 그 때문이었다. "잠깐," 내가 말했다. "러그를 가져갔어?"

윌리엄은 그저 고개만 끄덕였다.

"맙소사," 내가 다시 조용히 말했다. "오 맙소사."

그러자 윌리엄이 말했다―그는 긴 다리를 앞으로 뻗고 앉아 있었다. 양말은 더러워 보였고, 두 발은 벌어져 있었다―"루시, 나를 겁나게 하는 건, 내가 느끼는 이 비현실적인 감각이야. 닷새가 지났는데, 이게 현실이 아니라는 느낌을 떨쳐버릴 수가 없어. 하지만 현실이지. 그게 겁이 나. 그러니까 이 비현실적인 느낌이 겁나." 그러고는 덧붙였다. "침실에 들어가봐. 에스텔의 옷이 죄다 없어졌고, 브리짓의 옷도 대부분 없어졌어. 브리짓의 가구는 전부 다 비워졌고. 부엌에 있던 살림살이는 절반만 남았어." 그는 고개를 돌려 나를 쳐다보았고, 눈동자에는 생기가 거의 없었다.

그는 지난 닷새 동안 파도에 휩쓸리듯 기력이 빠져나갔다고 했다. 꿈도 꾸지 않고 잠을 잤고, 화장실에 가려고 일어날 때를 빼면 종종 열두 시간을 내리 잤으며, 그러고 나면 피로가 안개처럼 다시 밀려왔다. 윌리엄이 말했다. "이런 일이 일어나리라곤 절대, 절대 생각하지 못했어."

나는 그의 어깨를 살짝 잡았다. "오 필리," 내가 조용히 말했다. 그리고 다시 집안을 둘러보았다. 꽃병은 유리 안쪽에 여러 가지 모양의 색유리가 끼워진 것이었다. "오 어쩌면 좋아." 내가 말했다.

시간이 꽤 흐른 뒤 윌리엄이 몸을 돌려 여전히 카우치에 앉아 있던 내 무릎 위에 자신의 두 팔을 교차해 얹더니 거기 머리를 묻었다. 나는 생각했다. 내가 이런 일을 당했다면 죽었을 거야. 나는 머리칼이 하얗게 센 그의 풍성한 머리를 만져주었다.

"내가 종종 가닿을 수 없는 사람으로 느껴진다는 게 사실이야?" 윌리엄이 고개를 들었고, 그의 눈은 작아 보이고 이제 붉어져 있었다. "정말로 그런 것 같아, 루시?"

"당신이 다른 사람들보다 더 가엾을 수 없는 사람인지는 전혀 모르겠네." 나는 그렇게 말했는데, 그게 내가 해줄 수 있는 말 중 가장 좋은 말이었기 때문이다.

윌리엄이 일어나 카우치의 내 옆자리에 앉았다. "당신이 모르면 누가 알아?" 그가 말했는데, 농담을 해보려고 한 것 같았다.

"아무도 모르지." 내가 말했다.

그러자 그가 말했다. "오 루시." 그러고는 내 손을 잡았고, 우리는 손을 맞잡고 카우치에 앉아 있었다. 이따금 그는 고개를 흔들며 중얼거렸다. "맙소사."

마침내 내가 말했다. "당신에겐 돈이 있어, 필. 여기서 지내지 마. 이 문제가 정리될 때까지 좋은 호텔에 가 있어."

그러자 그가 재미있는 말을 했다. "아니, 호텔에는 가고 싶지 않아. 여기가 내 집이야."

내가 그 말이 재미있다고 한 건, 윌리엄이 그곳을 자신의 집이라고 불렀기 때문이다. 물론 거긴 그의 집이었다. 이 남자는 여기서 오랫동안 살았다. 이 나무 식탁에서 가족과 함께 수없이 많은 식사를 하고, 여기서 샤워를 하고, 신문을 읽고, 여기서 텔레비전을 보았다. 하지만 나는 여전히 내게 집이 있다고 느껴본 적이 없다. 단 한 번도. 아주아주 오래전에 윌리엄과 같이 살았던 집 말고는. 그 이야기는 앞에서 했다.

나는 오후 동안 거기 있었다. 그리고—그가 다시 부탁해서—윌리엄의 침실과 브리짓의 침실을 들여다보았고, 그가 말한 모든 것이 사실임을 확인했다. 침대 위에 놓인 푸른색 퀼트 이불은 완전히 헝클어져 있었다. 퀼트는 가져가지 않은 모양이었다. 브리짓이 쓰던 방의 바닥에는 먼지 뭉치가 굴러다녔는데, 가져간 침대 밑에 쌓여 있던 것일 터였다. "브리짓이 여기 들르면 어디서 자?" 내가 거실로 돌아와서 물었고, 윌리엄은 깜짝 놀란 표정으로 말했다. "그 생각은 미처 못했어. 침대를 하나 더 장만해야겠네."

"책상도." 내가 말했다. 그리고 덧붙였다. "가서 샤워해. 그리고 나가서 뭘 좀 먹자."

그래서 윌리엄은 그렇게 했고, 다른—깨끗한—셔츠를 입고 수건으로 하얀 머리칼을 닦으며 거실로 나온 그의 모습은 한결 나아 보였다.

*

우리는 그날 밤 저녁을 먹으면서 많은 이야기를 나누었다. 레스토랑은 오래되고 편안해 보이는 곳이었고 연중 그 시기에는 쉽게 자리를 잡을 수 있어서, 우리는 안쪽 깊숙이 들어가 앉아 이야기를 나누었다. 하지만 나는 기분이 영 착잡했다. 한때 남편이었던 이 남자 때문에 영 착잡했다. 우리는 한참 동안 에스텔과 브리짓에 대한 이야기를 나누었고, 우리 딸들에 대해 조금 이야기했다. 그는 에스텔이 떠난 것을 크리시와 베카에게 자기가 직접 알려야 하는지 물었고, 나는 당연히 그렇다고 대답했다.

그러자 윌리엄이 빵 한 조각을 집으면서 "내가 태어나기 전에 캐서린이 낳은 아이가 있었어" 하고 말했고, 나는 "그건 알아" 하고 답했다.

윌리엄은 그것에 대해―컨퍼런스에 가기 전에―다시 조사했고 어머니가 임신한 시점은 그의 아버지가 잉글랜드로, 이어 독일로 가고 몇 달 뒤였으리라는 걸 알아냈다. "그러니까 그 아이는," 윌리엄은 날짜를 다 따져서 계산했다. "한 살쯤 됐을 것 같아. 어머니가 문을 열고 그냥 나가버렸을 때 사실상 걸음마를 하고 있었을 나이야, 루시." 그렇게 말하고는 나를 쳐다보았는데, 그의 얼굴에 떠오른 표정을 보니 얼마나 괴로운 심정인지 알 것 같았다. 나는 마음이 몹시 아팠고, 그가 자신의 두 아내가 그랬듯 어머니도 자기를 배신했다고 느꼈으리라는 걸 어렴풋이 이해했다.

월리엄이 덧붙였다. "하지만 그 아이의 아버지 클라이드 트래스크는 일 년 뒤 매릴린 스미스라는 여자와 결혼했어." 월리엄은 '스미스'라는 이름을 비아냥거리듯 내뱉었다. "그리고 그는 오십 년 동안 그 여자하고 살았지. 두 사람 사이에 남자아이들이 태어났고."

나는 손을 뻗어 월리엄의 손을 꼭 잡았다. 그리고 말했다. "필리, 우리가 어떻게 된 일인지 다 알아낼 거야. 모든 걸 잘 해결할 거야. 그러니 걱정하지 마."

그가 말했다. "음, 당신이라면 해결할 수 있지, 확실히."

내가 말했다. "장난해? 나는 아무것도 해결 못해."

그러자 그가 말했다. "루시. 당신은 뭐든지 다 해결해."

*

그날 밤 내 아파트로 돌아가는 택시 안에서, 나는 나 역시 월리엄을 비슷한 방식으로 떠났다는 생각이 들었다. 다만 미리 경고를 좀더 했을 뿐이다. 그리고 나는 옷만 좀 챙겨갔을 뿐 다른 건 가져가지 않았다. 하지만 집을 나가겠다는 말은 미리 했다. 그와 함께 살면 나 자신을 상자 안에서 날개를 접고 있는 새의 이미지로 상상하게 된다는 말도 했다. 월리엄은 이해하지 못했지만,

그를 탓하지 않는다. 나는 당시 우리가 살고 있던 브루클린의 브라운스톤 아파트에서 고작 몇 블록 떨어진 곳에 작은 아파트를 구했다. 하지만 나는 거의 일 년 동안 집을 나가지 않다가 어느 날 그가 출근한 뒤에─월요일이었다─전화기를 들고 매트리스 가게에 전화를 걸었고, 매트리스는 두 시간도 안 되어 내 작은 아파트로 배송되었다. 그리고 나는 생각했다. 오 어쩌지, 루시. 혹은 아무 생각도 하지 않았을 것이다. 나는 그저 겁에 질려 있었다. 그래서 이것저것 쓰레기봉투에 담아 짊어지고 걸음을 옮겼고, 드러그스토어에서 팬을 하나 사고 포크와 접시도 하나씩 샀다. 그리고 윌리엄에게 전화를 걸어 집을 나왔다고 말했다.

그날 그의 목소리가 잊히지 않는다. 윌리엄은 말했다. "당신이?" 그의 목소리는 너무 작았다. "집을 나갔다고?"

오늘 내게 그 일을 상기시키지 않은 건 그의 배려였다고, 나는 택시 안에서 생각했다.

나는 또한 에스텔에 대해 생각했는데, 다른 남자와 만나는 게 아니라면 이런 일을 저질렀을 리 없다고 생각했다─그렇게 추정했다. 윌리엄에게 그런 말은 하지 않았다. 나는 그 남자가 누군지, 그날 밤 부엌에서 그녀가 말을 걸었던 그 극단 남자인지 궁금했다. "지겨워 죽겠지?" 에스텔을 생각하니 화가 났다. 맙소사, 나는 생각했다. 당신을 참을 수가 없어. 그녀는 윌리엄의 마음에 상처를 입혔고, 나는 그런 그녀를 참을 수 없었다.

캐서린에 대해서는, 당시에 많은 생각을 하지는 않았다. 윌리엄이 지금 그 텅 빈 아파트에서 지낸다는 사실이 더 걱정이었다. 하지만 윌리엄에 대한 속상한 마음과 함께, 나는 캐서린에 대해 모종의 불쾌한 마음이 일어나는 것 또한 느꼈다.

*

내가 윌리엄의 불륜―한 번 이상이었다―에 대해 알아낸 그날 밤, 당시 십대였던 우리 딸들은 잠들어 있었고 시간은 자정 즈음이었다. 그가 마침내 처음에는 작은 사실을, 이어 더 큰 사실을 털어놓았다. 이틀 전 나는 세탁소에 맡기려고 그의 셔츠 주머니를 살피다가 신용카드 영수증을 발견했다. 분명히 두 사람 몫의 저녁식사에 대한 결제 내역이었는데―금액으로 보아 그런 것 같았다―빌리지에 있는 어느 레스토랑에서 쓴 것이었고, 그는 그날 밤 야근을 해야 한다고 말했었다. 그에게 영수증을 보여주고 어떻게 된 건지 물어보면서 나는 겁이 났다. 윌리엄은 영수증을 보고 (내 생각에는) 깜짝 놀란 것 같았지만, 같이 일하는 여자 동료에게 힘든 일이 있어서 같이 저녁을 먹은 거라고 말했다. 그럼 애초에 왜 내게 그렇게 말하지 않은 거지? 그가 뭐라고 말했는지는 기억나지 않지만, 나를 안심시키고 마음을 누그러뜨리는 말이었다—어느 정도는. (그즈음 나는 몇 년에 걸쳐 그가 나 몰래 바람을 피우는 꿈을 꾸고 있었고, 그 이야기를 할 때마다 윌리엄은 다정한 목소리로 말했다. "당신이 왜 그런 꿈을 꾸는지 정말 모르겠네.") 하지만 그날 저녁에 우리는 친구들을 집으로 초대했고 친구 부부 중 아내가 나와 같이 옥상에 올라가 담배를 피웠는데, 그녀는 자신이 로스앤젤레스에 사는 남자와 만나고 있다고 말했다. "섹스가 정말 좋아요." 그녀가 연기를 들이마시며 말했다. "섹스가 굉장해요."

그리고 그녀가 그 말을 했을 때 나는 깨달았다. 윌리엄에 대해. 이유는 모르지만 그 순간 깨달았고, 우리가 계단을 내려왔을 때 나는 윌리엄을 쳐다보았다. 그가 내 표정에서 내가 안다는 것을 알아차렸으리라고 나는 믿는다. 우리는 손님들이 떠나고 딸들이 잠자리에 들기를 기다렸고, 내가 아까 그 여자가 한 이야기를 전하자 잠시 후 그가 고백했다. 처음에는 한 사람과, 그뒤엔 다른 두 사람과 그런 관계였다고. 윌리엄은 같이 일하는 한 여자를 특별히 좋아하는 것 같았지만, 그들 중 누구도 사랑하지는 않는다고 말했다. 그러고도 조앤에 대해서는 그뒤로 석 달 동안 입을 열지 않았다. 그리고 그가 조앤에 대해 말했을 때, 나는 내가 죽을지도 모르겠다고 생각했다. 다른 여자들에 대해 들을 때도 죽을 것 같다는 생각은 이미 했었다. 하지만 이 조앤이라는 여자는 수도 없이 우리집에 찾아왔고, 어느 여름 내가 아파서 병원에 입원했을 때 내 딸들을 병실로 데려오기도 했으며, 예전부터 남편의 친구이자 내 친구였다.

내 안에서 튤립 줄기가 툭 꺾였다. 나는 그렇게 느꼈다.
튤립은 꺾인 채로 내 안에 남았고, 결코 다시 자라지 않았다.

나는 그후로 좀더 진실한 글을 쓰기 시작했다.

*

"엄마," 베카가 나하고 통화하던 중에 말했다―그날 나는 윌리엄의 아파트로 찾아가 그를 만난 뒤 드러그스토어로 걸어가던 중이었다. "엄마, 무슨 그런 거지같은 일이 다 있대요?" 그래서 나는 윌리엄이 에스텔 이야기를 했다는 것을 알았다.

"그러게 말이다." 내가 말했다. 나는 보도에 있는 벤치로 걸어

98

가 앉았다.

"무슨 그런 거지같은 일이 다 있대요?" 베카가 다시 말했다. "엄마, 아빠가 불쌍해요! 엄마!"

"나도 알아, 딸." 내가 말했다. 나는 선글라스를 통해 사람들이 내 앞을 지나가는 것을 지켜보았지만, 정말로 그들을 보고 있지는 않았다. 그 순간 전화기가 진동했고, 전화한 사람은 크리시였다. "크리시 전화야." 나는 베카에게 말했다. "잠깐만 기다려." 그리고 원 모양의 녹색 버튼을 눌렀고, 크리시가 내게 말했다. "엄마, 믿어지지 않아요! 그냥 믿을 수가 없어요!"

"그러게 말이다." 내가 말했다.

딸들은 번갈아 아버지에게 일어난 일에 대해 격렬한 분노를 쏟아냈고, 나는 침착하게 두 아이 모두와 대화를 나눴다. 아이들이 "아빠는 괜찮겠죠?" 하고 물어서, 당연히 그럴 거라고 말했다. 나는 그 말을 강조했는데, 나 자신도 몰랐기 때문이다—다만 그에게 달리 어떤 선택이 있겠는가? 우리 대부분에게 달리 어떤 선택이 있겠는가? 괜찮은 것 말고는. "아빠는 그 정도면 아직 젊고, 아주 건강하니까, 괜찮으실 거야."

한 주가 지나지 않아 크리시는 브리짓을 위해 침대와 책상을 주문했고, 새 러그도 사 왔다. "이게 훨씬 예뻐요." 크리시가 말했다. "이걸 까니까 방 분위기가 아주 밝아졌어요." 참으로 놀라운 사람이다, 크리시는. 그애는 늘 책임을 기꺼이 떠맡는다.

삼 주가 더 흘렀을 때 크리시가 전화를 걸어 말했다. "엄마, 아빠 집에서 같이 저녁 먹기로 했어요. 엄마도 오시면 좋겠어요."

*

데이비드에 대해서는 말하지 않겠다고 했지만, 이 이야기를 읽는 당신도 이 사실은 알아야 할 것 같아 말하려 한다.

윌리엄 말고는 내게 집이 없었다고 말할 때 그건 사실이다. 데이비드는—이 얘기는 이미 했지만—하시드파 유대인이었고, 시카고 근교에서 가난하게 자랐다. 하지만 그는 열아홉 살 때 그 공동체를 떠났고 추방된 채 살았으며, 거의 사십 년 뒤 누이가 연락해올 때까지 가족과 아무런 접촉이 없었다. 당신이 알아야 할 것은, 그와 나 사이에 존재하는 공통점이 그것이었다는 사실이다. 우리는, 우리 둘 다, 자라면서 바깥세상의 문화를 접하지 못했다. 우리 둘 다 자랄 때 집에 텔레비전이 없었다. 베트남전쟁에 대해서도 모호하게만 알다가 나중에 스스로 깨우쳤다. 우리가 성장한 시기에 유행한 노래를 알았던 적도 없었고—들어

본 적이 없었으므로—더 자랄 때까지는 영화를 본 적도 없었으며, 일반적으로 쓰이는 관용구를 알았던 적도 없었다. 그렇게 바깥세상으로부터 고립된 채 자란다는 게 어떤 것인지 말로 설명하기는 어렵다. 그래서 우리는 서로에게 집이 되었다. 하지만 우리는—둘 다 그렇게 느꼈다—스스로가 뉴욕시티의 전화선 위에 내려앉은 새들 같다고 느꼈다.

이 남자에 대해 한 가지만 더 말하겠다—!

데이비드는 키가 작았고, 어린 시절 사고로 한쪽 골반이 반대쪽보다 더 올라가 있어서 심하게 절뚝거렸고 아주 천천히 걸었다. 그리고 그는—키가 크지 않았기에—약간 과체중이었다. 내가 말하고 싶은 건 그가 윌리엄과는—거의—이보다 더 다를 수는 없다 싶을 만큼 딴판으로 생겼다는 것이다. 그리고 윌리엄과 결혼했을 때 내게 일어난 반응이 데이비드와는 전혀 일어나지 않았다. 내가 하려는 말은 데이비드의 몸이 늘 내게 엄청난 위로가 되어주었다는 말이다. 맙소사, 그 남자는 내게 위로의 존재였다.

*

그날 밤 딸들과 윌리엄과 함께 저녁을 먹으려고 그의 아파트로 들어갔을 때, 나는 딸들의 남편이 그 자리에 없는 것을 보고 깜짝 놀랐고, 그렇게 말했더니 베카가 웃으면서 "집에 두고 왔어요" 하고 대답했다.

집은 정말로 훨씬 더 좋아 보였고, 안으로 들어가면서 크리시가 해놓은 모든 것에 감탄했다. (벽난로 선반에 올려두었던 꽃병은 사라졌다.) 그리고 윌리엄은 더 나아진 듯 보였지만, 내 뺨에 키스하려고 허리를 숙일 때 한숨을 쉬며 내 팔을 꽉 잡았고, 나는 그가 딸들에게 잘 지내고 있다는 인상을 주기 위해 일부러 그런 모습을 보여주고 있다는 것을 알았다. 두 딸이 음식을 만들었고, 우리 넷은 부엌에 앉았다―에스텔이 둥근 부엌 식탁은 두고 갔다. 윌리엄은 와인을 거의 마시지 않지만―그러니까, 윌리엄은 술을 마시는 일이 거의 없다는 말이다―레드와인 두 잔을 마셨다. 그리고 이런 일이 있었다.

내가 그 자리에서 함께 어울리는 건 믿을 수 없을 만큼 쉬운 일이었다. 우리 모두 그렇게 느꼈을 것이다. 시간의 흐름을 벗어난 한순간 같았고, 우리 넷은 가족이었을 때 만들어진 지난날의 리듬 속으로 되돌아간 것 같았다. 나는 긴장이 완전히 풀려 있었다, 이것도 내가 하려는 말의 일부다. 나머지 세 사람도 그런 것 같았다. 우리가 얼마나 쉽게 그럴 수 있는지 놀라웠다. 나는 세 사람 모두를 보았고, 그들의 얼굴은 행복에 젖어 반짝거리는 것 같았다.

우리는 한 가족이었을 때 알고 지냈던 오랜 친구들에 대해 이야기했고, 베카가 십대 때 일 년 동안 앞머리 일부를 자주색으로 염색하고 다녔던 이야기를 나눴다. 그리고 이전에도 여러 번 화제가 된 이야기였지만, 크리시가 여름에 카시트에 앉은 채— 세 살이었다—투정을 그치지 않자 윌리엄이 차를 한쪽에 세우고 손가락으로 크리시를 가리키며 "자, 내 말 잘 들어, 네가 아빠속을 뒤집어놓기 시작하는구나" 하고 말한 이야기도 했다. 그러자 크리시는 몸을 앞으로 숙이고 "아니요, 아빠가 내 말을 잘 들어요. 아빠가 내 속을 뒤집어놓기 시작했다고요" 하고 말했다. 우리 모두 그 이야기를 좋아했고, 그 얘기가 나오면 늘 그러듯 나는 이 말을 보탰다. "네 아빠가 나를 쳐다봤고, 나는 네 아빠를 쳐다봤어. 그리고 아빠는 다시 차를 몰기 시작했지. 그뒤로 우리는 힘을 가진 사람이 누군지 알게 됐고." 크리시는 이제 너무 철이 들어서 얼굴을 붉혔지만 즐겁게 듣는 것 같았다. 우리는 아이들이 어렸을 때 플로리다에 있는 디즈니월드에 갔던 이야기도 했는데, 크리시는 퍼레이드에서 후크 선장이 걸음을 멈추고 베카에게 칼을 겨누었을 때 베카가 얼마나 겁을 먹었는지 떠올리며 웃다가 목이 멨다. "나 안 그랬어." 베카가 말했고, 우리 모두 그랬다고, 겁을 먹었다고 말해주었다. "넌 그때 아홉 살이었어,"

크리시가 말했다. "그런데 세 살짜리 애처럼 행동했다니까!" 그러자 베카는 눈물까지 글썽이며 웃었다.

"여덟 살," 윌리엄이 크리시의 말을 바로잡았다. "베카는 여덟 살이었어."

우리는 계속 부엌에 있었고, 웃었고, 행복했다. 이윽고 베카가 시간을 흘끗 확인하더니 "오! 가야겠어요⋯⋯" 하고 말했다. 베카의 얼굴에 갑자기 슬픔이 드리웠고, 곧 크리시가 자기도 가야겠다고 말했다. 내가 윌리엄을 흘끗 보자 그도 나를 보더니 말했다. "당신도 가, 루시. 지금." 그리고 그는 일어섰다. "모두들 가. 치우는 건 내가 할게. 가." 그리고 미소를 지었는데, 그 모습을 보니 그는 자기가 괜찮으리란 걸 알고 있는 것 같았고, 딸들도 그렇게 느꼈으리라 생각한다. 그래서 우리가 부엌에서 나가려는데, 베카가 갑자기 돌아보며 "가족 허그?" 하고 말했다. 윌리엄과 나는 잠시 눈길을 주고받으며 둘 다 조금 뜨끔했던 것 같은데, 아이들이 꼬맹이였을 때 우리는 이따금 "가족 허그?" 하고 말했고, 그러면 우리 넷은 서로를 꼭 부둥켜안곤 했었기 때문이다. 그리고 이제 우리는 다시 그렇게 했다. 단지 딸들이 어른이 되었고 크리시가 나보다 키가 더 크다는 것만 달랐다. 어쨌든 우리 모두 부둥켜안았다. 그런 다음 내가 돌아서며 "자, 이제, 모두 가자" 하고 말했고, 우리 셋은 집을 나서서 엘리베이터를 타고 내려갔다. 거리로 들어서자 베카가 눈물을 글썽였고, 내가 한 팔로 안아주자 그애는 잠시 정말로 눈물을 흘리기 시작했다. 크리시도 심각한 표정이었다. 그리고 내가 말했다. "저기 저 택시를 타, 딸들, 어서 가—"

그리고 몇 분 뒤 나 역시 집으로 돌아가는 택시에 탔고, 이내 울기 시작했다. 택시 운전사가 말했다. "괜찮으세요?" 그래서 괜찮지 않다고, 남편을 잃었다고 말했다.

"아, 슬픈 일이네요." 그가 고개를 저으며 말했다. "정말 슬픈 일이에요." 그가 말했다.

*

내 어머니와 관련된 이런 이야기가 있다.

어머니에 대한 글은 이미 썼고, 어머니에 대해서라면 정말로 뭐든 더는 쓰고 싶지 않다. 하지만 이 이야기를 읽으려면 몇 가지 알 필요가 있을 것 같다. 몇 가지란 이것이다. 어머니가 자식들에게 폭력 이외의 방식으로 접촉한 기억은 전혀 없다. 어머니가 사랑한다, 루시, 하고 말한 것을 들은 기억도 없다. 윌리엄을 부모님에게 데려가 인사시켰을 때 어머니는 대뜸 나를 밖으로 데리고 나가 이렇게 말했다. "저 남자를 여기서 내보내. 저 남자 때문에 네 아버지가 당혹스러워하시잖니!" 그래서 우리는 떠났다. 어머니는 윌리엄이 독일인이라는 사실, 아버지의 눈에 윌리엄이 명백한 독일인으로 보인다는 사실이 아버지에게 전쟁과 전쟁이 그에게 미친 악영향에 대한 많은 기억을 불러일으킨다고 했다. 그래서 윌리엄과 나는 윌리엄의 차를 타고 떠났다.

그날 차를 타고 가면서, 나는 윌리엄에게 그 작은 집에서 일어난 일—그리고 그날까지 윌리엄은 알지 못했던 그 옆 차고에서 일어난 더 과거의 일—을 몇 가지 이야기했고, 그는 말없이 그저 눈앞에 펼쳐진 길만 계속 쳐다보았다. 다음 몇 년 동안 나는 그에게 더 많은 이야기를 해주었다. 윌리엄은 내가 자란 그 작은 집과 그전에 살았던 차고에서 일어난 모든 일에 대해 아는 유일한 사람이다.

그때로부터 여러 해가 지나 내가 맹장 제거 수술을 받은 뒤 예상보다 더 많이 아파서 병원에 입원해 있는 동안, 어머니가—윌리엄이 비용을 대서—뉴욕으로 왔고, 나하고 닷새를 함께 보냈는데, 어머니가 그렇게 한 것은 정말이지 놀라운 일이었다. 믿을 수가 없었다. 그래서 나는 어머니가 나를 사랑한다는 것을 알게 되었다. 하지만 내가 이따금 어머니가 보고 싶어서 컬렉트 콜을 시도하면, 나를 보러 오기 이전에도 이후에도, 어머니는 절대 받지 않았다. 어머니는 교환원에게 말했다. "그애는 지금 돈이 있으니 본인이 감당할 수 있어요." 하지만 그때 우리는 젊고 막 시작하는 단계였고, 윌리엄은 박사 후 연구원이었을 뿐이라, 나는 그때 돈이 없었다.

이건 중요하지 않다.

중요한 건, 어머니가 나를 보러 오고 몇 년 뒤 시카고에 있는 병원에서 죽어갈 때, 내가 어머니를 만나러 갔더니 어머니가 나보고 떠나라고 했다는 사실이다. 그래서 나는 떠났다.

오랜—아주 오랜—시간 동안 나는 어머니가 나를 사랑했다고 믿었다. 하지만 내 남편이 아팠을 때, 그리고 그가 죽은 뒤에, 나는 어머니가 정말로 그랬는지 의문을 품게 되었다. 그건 데이비드와 나의 사랑이 늘 아주 눈앞에 당면한 일이어서 그랬던 것 같다. 그래서 내 안에서 엄마에 대한 마음이 얼마간 위축되었다—때때로 말이다.

오빠는 우리가 자란 집에서 혼자 산다. 언니는 그 근처 타운에 살고, 그리 멀지 않은 옛날에 언니와 오빠와 내가 한 번 만난 적이 있었는데, 우리 모두 어머니의 방식이 올바르지 않았다는 데 동의했다.

지금 나는 일주일에 한 번씩 전화로 언니 오빠와 통화한다. 하지만 오랫동안 우리는 전혀 대화하지 않고 지냈다.

나는 스스로에게, 어머니가 나를 사랑했다고 말해준다. 어머니는 자신이 할 수 있는 방식으로 나를 사랑했을 것이다. 언젠가 그 사랑스러운 여자 정신과의사는 이렇게 말했다. "소망은 결코 죽지 않아요."

*

캐서린은 윌리엄의 아버지가 죽은 뒤 컨트리클럽에 가입해 골프를 치기 시작했다. 매주 같은 여자들과 쳤다. 그리고 윌리엄에게도 골프를 가르쳤지만, 내가 대학에서 그를 만났을 때 그는 골프를 치지 않았다. 그러니까 그가 골프 치는 것을 본 적도, 골프 이야기를 하는 것을 들어본 적도 없다는 말이다. 하지만 우리가 동부로 돌아갔을 때 그는 어머니와 함께 골프를 쳤고, 그들이 처음 골프를 치러 나갔을 때 나는 그게 테니스 같은 거라 생각해서 한두 시간 안에 돌아올 줄 알았다. 그들은 다섯 시간도 넘게 있다 돌아왔고, 나는 너무 화가 났다—어디에 갔다가 이제 온 거지? 그러자 그들이 피식 웃으면서 대답했다. 루시, 골프는 시간이 그만큼 걸려.

그해—우리가 결혼하기 직전에—캐서린은 내가 골프 강습을
받게 해주었다. 나를 컨트리클럽에 있는 가게로 데려가 골프 스
커트를 사주었다. 붉은색 계열의 짧은 스커트였고, 골프화도 사
주었는데, 나는 그게 너무 어색했다. 정말로 너무 어색했다. 그
리고 '프로'라고 불리는 남자에게 강습을 받으며, 나는 울고 싶
었다. 그만큼 견딜 수가 없었다. 하지만 나는 계속 스윙 연습을
했고 썩 잘하지 못했다. 나중에 캐서린은 나를 데리러 와서 내가
괴로워하는 것을 알아차린 게 분명했다. 우리가 컨트리클럽에
점심을 먹으러 갔을 때 그녀가 윌리엄에게 "저애한테는 너무 버
거운 일이었던 것 같아"라고 말하는 것을 들었기 때문이다.

내 생일이 얼마 남지 않았을 때 캐서린은 내게 뭘 갖고 싶은지
물었다. 나는 서점 상품권을 갖고 싶다고 말했다. 서점으로 가서
책을 몇 권 산다고 생각하면 이루 말할 수 없이 마음이 들떴다.
내 생일에 그녀는 나를 바깥 차고로 데려가 골프채가 들어 있는
가방을 보여주었다. 그녀의 얼굴이 환하게 빛났다. "생일 축하한
다." 그녀가 두 손을 마주치며 말했다. "네 골프 세트야."

나는 한 번도 골프를 친 적이 없다.

하지만 에스텔은 골프를 쳤다. 그녀와 윌리엄은 몬토크에서, 그리고 에스텔의 어머니가 사는 라치몬트에서도 골프를 쳤다. 심지어 조앤도 쳤는데, 윌리엄의 집에서 다 같이 저녁을 먹고 며칠 뒤, 혼자 앉아 강을 바라보다 그 생각이 났다.

*

내가 일주일쯤 뒤 윌리엄이 잘 지내는지 확인차 전화하자 그가 말했다. "나는 괜찮아." 그리고 브리짓이 와서 며칠 자고 갔다고 말했고, 우리는 전화를 끊었다. 나는 생각했다. 그래, 이제 다시는 그에게 전화하지 않을 거야. 윌리엄이 약간 나를 무시하는 것 같다고 느꼈다.

하지만 그로부터 몇 주 뒤—거의 8월 말이었다—그가 밤중에 전화를 걸어 로이스 부바, 자신의 이부누이인 그 여자에 대해, 그리고 그녀에게 연락해야 할지에 대해 고민중이라고 말했다. 그래서 우리는 그 이야기를 나누었다. 그는 남은 시간이 점점 줄어들고 있고 서로 핏줄이니 연락해보고 싶은 마음도 있지만, 그녀가 그를 미워할지 몰라서 꺼려진다고 말했다. 그녀는 분명 그의 어머니를 미워할 것이다. "어떻게 해야 할지 모르겠어, 루시." 그가 말했다. 그리고 덧붙였다. "딸들은 이 사실을 알아?"

그래서 나는 말했다. "나는 말 안 했는데, 당신이 했어?"

그러자 그가 말했다. "아니, 당신이 할 줄 알았지."

그래서 내가 말했다. "음, 말하는 건 당신 일이라고 생각했어."

"알았어." 그가 말했다.

그러고는 전화를 끊었다.

오 분 뒤 윌리엄이 다시 전화했고, 이렇게 말했다. "루시, 나하고 같이 메인에 갈래?"

나는 놀라서 아무 말도 하지 않았다.

"가자." 윌리엄이 말했다. "메인에 가서 며칠만 있다 오자─다음주에. 그냥 그러자, 루시. 가서 이 일이 일어난 데가 어떤 곳인지 그것만 보고 오자. 로이스 부바가 지금 사는 곳의 주소를 알고 있어. 그냥 가서 보기만 하자."

"그냥 보기만 하자고?" 내가 물었다. "이해가 잘 안 되는데."

"나도 그래." 윌리엄이 말했다.

*

여행에 대해서는 이런 이야기가 있다.

캐서린은 휴가 여행에 우리를 데려갔다. 그러니까 사람들이 카리브해의 어느 섬에서 햇볕을 쬐며 수영장 주변에 앉아 있는 그런 곳으로 말이다. 그녀가 처음으로 우리를 데리고 여행을 간 것은 우리가 막 결혼했을 때였다. 캐서린이 모든 것을 준비했다. 우리 셋은 케이맨제도로 갔다. 그전에 내가 비행기를 탄 것은 딱 한 번, 대학교 4학년 때 윌리엄이 나를 데리고 동부로 갔을 때였다. 내가 하늘 위에 앉아 있다는 사실이 믿기지 않았지만, 아무렇지 않은 척해야 할 것 같아서 그러려고 노력했다. 하지만 굉장한 경험이었다.

그래도 비행기를 탄 그 한 번의 경험이 있었기에 케이맨제도로 갈 때 나는 자연스럽게 행동할 수 있었다. 혹은 어느 정도 자연스럽다고 느낄 수 있었다. 하지만 비행기에서 내린 뒤 눈부신 햇살 속으로 들어서서 호텔로 가는 밴을 타자마자, 마음속에서 공포가 일어났다. 나는 어떻게 해야 할지―호텔 열쇠는 어떻게 사용하는지, 수영장에는 뭘 입고 가는지, 수영장 물가에는 어떻게 앉아 있는지 (수영도 배운 적이 없었다) 알 수 없었다―전혀 알 수 없었다. 그런데 거기 있는 모두는 너무나도 세련된 모습이었다. 나 말고 다른 사람들은 다들 뭘 하면 되는지 정확히 알고 있는 것 같았다. 맙소사, 나는 몸이 굳어버렸다! 사람들은 라운지체어에 드러누워 있었고, 번질거리는 무언가를 바른 몸이 햇빛 속에서 반짝거렸다. 누군가의 손이 올라가면 머리를 하나로 묶고 반바지를 입은 여자 종업원이 나타나 음료 주문을 받았다. 어떻게 다들 뭘 하면 되는지 알고 있는 거지? 나는—앞서 말했듯—내가 투명인간이라고 느끼지만 그 상황에서는 투명인간이라는 느낌과 동시에 내 머리 위로 '이 젊은 여자는 아무것도 모른다'라고 쓰인 스포트라이트가 비춰지는 것 같은 아주 기묘한 감각을 경험했다. 나는 정말 아무것도 몰랐기 때문이다. 그리고 윌리엄과 그의 어머니는 라운지체어를 이어붙여놓고 망망한 바다를 바라보며 거기 앉았고, 그러고 나서야 윌리엄은 고개를 돌려 내가 어디 있는지 찾았다. 그리고 그들이 있는 쪽으로 오라고 팔을 흔들었다. "루시," 캐서린이 말했다. "무슨 문제 있니?" 그녀는 챙이 넓은 캔버스 모자를 쓰고 있었다. 그녀의 선글라스가 나를 향했다. 나는 대답했다. "아무 문제 없어요." 그러고는 곧 돌아오겠다고 말하고 우리 방으로 갔고—하지만 길을 잃고 한동안 우리 층의 엉뚱한 구역을 헤맸다—방안으로 들어가서 울고 또 울었다. 두 사람 중 누구도 이 사실을 알았을 것 같지는 않다.

하지만 내가 다시 밖으로 나가 라운지체어에 누워 있는 그들에게 돌아갔을 때, 캐서린은 내게 아주 다정했고, 내 손을 잡으며 말했다. "너한텐 너무 버거운가보구나."

캐서린의 방은 우리 옆방이었는데, 두 방 모두 미닫이 유리문이 있어서 그걸 열면 작은 테라스가 나왔고, 가구는 옅은 베이지색, 벽은 흰색이었다. 나는 우리 방에서 캐서린이 테라스로 나갔다 들어오는 소리를 들을 수 있었다. 미닫이 유리문이 여닫히는 소리가 들렸다. 밤중에 사랑을 나눌 때, 나는 윌리엄에게 조용히 하라고 부탁했다. 그의 어머니가 바로 옆에 있다고 생각하니 불안했다. 내가 자란 작은 집에서는 거의 밤마다 부모님이 섹스하는 소리가 들렸는데, 그 소리는 무서웠고, 아버지는 소름 돋는 높은 음조의 소리를 냈다. 그주에 케이맨제도에서, 나는 잠을 잘 이루지 못했다.

딸들이 태어난 뒤에는, 나는 보통 수영장 물가에서 아이들을 지켜보았고, 캐서린은 윌리엄 옆에 앉아 대화를 나누었다. 한번은 내가 캐서린에게 "젊은 시절에도 이런 여행을 하셨어요?" 하고 물어보았다. 그녀는 읽던 잡지를 가슴 위에 내려놓고 바다를 정면으로 쳐다보았다. "아니, 한 번도." 그녀가 말했다. 그리고 다시 잡지를 집었다.

나는 그런 여행이 늘 싫었다. 한 번도 좋았던 적이 없었다.

한번은―우리가 결혼한 지 아마 오 년쯤 되었을 때일 것이다―추수감사절에 같이 푸에르토리코에 갔고, 그랜드케이맨에서보다 훨씬 더 고급 호텔에 묵었다. 녹색 잔디가 펼쳐져 있고, 엄청나게 큰 수영장이 딸려 있었으며, 앞쪽에는 바다가 있었다. 아마 추수감사절이어서 그랬던 것 같은데, 정확한 이유는 모르지만 부모님이 몹시 보고 싶었고, 심지어 오빠와 언니도 보고 싶었다. 그래서 나는 25센트짜리 동전을 모아―윌리엄이나 캐서린에게 묻지 않고 프런트 데스크로 가서 거기 있는 남자에게 부탁해 최대한 많이 구했다―공중전화가 줄지어 있는 곳에서 전화를 걸었다. 공중전화는 어느 정도 프라이버시를 지킬 수 있는 로비 한쪽 공간에 줄지어 있었고, 모든 공중전화 부스의 뒤판은 마호가니 목재로 되어 있었다. 나는 집으로 전화를 걸었고, 아버지가 받았다. 아버지는 내 목소리를 듣고 몹시 놀란 것 같았지만, 그의 탓은 아니었다. 내가 부모님에게 전화하는 일은 아주 드물었으니까. 아버지가 말했다. "엄마는 집에 없다." 그래서 나는 말했다. "괜찮아요, 아빠. 끊지 마요."

그러자 아버지가 다정한 목소리로 말했다. "괜찮은 거니, 루시?"

그래서 나는 불쑥 이렇게 말해버렸다. "아빠, 지금 윌리엄하고 그이 어머니하고 푸에르토리코에 와 있는데요, 뭘 해야 될지 모르겠어요! 이런 장소에서는 뭘 해야 될지 모르겠어요!"

그러자 아버지가 잠시 뒤에 말했다. "거긴 아름답지, 루시?"

내가 말했다. "그런 것 같아요."

그러자 아버지가 말했다. "네가 뭘 해야 될지 나도 모르겠구나. 그냥 경치를 감상하면 되지 않을까?"

그날 그가 내게 그렇게 말했다. 내 아버지가.

하지만 나는 경치를 즐길 수 없었다. 나는 수영장에서 노는 아이들을 지켜봐야 한다는 의무감에 지나치게 사로잡혀 있었다. 아이들은 그렇게 작은 몸을 하고서도 수영장 안에서 물장구치는 걸 너무 좋아해서 캐서린이 아이들의 몸에 끼우는 둥근 튜브를 사주었고, 그 덕분에 아이들은 물위에 떠 있을 수 있었다. 이따금 캐서린이 딸들과 함께 수영장 안에 들어갔고, 딸들에게 근처에 서 있는 나를 가리키며 "헤엄쳐서 엄마에게 가보렴, 엄마에게 가봐!" 하고 말했다. 그러고는 손뼉을 치며 웃었다. 그리고 수영장에서 나와 다시 해변으로 가서 책을 읽었다. 윌리엄이 수영장 근처에 있으면, 혹은 더 좋은 경우에는 수영장 안에 있으면, 나는 좀더 마음이 편해졌고, 라운지체어 밖으로 손목을 늘어뜨리고 태양을 향해 눈을 감은 채 수영장 가장자리에 빙 둘러앉은 사람들로부터 더 안전하다고 느꼈다. 하지만 윌리엄은 수영장 안에는 결코 오래 들어가 있지 않았고, 결국 나하고 딸들만 거기 남겨졌다―그러면 나는 더럭 겁이 났다.

집으로 돌아가는 길에 공항에서 기다리는 동안 딸들은 찡얼거렸고, (내 기억에) 아이들 아버지는 말이 없었다. 비행기에 타자 나는 딸들 사이에 앉아 아이들의 기분을 좋게 해주려고 애썼지만, 종종 화가 났다. 한 아이라도 울면 승객들이 얼굴을 찡그리며 돌아보았고, 윌리엄과 그의 어머니는 비행기의 다른 어딘가에 앉아 있었다.

그때 이후로 나는 내 일 때문에 세상을 돌아다녔고―책이 출간되자 외국 출판사들이 나를 초대했고 세상 곳곳에서 페스티벌이 열렸다―그러니까 그때 이후 아주 많은 곳을 돌아다녔고, 비행기 일등석에 탔는데, 그 자리에 앉으면 칫솔과 치약과 안대가 들어 있는 작은 키트를 준다. 지금은 그 모든 것을 숱하게 경험했다.

삶이란 얼마나 신기한가.

*

토요일에는 블루밍데일 백화점에서 베카와 크리시를 만났다.

수년간 자주 그렇게 만났다. 우리는 먼저 칠층에 있는 프로즌 요거트 가게로 가는데, 좀 부산스럽게 가게 안으로 들어간다. 딸들과 그러는 것에 대해 전에 쓴 적이 있다.

하지만 지금 그 이야기를 하는 것은 아이들이 나타났을 때 베카가 "엄마! 아빠가 지금 어떤 엿같은 상황을 겪고 있는 거예요? 아내는 떠나고, 이제는 이부누이가 있다는 사실을 알아냈다는 거예요? 엄마!" 하고 말했기 때문이다. 그애는 갈색 눈동자로 나를 빤히 쳐다보았다.

"그러게 말이야." 내가 말했다.

크리시는 심각한 표정으로 그 자리에 서 있었다. 그애가 말했다. "끔찍해요, 엄마."

"그래, 나도 그렇게 말할 수밖에 없구나." 내가 말했다. 그리고 두 아이 모두 내가 자기들 아버지와 함께 메인에 가는 것이 기쁘다고 말했다.

나는 크리시를 유심히 보았지만, 임신을 한 것 같지는 않았고, 그애도 그것에 대해—프로즌 요거트를 먹은 뒤 구두 매장 쪽을 통과하기 전까지는—아무 말이 없다가, 이윽고 말했다. "이쪽 분야를 전문으로 하는 의사를 찾아가려고요, 엄마. 제가 더 젊어지진 않으니까요."

"그래, 잘 생각했다." 내가 말하자, 그애가 한쪽 팔을 내 팔에 걸었다.

우리 사회에는 이럴 때 엄마들이 강하게 밀어붙이면서 의사 누구? 엄마가 같이 갈까? 정확히 문제가 뭔데? 하고 말하는 문화가 있다는 것을 안다. 하지만 내 문화에선 그렇지 않다. 나는 청교도 가정에서 자랐고, 부모님 두 분 다 청교도 집안 출신이며—그분들은 그걸 자랑스러워했다—우리는 서로 그런 식으로 대화하지 않았다. 내가 어린 시절에 살던 집에서는 대화 자체가 많지 않았다.

하지만 헤어질 때 나는 늘 그러듯 딸들에게 키스했고, 아이들과 헤어질 때는 매번 정말 마음이 아프다. 이번에는 심장이 약간 더 많이 아팠다.

"행운을 빌어요! 행운을 빌어요!" 아이들이 길 건너 계단을 내려가 지하철역 안으로 들어가면서 내게 소리쳤다. "연락 주세요. 소식 알려주세요! 안녕, 엄마! 안녕, 엄마!"

*

최근에 아버지 이야기를 했기 때문에 그에 대해 좀더 말하고 싶다. 아버지는 또한 심각한 외상 후 스트레스를 겪었다. 독일로 파병되어 2차대전에 참전했고, 그로 인해 입은 피해가 아주아주

컸다. 아버지는 전쟁 이야기는 한 번도 꺼내지 않았다. 자랄 때
내가 그 사실을 인식하고 있었던 걸 보면, 분명 어머니가 아버지
의 참전에 대해 말해주었을 것이다. 외상 후 스트레스 장애(당시
에는 그 용어를 몰랐지만)는 아주 큰 불안의 형태로 발현되어,
아버지의 내면에서 거의 끊임없이 성적인 충동을 낳는 듯 보였
다. 종종 그는 집안을 돌아다녔고……

그것에 대해 더는 말하지 않겠다.

하지만 나는 그를 사랑했다, 내 아버지를.

정말로 사랑했다.

아버지에 대한 이야기를 꺼낸 건 내가 메인으로 가려고 짐을
꾸리면서 윌리엄의 아버지를 생각했기 때문일 것이다. 앞서 말했
듯 그는 나치 편에서 싸웠다. (그리고 내 아버지는 그들에 대항해
싸웠다.) 윌리엄의 아버지와 캐서린은 계속 편지를 주고받았고,
캐서린은 그가 독일로 돌아갔을 때 "이 나라가 저지른 일을 좋아
하지 않는다"고 써 보냈다고 말했다. 하지만 그 편지 중 어느 것
도 남아 있지 않고─캐서린이 죽었을 때 윌리엄과 내가 그 편지
들을 결코 찾아내지 못했다는 말이다─그래서 우리는 윌리엄이
열두 살 때 아버지와 나누었다고 기억하는 한 번의 대화를 빼고
는 그가 전쟁에 관해 어떤 생각을 했는지 모른다. 그때 윌리엄의

아버지는 독일에 대해, 그들이 저지른 일을 좋아하지 않는다고 말했다. 나는 여름 블라우스를 챙기면서 그 생각을 했다. 그의 아버지는 왜 미국으로 건너온 것일까? 그냥 캐서린과 함께 있고 싶었던 것일까? 아니면 미국인이 되고 싶었던 것일까? 그는 프랑스에서 참호 안에 있다가 미국 군인에게 발각되었고, 그는 그들이 자신을 쏠 줄 알았지만 그런 일은 일어나지 않았다. 그리고 그는—윌리엄과 캐서린이 말하기로—그 사람들을 찾아내 고마움을 표하고 싶어했다. 그는 아마 캐서린과 함께 있고 싶었을 테고, 또한 미국인이 되고 싶었을 것이다. 아마 둘 다였을 것이다. 그는 MIT에 들어갔고, 앞서 말했듯 토목기사가 되었다.

하지만 나는 윌리엄이 밤에 경험하는 공포에 대해 생각하고 있었다. 그는 가스실과 화장터를 떠올리게 된다고 말했다.

그리고 나는 윌리엄이 전쟁을 통해 수익을 올린 조부에게서 재산을 물려받았을 때, 캐서린이 여전히 살아 있던 그 시절에, 그녀가 그 일에 대해 거의 언급하지 않았다는 사실을 생각했다. 하지만 윌리엄이 상속을 받고 그리 오래되지 않았을 때 캐서린은 귤색 카우치에 누워 내게 이렇게 말했다. "그건 더러운 돈이야. 그애는 그걸 모조리 기부해야 해."

하지만 윌리엄은 그걸 모조리 기부하지는 않았다. 그는 큰 부자가 되었다. 하지만 앞서 말했듯 그는 여기저기 돈을 기부한다.

내가 윌리엄에게 그 돈에 대해 물어봤을 때—그 돈을 어떻게 할 거냐고—그는 늘 방어적이었다. "아직 그냥 가지고 있어." 그가 말했다. 그리고 그는 정말로 가지고 있었다. 나는 그게 늘 이해가 되지 않았지만, 지금은 자신이 뭔가 받을 빚이 있다고 믿었던 게 아닌가 생각한다. 그의 아버지가 윌리엄이 아주 어릴 때 죽었기 때문일까? 사람들은 어떤 상실을 경험하면 이따금 무의식적으로 보상을 받아야 한다고 믿는다는 것을 나는 알고 있다. 윌리엄은 많은 세월이 흐른 뒤에 그 돈을 받았지만, 상실감은 계속 그 자리에 존재하는 것 같다. 지금 나는 윌리엄이 뭔가 받을 빚이 있다고 느꼈다고—지금도 느낀다고—생각한다.

캐서린과 그녀의 남편은 함께 독일에 같이 간 적이 한 번도 없었다. 그리고 나는 그들 중 누구도—빌헬름이 전쟁 뒤에 독일로 돌아갔던 것을 제외하면—자신들이 어린 시절을 보낸 장소에 다시 가보지 않았다는 사실에 대해 생각했다. 그게 그들 사이의 공통점이었다.

하지만 메인으로 떠나려고 가방에 잠옷을 챙겨넣는데 갑자기 그 생각이 떠올랐다. 윌리엄의 삶이 헐거워진 트랙을 달리는 기차처럼 덜컹거리게 된 것은 이 때문이었을 거라는 생각이, 오래전에 나와 함께 다하우에 다녀온 뒤로 그 이미지가 그의 머릿속에서 떠나지 않았을 거라는 생각이 갑자기 떠오른 것이다. 그는 그때 독일에서 본 것 때문에 겁에 질려 있었다. 거기서 자신의 아버지가 행한 역할이 그의 뇌리에 깊이 박혀 떠나지 않았을 것이다. 말할 수 없을 만큼 공포를 느꼈을 것이다. 그것이 그의 뿌리를 흔들어 뽑았을 것이다.

내 생각은 이렇다.

아마도 윌리엄은—그것에 대해 스스로 생각해보았다면—이 경험이 다른 무엇보다 그를 어떤 식으로든 바꾸어놓았다고, 어쩌면 어머니의 죽음보다 훨씬 더 많이 바꾸어놓았다고 느꼈을 것이다.

그리고 윌리엄이 여자들을 만나기 시작한 건, 그리고 조앤과 만나기 시작한 건 그의 어머니가 죽은 뒤부터였다—어쨌거나 나는 그렇게 생각한다.

그저 내가 하려는 말은, 나는 윌리엄이 어떤 사람인지 궁금하다는 것이다. 전에도 궁금했다. 궁금한 적이 많았다.

*

이 말은 해야겠다.

나는 딸들에게 그애들 아버지의 불륜에 대한 얘기는 한 번도 하지 않았다. 아이들이 그 이야기를 내게서 듣는 일은 결코 없으리라 생각했다. 심지어 윌리엄을 떠난 뒤에도 애들에게 그의 불륜에 대해서는 말하지 않았고, 계속 말하지 않고 있었다.

그러던 어느 날―그리 오래전도 아니고 지금으로부터 육칠 년 전일 것이다―딸들과 나는 블루밍데일 백화점에 갔고, 그러고 나서 와인을 마시러 근처 레스토랑에 갔다. 자리에 앉자 딸들이 서로 눈길을 주고받더니 크리시가 말했다. "엄마, 두 분이 같이 살 때 아빠가 바람피운 적 있어요?"

한참 동안 나는 아무 말도 하지 않았고, 그저 아이들이 눈을 말갛게 뜨고 나를 쳐다보는 것만 바라보았다. 그리고 나는 말했다. "이 대화를 할 준비는 됐니?" 그러자 두 아이 모두 그렇다고 말했다.

그래서 나는 말했다. "응, 그랬어."

그러자 베카가 말했다. "조앤하고요?"

그래서 내가 말했다. "그래."

그런 다음 나는―공평해야 한다고 생각했다―그애들 아버지를 떠났을 때 나도 다른 사람을 만나고 있었다고 말했다. 딸들을 번갈아 쳐다보면서, 당시에 내가 캘리포니아 출신의 작가와 사랑에 빠졌고, 그 사람을 만나고 있었다고 말했다. 그리고 그 작가는 결혼한 남자였다고, "그에겐 애들도 있었어. 아무튼 그렇게 된 거야. 너희도 알아야 할 것 같아서" 하고 말했다.

딸들은 이 말에 놀랐다기보단 흥미를 보이는 것 같았고—나는 그게 놀라웠다—크리시가 말했다. "그래서 어떻게 됐어요?" 나는 대답했다. "음, 그의 결혼생활은 결국 끝났지만, 음, 그러니까 나는 결국 그와 함께하지 않으리라는 걸 알았고, 실제로도 그러지 않았어. 하지만 그 일이 있고 난 뒤에는 너희 아빠와 같이 살 수 없다는 것도 알았지." 딸들의 반응에서 가장 놀라웠던 것은 그애들이 그 일에 대해서는 별로 알고 싶어하지 않는다는 사실이었다. 크리시는 조앤에 대해 더 알고 싶어했다. "얼마나 오래 만났던 거예요?" 그애가 물었고, 나는 모르겠다고 답했다.

베카가 말했다. "나는 조앤을 좋아했어요." 그러자 크리시가 그애를 돌아보며 거의 화내다시피 "너는 조앤을 사랑했지" 하고 말했다. 그래서 내가 말했다. "음, 그러지 않을 이유가 없었지. 그러니까 너흰 아무것도 몰랐잖아."

아이들은 조용히 앉아 있었고, 곧 베카가 고개를 저으며 말했다. "이 삶에서 일어나는 일은 어떤 것도 이해할 수 없어요."

내가 말했다. "나도 그래."

우리가 헤어질 때 딸들은 내게 키스하고 나를 안으며 사랑한다고 말해주었다. 나는 그 대화를 나눈 뒤 마음이 몹시 심란했지만, 딸들은 특별히 그런 것 같지 않았다. 내게는 그렇게 보였다.

하지만 다른 사람의 경험을 제대로 아는 사람이 어디 있겠는가?

나는 윌리엄과 라과디아공항에서 만났는데, 멀리서부터 그를 알아보았고, 그의 카키 바지가 너무 짧다고 생각했다. 그 사실에 마음이 조금 아팠다. 그는 로퍼를 신었고, 양말은 파란색으로, 진청도 아니고 연청도 아니었는데, 바지 밑단 아래로 몇 인치가 드러나 보였다. 오 윌리엄, 나는 생각했다. 오 윌리엄!

　그는 몹시 지쳐 보였다. 눈 주위에 다크서클이 드리워 있었다. 그가 말했다. "안녕, 버튼." 그러더니 내 옆에 앉았다. 바퀴 달린 작은 여행용 가방을 가지고 왔는데, 두 가지 색조의 짙은 갈색이었다. 내가 알기로 비싼 것이었다. 그는 나의 바퀴 달린 강렬한 보라색 가방을 쳐다보았고, 이어 말했다. "정말로 이런 걸?"

　"오 그만." 내가 말했다. "이건 결코 잃어버릴 일이 없어."

"그럴 일은 없을 것 같네."

이어 그는 가슴 앞에 팔짱을 끼고 주위를 둘러보며 말했다. "메인에 가본 적 있어, 루시?" 한 아기가 카펫이 깔린 바닥을 기어가고 있었고, 아이 엄마가 뒤를 쫓아갔다. 엄마는 스너글리 아기 캐리어를 앞에 멘 채 우리를 보며 빙긋 웃었다. 윌리엄을 보니, 그도 그녀에게 웃어주고 있었다.

"예전에," 내가 말했고, 이어 윌리엄이 말했다. "응?"

"셜리폴스에 있는 대학에서 낭독회를 해달라는 초청을 받은 적이 있어. 이 얘기 했었던 것 같은데."

"다시 해봐." 윌리엄이 말했다. 그의 눈동자가 공항 안을 훑었다.

"어느 책이었는진 모르겠는데, 세번째 책이었던가? 아무튼, 영문학과 학과장이 나를 초청했고―그 사람은 단편소설 작가였어―나는 오후 시간을 통째로 그와 보내면서 하루가 다르게 늙어가는 그의 어머니에 대해, 그래서 생긴 온갖 골치 아픈 문제에 대해 들었어. 그리고 같이 캠퍼스를 도는데, 그날 밤 내 행사에 대한 홍보물이 어디에도 보이지 않는 거야. 그리고 그와 함께 저녁을 먹으러 갔다가, 대략 백 개 정도의 의자가 마련된 행사장으로 갔어. 그리고 단 한 명도 나타나지 않았지."

그러자 윌리엄이 나를 쳐다보았다. "그게 사실이야?"

128

"응. 완전히 사실이야. 그냥 시간만 흘러갔지. 우린 삼십 분을 기다렸고, 그러고 나서 나는 내 방으로 돌아갔어. 그가 내게 이메일을 보내서 너무 미안하다고, 왜 그런 일이 일어났는지 전혀 모르겠다고 하더라. 적어도 그의 학생들은 왔어야 하지 않나, 하는 생각이 나중에야 들었어. 그는 심지어 자기 학생들에게도 알리지 않았던 거야. 나는 신경쓰지 말라고 답장을 보냈어."

"맙소사." 윌리엄이 말했다. "그 사람은 대체 뭐가 문제였던 거야?"

"나도 모르지."

"나는 알 것 같아." 윌리엄이 거의 화난 얼굴로 나를 쳐다보았다. "당신을 질투한 거지, 루시."

"정말?" 내가 말했다. "그건 잘 모르겠는데."

윌리엄이 한숨을 쉬더니 다시 아기가 바닥을 기어가는 모습을 쳐다보며 천천히 고개를 가로저었다. "그렇겠지, 당신은 모를 거야, 루시." 그가 말했다. 그리고 자신의 콧수염을 잡아당겼다. "돈은 받았어?"

"오 당연하지. 사실 기억은 안 나. 뭐, 적은 액수였던 건 확실해."

"맙소사, 루시." 윌리엄이 말했다.

*

    우리는 밤 열시가 되기 십오 분쯤 전에 뱅고어에 도착했다. 그
작은 비행기에 탄 사람은 몇 명 되지 않았다. 뱅고어공항을 걸어
서 통과하는데―불빛이 환하지 않아 좀 기묘한 분위기를 자아
냈다―참전 용사의 귀향을 환영하는 표지가 많이 붙어 있었다.
윌리엄은 이곳에 대해 검색해보았다면서, 옛 공군기지가 있던
자리였다고, 그리고 활주로가 아주 길다고 했다. 많은 군인들이
해외 각국으로 파병되었다가 돌아올 때 처음 도착하는 장소가
여기였다. 혹은 출발지였다. 그러니까 이곳이 떠나기 전 미국에
서의 마지막 장소였다. 이라크전쟁 때도 귀향하는 길에 대부분
이곳을 경유했고, 메인주 사람들은 그들을 챙겨서 환영해주었다
고 윌리엄은 말했다. 우리가 지나야 하는 길은 아니었지만 큰 글
씨로 도착 대합실이라고 쓰인 통로도 있었다. 어떻게 보면 이곳은
거의 박물관이라고도 할 수 있었다. 그리고 그걸 보자 내 아버지
생각이 났다. 아버지는 독일에서 배를 타고 뉴욕으로 왔고, 일리
노이로 갈 때는 기차를 탔다. 하지만 혹시 윌리엄의 아버지는 이
런 방법으로 메인주로 왔을까? 전쟁 포로 신분으로 비행기를 타
고 왔나?
    "아니." 윌리엄이 말했다. "유럽에서 배를 타고 와서 내린 뒤

보스턴에서 기차를 탔어. 요즘 읽고 있는 게 그런 내용이야."

그곳에는 뭔가 초현실적인 묘한 느낌이 있었다.

그리고 (내가 보기에는) 공항에서 밤을 보내려고 하는 한 남자를 보았다. 그는 늙지도 젊지도 않았고, 여행 가방이 아니라 큰 흰색 비닐봉지 여러 개를 갖고 있었으며, 조명이 아주 어둡게 조절된 공항 어느 구역에 혼자 있었다. 그는 내가 쳐다보는 걸 알아차렸는지, 무릎에 놓은 큰 봉지에서 감자칩을 먹다가 멈추었다.

우리 호텔은 공항과 연결되어 있었다. 무빙워크를 걸어서 통과하면 바로 호텔 로비―의자 두 개가 있을 뿐 로비 같아 보이지는 않았다―가 나왔다. 윌리엄이 체크인을 했고―방은 따로 빌렸다―뒤돌아서니 우리 바로 뒤쪽에 바가 보였다. 남자들과 여자 몇 명이 높은 나무의자에 앉아 있었는데, 모두 머리 위에 걸린 텔레비전을 보고 있었다. 나는 윌리엄을 등진 채 바 뒤에 있는 여자에게 다가가 샤르도네 한 잔을 주문할 수 있는지 물었다. "영업 끝났어요." 그녀가 고개도 들지 않고 말했다. "열시에 닫아요." 그녀는 개수대에 틀어놓은 물 아래에 잔을 대고 있었다.

"어떻게 안 될까요?" 내가 부탁했다. 벽시계는 아직 열시에서 오 분도 더 지나지 않았고, 여자는 더는 아무 말도 하지 않았지만, 와인을 따라주는 태도에서 기분이 좋지 않다는 걸 알 수 있었다.

나는 와인 잔을 손에 들고 보라색 가방을 끌며 윌리엄을 뒤따라갔고—서로 옆방이었다—방에 들어가자 몹시 추웠다. 온도가 15도로 맞춰져 있었다. 평생 나는 추운 게 싫었다. 에어컨을 껐지만, 내겐 여전히 춥게 느껴질 것임을 알았다. 욕실에는 작은 (앙증맞은) 크기의 구강 청결제 병과, 셀로판지로 싼 남자용 플라스틱 빗이 있었다. 그것을 계속 물끄러미 바라보았다. 정확히 내 아버지가 쓰던 종류의 빗이었다. 나는 오랫동안 그런 빗을 본 적이 없었는데, 너무 작고 플라스틱인데다 마음만 먹으면 구부려서 툭 부러뜨릴 수 있는 빗이었다. 내가 윌리엄의 방문을 두드리자 그가 나를 안으로 들이면서 말했다. "제길." 그의 방 역시 추웠다. 텔레비전이 켜져 있었다. 내가 들어가자 그가 소리를 죽였다. 나는 침대 모서리에 앉았다. '단추 수집의 역사'에 대한 광고—나무 탁자에 깔린 직조물 위에 세라믹 그릇 세 개가 놓여 있고, 그릇 한가득 각양각색의 단추가 수북이 담겨 있었다—가 나왔고, 이어 '알츠하이머 지원' 광고가 나왔다.

"내일 계획을 말해줘." 내가 말했다.

아침식사는 가는 길에 할 것이고, 홀턴으로 가서 로이스 부바의 집 앞을 지나갈 것이다. 그냥 보기만 할 것이다. 그녀는 플레전트 스트리트 14번지에 산다. 그런 다음엔 아마 포트페어필드로 갈 텐데, 로이스가 1961년에 그곳에서 미스 포테이토 블로섬 퀸으로 뽑혀 왕관을 썼기 때문이었다. 윌리엄이 온라인 검색으로 찾은 사진에서 그녀는 차를 타고 포트페어필드 거리를 누비고 있었다. 나는 윌리엄의 아이패드로 사진을 보았는데, 사진은 오래된 것이었고, 그 여자가 (너무 어렸다) 캐서린을 닮았는지 아닌지도 알 수 없었다. 하지만 그녀는 예뻤다, 그건 알 수 있었다. 그녀는 시가행진 차량에 타고 있었고, 바닥에는 크레이프페이퍼가 잔뜩 흩어져 있었으며, 사람과 자동차와 버스가 거리를 빽빽하게 채우고 있었다.

"그런 다음 시간이 남으면 프레스크아일에 가보고 싶어. 로이스 부바의 남편이 거기 출신이거든. 한번 휙 둘러보기만 하면 돼."

"좋아." 내가 말했다. "그런데 이유는?"

"그냥 다 둘러보고 싶어서." 윌리엄이 말했다.

"알았어." 내가 말했다.

"그러니까 아침에 고속도로를 타고 홀턴으로 가서 눈에 보이는 것들을 보는 게 계획이야." 윌리엄이 말했다. 그는 나이들어 보였다. 침대 옆에 서 있는 자세는 구부정했고, 눈은 반짝거리지 않았다.

"잘 자, 루시." 내가 나가려고 일어서자 그가 말했다.

나는 그를 돌아보며 말했다. "요즘 밤의 공포는 어때, 윌리엄?"

윌리엄이 손을 펴고 말했다. "사라졌어." 그리고 덧붙였다. "사는 게 더 나빠지니까 멈췄어."

"알 것 같아." 내가 말했다. "잘 자."

나는 프런트 데스크에 전화를 걸어 담요를 하나 더 갖다달라고 부탁했고, 그들은 사십오 분 뒤에 가져왔다.

*

그날 밤 나는 파크 애비뉴 로비의 꿈을 꾸었다. 꿈속에서 그는 불안한 모습이었고, 나는 잠에서 깨 욕실에 다녀온 뒤 다시 침대에 누워 그를 생각했다.

한참 전의 이야기지만, 윌리엄을 떠난 뒤에 나는 파크 애비뉴 로비라고—내가 친구들과 얘기할 때—불렀던 한 남자(앞서 언급한 작가를 말하는 게 아니다. 이 일종의 연애는 더 나중의 일이다)와 사귀었다. 나의 아버지를 더 잘 이해하고 벌지 전투와 휘르트겐 숲 전투에 대해 가능한 만큼 더 알아내려고 뉴스쿨대학교에서 2차대전에 대해 공부하던 중 그를 만났다. 아버지는 전쟁중 두 전투 모두에 참여했고, 앞서 말했듯 그뒤로 줄곧 가혹한 고통 속에서 지냈다. 아버지는 내가 그 강의를 듣기 일 년 전에 돌아가셨다.

나는 엘리베이터에서 파크 애비뉴 로비에게 먼저 인사를 건넸고, 그가 어떤 면에서—얼굴에 떠오른 어떤 표정에서—내 아버지를 연상시킨다는 것을 깨달은 건 나중이었다. 아버지가 나이가 더 많긴 했지만, 그는 내 아버지라고 해도 될 정도의 나이였다. 하지만 파크 애비뉴 로비는 옷을 잘 입었다. 키가 컸고 긴 감청색 코트 차림이었다.

처음 파크 애비뉴에 있는 그의 아파트로 갔을 때 사람 사는 곳 같지 않아 보여서 깜짝 놀랐는데, 어떤 의미에서는 사람이 살지 않는다고 말할 수도 있었다. 파크 애비뉴 로비는 두 번 결혼했고, 가장 최근 여자친구는 얼마 전 그를 버리고 소방관에게 갔다—소방관이라는 게 그가 가장 참을 수 없는 부분이었다. "소방관이라니." 그는 이렇게 말하고는 이따금 웃었고, 가끔은 그저 고개만 가로저었다. "젠장 소방관이라니. 그 여잔 그냥 내가 지겨워져서 그랬을 거예요." 그는 헤어진 여자친구에 대해 그렇게 말했다.

우리는 침대로 갔고, 그는 아주 부드러운 듯하다가 어느 순간

"엄마 안으로 발사! 엄마 안으로 발사!" 하고 말했고, 나는 그것이 거의 이성을 잃을 만큼 무서웠다. 끝난 뒤에 나는 핸드백에 넣고 다니는 진정제 두 알을 먹어야 했고, 그의 옆에서 잠이 들어 밤새 그의 가슴 가까이 머리를 두고 잤다.

매번 그는 그렇게 말했다.

석 달 동안 우리는 토요일 밤에 같이 잠을 잤다.

*

윌리엄이 아침에 내 방의 문을 톡톡톡 빠르게 두드렸다. 그는 너무 짧은 그 카키 바지를 입고 있었고, 전날 공항에서 그 바지를 입은 그를 처음 보았을 때와 같은 반응이 일어났지만, 나는 밤잠을 설쳐 피곤했고 기운이 별로 없었다.

윌리엄이 대뜸—그는 내 방 입구에 서 있었다—전날 밤 침대에 누웠는데 아마 한 살쯤 되는 것 같은 베카를 안은 감각을 느꼈다고 말했다. "그애는 땀을 흘리고 있었어—그애가 땀을 잘 흘렸던 거 기억하지? 땀을 흘린 작고 사랑스러운 얼굴로 그애가 내 목에 머리를 파묻었어. 휴우, 루시," 윌리엄이 나를 쳐다보았고, 나는 그에 대한 사랑이 밀물처럼 밀려와 가슴을 채우는 것을 느꼈다. 우리의 어린아이를 기억하면서 그의 얼굴에 떠오른 고통 때문이었다.

"오 필리." 내가 말했다. "무슨 말인지 알겠어. 이따금 내게 떠오르는 기억도 그렇게 날카로워."

윌리엄이 나를 빤히 보았는데, 곧 나는 그가 정말로 나를 보고 있지는 않다는 것을 깨달았다.

"잠은 잤어?" 내가 묻자 그가 갑자기 미소를 지었고, 그의 콧수염이 움직였다. 윌리엄이 말했다. "잤어. 정말 놀랍지 않아? 아기처럼 잤다니까."

그는 내가 잘 잤는지는 묻지 않았고, 나도 말하지 않았다.

우리는 작은 여행 가방을 끌면서 자동차 대여소로 걸어갔고, 차에 탔다. 햇볕이 좋은 따스한 날이었지만 아주 덥지는 않았다. 텅 빈 주차장이 끝없이 펼쳐진 듯 보였다. 공항을 빠져나오면서 우리는 두 개의 광고판을 지나갔다. 하나 위에 다른 하나가 얹혀 있었는데, '시퀄 케어'가 위, '비지팅 에인절'─이게 더 컸고, 노란색과 자주색 옷을 입은 천사가 날개를 활짝 펴고 있었다─이 그 아래였다.* "여기 주민들은 나이가 많은 편이야." 윌리엄이 말했다. "연방에서 이 주에 사는 사람들이 가장 나이가 많고, 가장

---

* '시퀄 케어'와 '비지팅 에인절' 모두 방문 요양 업체다.

피부가 하얗지."

고속도로에는 차가 거의 보이지 않았다. 풀이 길가 콘크리트
의 틈을 뚫고 자라고 있었다. 우리는 제한속도 75MPH*라고 되
어 있는 표지판 옆을 지나갔다. 차창 밖을 내다보니 오렌지빛이
감도는 붉은색의 잎이 달린 나무 꼭대기가 보였고, 더 달리자 나
뭇잎은 노란색으로 옷을 갈아입었고, 줄지어 선 모든 나무들 사
이 작은 선홍색 나무가 한 그루 보였다. 길가의 풀은 색깔이 좀
바래 있었다. 풍부한 녹색이 빠지니 완연한 8월의 풍경처럼 보였
다. 그곳을 지나자 키 큰 나무들이 서 있었다.

그 순간 기억 하나가 떠올랐다.
윌리엄과 결혼해서 사는 내내 마음속에 지닌 이미지가 있었는
데―캐서린이 살아 있었을 때도 그랬지만, 죽은 뒤에는 더욱 그
랬다―나는 윌리엄과 내가 헨젤과 그레텔, 작은 두 꼬마가 되어
숲속에서 길을 잃고 우리를 집으로 데려다줄 빵 부스러기를 찾
는 이미지를 종종 떠올렸다.
이것이 앞서 했던 말, 내가 유일하게 가져본 집이 윌리엄과 함

---

* 시속 75마일. 킬로미터로 환산하면 시속 약 120킬로미터이다.

께 살던 집이었다는 말과 모순되는 것처럼 들리겠지만, 내 마음 속에서는 두 말이 모두 사실이고, 이상하게도 서로 상충되지 않는다. 왜 그런지는 모르겠지만 사실이다. 헨젤과 함께 있으면—우리가 숲속에서 길을 잃더라도—안전하다는 기분이 들기 때문인 것 같다.

그와 함께 차를 타고 달리면서 나는 어떤 익숙한 감각을 의식했는데, 그 감각은 전날 밤 공항이 너무 초현실적이라는, 거의 공항 같지 않다는 느낌과 함께 시작된 것이었다. 내가 의식한 것은 이것이었다.

내가 겁을 먹었다는 것.

나무들은 점점 땅딸해졌고, 몸통이 굵은 소나무들이 줄지어 있었다. 몇 분 지나지 않아 왼쪽으로 비쩍 마른 자작나무 들판이 나타났다. 그걸 제외하면 탁 트인 넓은 길이 끝없이 이어졌다. 표지판은 어디에도 보이지 않았다. 그리고 다른 차들도, 지나가는 한두 대 말고는 없었다.

내가 얼마나 쉽게 겁을 먹는지는 앞서 말했다. 다른 차는 거의 한 대도 보이지 않는 고속도로를 달리면서 나는 생각했다. 아, 오지 말 걸 그랬어!

나는 익숙하지 않은 것을 두려워한다. 그리고 뉴욕은 내가 오래 살아온 곳이고, 익숙한 곳이다. 내 아파트, 내 친구들, 경비원, 정류장마다 한숨을 토하는 도시 버스들, 내 딸들…… 그 모든 것이 익숙했다. 하지만 그 순간 내가 있는 곳은 익숙하지 않았고, 그래서 무서웠다.

나는 그게 몹시 무서웠다.

하지만 윌리엄에게 그렇게 말할 수는 없었는데, 겁이 난다고 말할 만큼 내가 그를 충분히 잘 아는 건 아니라고 문득 느꼈기 때문이다.

엄마, 나는 속으로 외쳤다. 엄마, 나 너무 무서워요!

그러자 내가 지난 세월 동안 가상으로 만들어낸 좋은 엄마가 대답했다. 그래, 알아.

우리는 달리고 또 달렸고, 윌리엄은 그저 말없이 앞유리를 통해 우리 앞에 펼쳐진 끝없는 길을 뚫어져라 쳐다보고 있었다. 그가 마침내 나를 흘끗 돌아보며 말했다. "지금 잠깐 차 세우고 아침 먹을까?" 나는 고개를 끄덕였다. 그가 고속도로 출구로 차를 돌렸다. 나는 더이상 차창 밖 풍경을 바라보지 않았다.

주차장으로 들어간 뒤, 우리는 식당 정문 바로 옆에 세워져 있는 쓰레기가 가득한 차 앞을 지나 걸어갔다. 차 안 모든 공간이—운전석 빼고—쓰레기로 채워져 있었다. 쓰레기. 쓰레기가 자라날 리는 없을 듯했지만, 차의 천장—차는 낡은 세단이었다—까지 쓰레기가 쌓여 있었고, 주로 신문, 오래된 파라핀지 포장지, 음식이 담겨 있었을 법한 작은 판지 상자 같은 것들이었다. 자동차 번호판에 큰 글씨로 적힌 V자가 보였고, 또한 VETERAN*이라고 쓰여 있었다.

"윌리엄." 내가 작은 소리로 불렀고, 그가 "왜?" 하고 답했다. 나는 물었다. "방금 그거 봤어?" 그러자 그가 말했다. "안 보기가 힘들지." 윌리엄은 문을 당겨 열고 앞장서서 레스토랑으로 들어가며 그렇게 말했는데, 말하는 투가 냉정해서—내 귀에는 그렇게 들렸다—내 공포는 더욱 커졌다.

오, 공포란!

그 감정에 사로잡혀보지 않았다면, 당신은 알 수 없다.

---

* '퇴역 군인' 또는 '참전 용사'라는 뜻.

식당에는 우리 말고 열 명 정도가 더 있었는데, 실내는 통나무 집처럼 꾸며져 있었고—둥근 통나무를 쌓아올려 벽을 장식했다는 말이다—종업원들은 매우 친절했다. 새빨간 립스틱을 바른 젊은 여자가 우리를 칸막이 자리로 데려갔는데, 키가 작고 통통한 편이고 인사하는 태도가 아주 명랑했다. 윌리엄은 메뉴를 살펴보았지만, 나는 배가 고프지 않아서 종업원이 돌아왔을 때 스크램블드에그를 하나 주문했고, 윌리엄은 계란을 곁들인 해시* 를 주문했다.

우리 건너편—오른쪽으로—에는 이가 다 빠진 남자가 다른 남자 둘과 같이 앉아 있었는데, 이 빠진 남자가 여권이 필요하다는 이야기를 하는 중이었다.

"윌리엄." 내가 말했다.

그가 나를 쳐다보았다. "왜 그러는데?"

나는 조용히 말했다. "겁이 나."

그러자 윌리엄이 마음속으로 의기소침해지는 것을 나는 보았고—보았다고 느꼈고—이윽고 그가 말했다. "오 루시, 대체 왜 겁이 나는데?"

---

* 다진 고기와 야채를 볶아 만든 요리.

"모르겠어." 내가 말했다.

"여전히 그런 때가 있어?"

"한동안은 그렇지 않았어." 나는 대답했다. "심지어⋯⋯" 심지어 남편이 죽은 뒤에도 그렇지 않았다고 말하려다 말았다. 그 상실의 슬픔은 공포와는 달랐다. 하지만 나는 그 말을 하지 않았다.

맹세코 나는 윌리엄이 거의 눈알을 굴리는 것을 보았다. "내가 뭘 어떻게 해주면 되는데?" 그가 물었고, 그 순간 나는 그가 미웠다.

"아무것도." 내가 말했다.

그러자 윌리엄이 말했다. "이곳 풍경을 보고 당신 어린 시절이 떠올랐나보네."

내가 말했다. "이곳 풍경을 보고 내 어린 시절이 떠오른 건 아니야. 당신, 콩밭을 한 번이라도 본 적이 있어?" 하지만 그 순간 나는 그의 말이 맞는다는 것을 깨달았다. 여기 작은 식당에서 아침을 먹으려고 차를 세우기 전까지 우리는 거의 한 사람도 보지 못했고, 그 고립은 내게 공포감을 일으켰다.

"음, 루시." 윌리엄이 뒤로 기대앉았다. "당신한테 뭘 해줄 수 있을지 모르겠어. 알다시피, 내 아내가 떠난 지 칠 주밖에 안 됐어."

"그리고 내 남편은 죽었지." 나는 말했다. 그리고 생각했다. 이거 시합 같은 건가?

윌리엄이 말했다. "나도 알아. 하지만 당신의 공포에 대해 내가 뭘 해줄 수 있는지 모르겠어. 당신의 공포에 대해 내가 뭘 해줄 수 있는지 알았던 적이 없어."

그래서 내가 말했다. "음, 문을 열 때 당신 먼저 몸을 들이미는 게 아니라 나를 위해 문을 잡아주면 돼." 내가 덧붙였다. "그리고 한 가지 덧붙이면, 충분히 긴 바지를 입는 것도 괜찮겠지. 당신 카키 바지가 너무 짧아서 그걸 보면 겁나게 우울해지거든. 맙소사, 윌리엄, 당신 얼간이처럼 보인다고."

윌리엄이 뒤로 기대앉았다. 얼굴에 정말로 놀란 표정이 떠올랐다. "정말로? 진심이야?" 그가 의자에서 엉덩이를 당기며 일어섰다. "정말로?" 그가 아래를 내려다보며 물었다.

"응!" 내가 말했고, 그의 콧수염이 움직였다.

그는 다시 내 맞은편에 앉았고, 고개를 뒤로 젖히며 내가 아주 오랫동안 들어보지 못한 진짜―진심에서 나온―웃음을 터뜨렸다.

그러자 내 공포가 물러났다.

"당신이 그런 말을 하다니." 윌리엄이 말했다. "루시 바턴이 누군가에게 바지가 너무 짧다고 말하다니."

"음, 진지하게 하는 말이야. 그 바지 우스꽝스러워 보여."

그 말에 윌리엄이 더 많이 웃었다. "나를 얼간이라고 부른다? 얼간이라는 단어를 쓰는 사람이 아직 있나?"

"내가 쓰지." 나는 말했고, 윌리엄이 다시 웃었다.

"이 바지는 최근에 산 거야." 그가 말했다. 그리고 덧붙였다. "너무 짧은가 하는 생각은 했어."

"짧아. 너무 짧아."

"입어볼 때 신발을 신지 않았거든."

"그 이야긴 이제 그만." 내가 말했다. "하지만 그 옷은 어디 줘 버려야 할 것 같아."

윌리엄의 웃음이 나를 행복하게 했다. 그뒤로는 모든 것이 괜찮았다.

종업원이 음식이 아주 푸짐하게 담긴 큰 접시를 가져왔다. 윌리엄의 접시에는 불그스름한 해시가 수북이 쌓여 있고 그 위에 달걀부침 두 개가, 그 옆으로 감자가, 그리고 두껍게 썬 빵이 세 조각 있었다. 내 접시에는 스크램블드에그가 잔뜩, 거기다 기름진 베이컨, 그리고 마찬가지로 큰 빵 세 조각이 놓여 있었다. "오 이런." 내가 말하려는 찰나 윌리엄도 말했다. "저런."

"자, 들어봐. 로이스 부바는 어쩌지?" 윌리엄이 물었다. 그는 접시에 놓인 불그스름한 음식을 포크로 여기저기 찌르다가 한입을 먹었다.

그리고 내가 말했다. "거기 가면 알아보자."

우리는 로이스에 대해 이야기를 나누었다. 미스 포테이토 블로섬 퀸이 된 것에 대해, 어머니가 그녀를 버린 사실을 알았을지에 대해. 윌리엄은 알았을 거라고 생각했다. 나는 확신이 없었다. "그래, 누가 알아, 누가 알겠어." 윌리엄이 말했다. 그러더니 고개를 저었다. "오, 맙소사." 그가 말했다.

마침내 종업원이 다가와 남은 음식은 가져갈 수 있게 박스에 담아줄 수 있다고 말했다. 윌리엄이 말했다. "오, 괜찮아요. 우린 다 먹은 것 같아요."

"정말이세요?" 종업원이 물었다. 그녀는 놀란 것 같았고, 빨간 립스틱을 바른 입술을 꾹 다물었다.

"네." 윌리엄이 말했고, 종업원은 계산서를 가져오겠다고 했다. "어쩌면 저 여자가 내 친척인지도 모르지." 윌리엄이 말했다. 그는 그렇게 말했고, 가벼운 말투는 아니었다.

"어쩌면." 내가 말했다.

식당에서 나오려는데, 윌리엄이 문을 열더니 과장된 동작으로 내게 먼저 나가라는 표시를 했다.

*

우리는 식당이 있는 타운을 통과하며 '리비스 컬러 부티크'라고 쓰여 있는 간판을 지났다. '카펫, 합판, 장판 바닥재. 영업 종료.' 타운을 빠져나오는데 쭉 늘어선 전신주에 미국 국기가 줄줄이 걸려 있는 게 보였다. 중간중간 전쟁 포로를 위한 검은 깃발도 걸려 있었다. 우리는 한동안 고속도로 입구를 찾지 못했다. 구불구불한 길을 계속 달렸다. 길가 어느 곳에는 키 작은 큰잎부들, 그리고 골든로드가 자라고 있었고, 어떤 풀은 끝부분에 거의 분홍색 색조가 감돌지만 다른 부분은 갈색으로 시들어가는 듯했다. 다른 차는 없었고, 8월 하순의 수요일 한낮이라 사람들은 보이지 않았다. 하지만 거의 허물어질 것 같은 집들이 많이 보였고, 퇴역 군인을 위한 이런 집의 측면에는 별이 많이 그려져 있었다. 죽은 이를 기리는 금색 별이.

우리는 '미국을 위해 기도하라'라고 쓰여 있는 표지판 앞을 지나갔다. 그리고 '연합 성경 캠프'라는 이름이 붙은 오두막들도 지나갔다.

녹슨 고물차들이 아주 오랫동안 비워져 있던 것으로 보이는 낡은 건물 옆에 세워져 있었고, 그 전체가 길가에서 좀 떨어진 곳에 있었다.

내가 말했다. "내가 만약 젊은 여자를 죽이고 시체를 없앤 뒤 도망치려고 하는 남자라면 여기가 시체를 버리기 딱 좋은 장소야. 맙소사."

윌리엄이 나를 흘끗 보았다. 그가 웃을 때 콧수염이 움직였고, 그는 잠시 내 무릎에 손을 올렸다. "오 루시." 그가 말했다.

하지만 그 말—내가 젊은 여자의 시체를 없애고 싶어하는 남자라면—을 하자마자 나는 다음의 사실을 깨달았다.

이 길을 따라 달리면서 거의 허물어질 것 같은 집들과 길가에서 자라는 풀, 사람은 한 명도 보이지 않는 풍경을 보며, 아버지는 트럭을 몰고 어린 나는 아버지 옆 조수석에 앉은 장면이 거의 기억처럼 떠오른 것이다. 차창은 열려 있고 내 머리칼은 바람에 날리고, 차에 탄 사람은 우리 둘뿐이었다—어디로 가고 있었던 거지? 하지만 그 장면이 내 어린 시절의 참담한 기억 중 하나는 아니었다. 오히려 내 안 깊숙한 곳에서, 저 아래 깊숙한 곳에서 뭔가가 움직였고, 거의 어떤 감각을 느꼈는데—뭘 느꼈다고 할 수 있을까?—아버지 옆에 앉아 낡은 빨간색 셰비 트럭을 타고 달리면서 느낀 그것은 거의 자유의 감각이었다. 지금 윌리엄 옆에 앉아 달리면서 나는 손을 휙 내저으며 거의 이렇게 말하고 싶었다. 이들은 나와 같은 족속이라고. 하지만 아니었다. 나는 어느 집단에든 소속감을 가져본 적이 결코 없었다. 하지만 나는 그 순간 여기 메인주 시골에 있었고, 방금 내게 일어난 일은 그 집들, 우리가 지나쳐 간 몇 채의 집과 그 집에 사는 사람들에 대한—이게 내가 표현할 수 있는 유일한 방법 같다—이해였다. 그건 이상한 감정이지만 진짜였고, 잠시 나는 이렇게 느꼈다. 내가 있는 곳이 어디인지 알겠다고. 그리고 심지어, 그 몇 채의 집에 실제로 살고 있고 집 앞에 트럭을 세워놓은 그 사람들을 직접 보지는 못했지만 그들을 사랑한다고. 거의 그렇게 느꼈다. 나는 그렇게 느꼈다.

하지만 나처럼 일리노이주의 가난한 타운인 앰개시 출신이 아니라, 매사추세츠주 뉴턴에서 자랐고 뉴욕에서 아주 오래 살아온 윌리엄에게 그것을 말하지는 않았다. 나도 뉴욕에 오래 살았지만, 그곳에서 진짜로—마치 맞춤 정장을 입듯이—살았던 윌리엄과 달리 나는 결코 뉴욕에서 진짜로 살았던 것 같지 않다. 왜냐하면 진짜로 살지 않았으니까.

*

그 순간 나는 문득 어느 파티에서 만난 여자가 떠올랐다. 데이비드가 죽은 뒤 내가 처음 간 파티이자 유일한 파티였고, 나는 그 파티가 끔찍이 싫을 거라고 예상했다. 하지만 그곳에서 만난한 여자가, 쉰세 살쯤으로 나보다 열 살 정도 아래 같았는데, 자신이 어떤 경위로 온라인 사이트인 Ijustwanttotalk.com에 들어갔으며 그것이 자기 삶을 어떻게 바꾸어놓았는지 말해주었다. 그녀는 눈을 크게 뜨고 솔직하게 말했는데, 눈가에 작은 화장품 가루가 묻어 있어 계속 그걸 알려주고 싶었지만—내가 결코 알려줬을 리 없다—그러다 그러고 싶은 욕구가 사라져 그냥 듣기만 했다. 아주 흥미로운 이야기였다. 그녀는 최근에 시카고에 여행을 갔다가 돌아왔는데, 그곳의 드레이크호텔에서 한 남자를 만나—세번째로 만난 것이었다—서로 이야기만 나누었다고 했다. 그게 그들이 한 일이다.

나는 그녀에게 나이 때문에 두려웠는지—남자를 만나는 게, 라는 의미였다—물었고, 그녀는 처음에는 그랬지만 만나고 나니 (그렇게 말하며 내 팔에 손을 얹었다) 오, 그는 그냥 너무나 외로운 거야! 하는 생각이 들었다고 했다. "나도 그랬고요." 그녀가 말하고 고개를 끄덕였다. 그리고 그들은 계속 번갈아 이야기를 했다. 그녀 자신은 꽤 오래전에 돌아가셨으나 "아직 해결되지 않은 부분이 있다고" 느껴지는 시어머니에 대해 이야기할 필요를 느꼈고, 닉이라는 이름의 그 남자는 결코 올바르게 처신하지 않는 아들에 대한 대화가 필요했지만 그의 아내는 그 이야기에 넌더리를 내서, 그의 차례가 되었을 때 그녀에게 그 이야기를 했다. "그리고 우리는 그냥 서로의 말을 들어줬어요." 그녀가 말했다. 그리고 탄산수를 한 모금 홀짝이고—와인은 아닌 것 같았다—고개를 끄덕였고, 그뒤로도 계속 주억거렸다. "그의 이름이 정말로 닉이었는지조차 모르겠어요." 그녀가 말했다.

나는 그녀에게 그와 사랑에 빠질 수도 있다고 생각하는지 물었다.

그러자 그녀는 탄산수를 한 모금 더 홀짝이고 말했다. "그걸 물어보시다니, 재미있는데요. 왜냐하면 그를 처음 봤을 때 오 맙소사, 안 돼, 나는 이 남자에게는 절대 빠져들지 못할 거야! 라고 생각했거든요. 물론 그건 다행스러운 일이었죠. 하지만 재미있는 게, 지난번에 만나고 나서 그에 대해 계속 생각했는데, 그러니까, 뭔가 감정이 생길 수도⋯⋯"

"안녕하세요!" 그 순간 좀더 젊어 보이는 여자가 두 팔을 뻗어 그녀를 끌어안았고, 나와 이야기하고 있던 여자는 탄산수가 든 잔을 들어올리며 말했다. "오 맙소사, 당신이로군요!" 그리고 그게 내가 그녀를 본 마지막이었다.

사람들은 외롭다, 그게 내가 하려는 말이다. 많은 사람들이 자기가 말하고 싶은 이야기를 잘 아는 사람들에겐 할 수 없다.

*

우리는 정오경에 홀턴에 도착했다. 햇살이 큰 벽돌 건물—법원과 우체국—에 내리쬐고 있었다. 메인 스트리트에 가게가 몇 개—가구점과 옷가게—있었고, 그 거리를 차로 천천히 통과하다가 플레전트 스트리트라고 된 표지판이 보이자 내가 소리쳤다. "윌리엄, 여기가 플레전트 스트리트야!" 나는 차창 밖을 내다보았다. 우리는 작고 나무로 지어진 집들을 지나쳤는데, 그중 두 채는 흰색으로 칠해져 있었다. 바로 그때 14번지 앞을 지나갔고, 그곳에 그 블록에서 가장 좋은 집이 있었다. 집은 작지 않았다. 삼층짜리 건물이고, 새로 페인트칠을 한 듯 보였는데, 진청색에 건물 가장자리는 빨간색으로 칠해져 있었다. 앞쪽에 작은 정원이 있고, 앞마당에는 해먹도 걸려 있었다. 윌리엄은 그 앞을 지나가며 집을 유심히 쳐다보았고, 차를 계속 몰다가 다음 블록에서 세웠다.

"루시." 그가 말했다.

그래서 내가 말했다. "알아."

햇빛이 앞유리로 비처들 때 우리는 잠시 그렇게 앉아 있었고, 주위를 둘러보니 아주 가까이에 도서관이 있었다. "도서관에 가자." 내가 말했다.

"도서관에?" 윌리엄이 말했다.

"응." 내가 말했다.

*

도서관에 들어가니 나선형 계단과 대출 데스크가 보였다. 열람실에는 젊은 여자와 나이 지긋한 남자가 있었는데, 두 사람 다 신문을 읽고 있었다. 작은 타운의 도서관이라고 하면 흔히 상상할 수 있는, 아주 기분좋은 분위기였다. 사서가 고개를 들어 우리를 보았다. 나이는 오십대 중반 같았고, 머리카락은 거의 색깔이 없었는데, 아주 옅은 갈색이라는 뜻이다—젊었을 때는 분명 금발이었을 것이다. 눈은 크지도 작지도 않았는데, 아주 중립적으로 보였다는 뜻이다. 그녀는 상냥했고 거의 우리를 보자마자 말했다. "제가 도와드릴까요?" 그러니 아마 그녀는 우리가 타지에서 온 걸 알았을 것이다.

내가 말했다. "남편의 아버지가 독일 전쟁 포로였는데, 이곳의

감자 농장에서 일했대요. 그래서 온 거예요. 그것과 관련된 자료
가 있나요?"

그러자 사서는 우리를 빤히 보더니 데스크 뒤에서 나와 "네,
있어요" 하고 말했다. 그러고는 중앙 열람실의 구석으로, 독일
전쟁 포로의 경험과 관련된 책을 모아둔 곳으로 우리를 데려갔
다. 그리고 나는 그것을 보는 윌리엄의 얼굴이 울컥해서 씰룩이
는 것을 보았다. 구석 쪽 벽에는 독일 전쟁 포로들이 그린 미술
작품이 걸려 있었다. 그리고 전쟁 포로 관련 기사를 펼쳐놓은 오
래된 잡지들이 있었고, 또한 얇은 책이 한 권 있었다.

"제 이름은 필리스예요." 사서가 말했다. 윌리엄이 악수를 청
했고, 그 행동에 그녀는 놀란 것 같았다. 그녀가 윌리엄에게 이
름을 묻고 그가 답하자, 이번에는 나를 돌아보고 내 이름도 물어
서 나는 "루시 바턴"이라고 중얼거렸다. "음, 찬찬히 둘러보세
요." 필리스는 그렇게 말한 뒤, 근처에 있는 팔걸이의자 두 개를
끌어당겨 앉게 해주었고, 우리는 고맙다고 말했다.

오래된 사진들이 진열된 선반이 하나 있었고, 나는 사진 한 장
을 뚫어지게 쳐다보다가 말했다. "윌리엄! 여기 계신데!" 사진에
는 바닥에 무릎을 꿇고 있는 남자 넷의 이름이 적혀 있었다. 한
명은 웃고 있었고, 나머지는 그렇지 않았다. 빌헬름 게르하르트
는 그 무리의 끝에 있었다. 그는 웃고 있지 않았다. 모자를 삐딱

하게 썼고, 거의 엿 먹어라, 라고 말하는 듯한 진지한 표정으로 카메라를 응시하고 있었다. 윌리엄은 그 사진을 가져가 물끄러미 바라보았다. 나는 사진을 보는 그의 얼굴을 관찰했다. 그리고 시선을 돌렸다.

다시 돌아보았을 때도 윌리엄은 여전히 그 사진을 쳐다보고 있었다. 그가 마침내 고개를 돌려 나를 보고 말했다. "그가 맞아, 루시." 그러고는 더 조용한 목소리로 덧붙였다. "내 아버지가 맞아." 나는 다시 사진을 보았고, 윌리엄의 아버지 얼굴에 떠오른 표정은—다시 봐도—인상적이었다. 모든 남자가 야위어 보였지만, 윌리엄의 아버지는 눈썹이 짙고 눈동자도 색이 짙었으며, 경멸적인 태도가 희미하게 느껴졌다.

필리스가 계속 우리 뒤에 서 있다가 말했다. "우리는 그들이 이곳에 와서 받은 대우를 자랑스럽게 생각해요. 이걸 보세요—" 그리고 그녀는 일부 전쟁 포로가 고국으로 돌아간 뒤 그들이 일했던 농장의 농부들에게 보낸 편지를 모은 책을 보여주었다. 모든 편지가 독일로 식량을 보내달라고 부탁하는 내용이었다. "어떤 농부는 그들에게 식료품 박스를 보내주고 또 보내줬어요." 필리스가 말했고, 그 세로가 긴 책을 넘겨 농부가 큰 박스 여러 개를 컨베이어벨트에 싣는 사진을 보여주었다. 그 농부의 이름은 트래스크가 아니었다. 나는 그러리라 예상하지 않았다. "천천히 보세요." 필리스는 말한 뒤 그 자리를 떠나 대출 데스크로 돌아갔다.

*

윌리엄이 나를 쿡 찌르더니 읽고 있던 얇은 책의 뒷부분에 그어진 밑줄 하나를 가리켰다. 전쟁 포로의 말을 인용한 부분이었는데, 히틀러의 생일인 4월 20일 아침에 자주색 천을 바느질해 스와스티카 문양을 여러 개 만들어서 막사 근처에 걸어놓았다는 내용이었다. 그리고 전쟁이 끝나고 쓰인 편지 한 통에서는 포로들이 충분히 먹지 못한 시기가 있었다는 걸 알게 되었다. 그리고 나는 캐서린이 그 남자들에게 도넛을 만들어준 것을 떠올렸다. 우리는 한 시간 넘게 거기 앉아 자료를 살폈고, 이윽고 필리스가 돌아와 말했다. "은퇴한 제 남편이 두 분에게 막사를—음, 그러니까 막사의 잔해를—보여주고 싶어하네요. 거기가 어디였는지 궁금하시다면요. 위치는 공항 옆 외곽이에요."

윌리엄이 밝은 얼굴로 반색했다. "오, 그러면 정말 좋죠." 그가 말했다. 필리스는 휴대전화로 문자메시지를 보낸 뒤 말했다. "십 분 뒤면 남편이 올 거예요." 그래서 우리는 물건을 챙겨 다시 프런트 데스크로 돌아갔다. 데스크에는 내가 쓴 책이 쌓여 있었다. "도서관을 위해 이 책들에 사인해주실 수 있을까요?" 필리스가 부탁했다. 나는 그럼요, 그러죠, 하고 대답했지만 그녀가 나를 알아보았다는 사실에 놀랐고 (앞서 말했듯 나는 투명인간이다) 그럼에도 어쨌든 거기 서서 사인을 했다.

필리스의 남편은 랠프라는 이름의 남자였고, 아내만큼 상냥했다. 그의 머리칼 또한 한때는 금발이었겠으나 이제는 색깔이 없었고, 카키 바지—적당한 길이였다—에 빨간색 티셔츠를 입고 있었다. 우리는 그의 지프를 타고 함께 출발했다. 우리를 태우고 공항 쪽으로 갈 때 그는 대체로 윌리엄을 상대로 말했다—윌리엄은 앞좌석에, 나는 뒷좌석에 앉아 있었다. 햇살이 좋았고, 그는 십오 분쯤 더 가서 여전히 거기 서 있는 탑을 보여주었는데, 감시탑이었고 아주 높지는 않았다. 그리고 비포장 구역으로 차를 몰고 들어가 잠시 차를 세우고 막사의 온갖 잔해를 보여주었는데, 한때는 이곳에 천 명이 넘는 전쟁 포로가 살았다고 했다. 지금은 콘크리트 모서리만 남아 있었다.

그때 내게 이상한 일이 일어났다. 이 이야기를 어떻게 해야 믿을 만하게 들릴지 잘 모르겠지만, 그냥 무슨 일이 일어났는지 말하겠다.

나는 잔해만 남은 콘크리트를 보았고, 녹색 잎이 콘크리트를 뒤덮으며 자라고 있었다. 그 자리에 햇빛이 비쳐 녹색 잎이 반짝거리는데, 그 순간 내 머릿속에서 뭔가가 덜컹했고, 나는 랠프가 말하는 모든 것이 내가 그의 입에서 나오리라 이미 예상한 내용이라는 사실을 깨달았다. 그러니까 어떤 단어가 그의 입을 통해 나오기 직전에 그게 어떤 단어일지 내가 알았다는 뜻이나. 중요한 말은 아니었고, 그저 그곳이 어떻게 지어졌고 단열재로는 무엇을 사용했는지에 관한 것이었다. 다만 내 머릿속에서 랠프가 얘기하는 내용을 정확히 미리 말해준 것은 어떤 여인의 목소리였다. 정말로 당혹스러웠다. 그리고 생각했다. 이건 데자뷰인가? 하지만 그렇지 않다는 것을 알았다. 그건 데자뷰보다 더 오래 지속되었고, 아주 기이한 순간이었다. 혹은 일련의 순간들.

랠프가 다시 윌리엄과 나를 우리 차가 있는 곳에 내려주었고, 우리는 서로 악수를 나누었으며, 윌리엄과 나는 고맙다고 말했다. 그리고 우리 차에 타서 내가 어떤 일이 있었는지 말하자 윌리엄은 한동안 탐색하는 표정으로 나를 쳐다보았다. "그게 뭔지 난 모르겠어." 그가 말했다.

"나도 모르겠어."

"환시 같은 건가?" 그가 물었다. 나는 과거에 환시를 몇 번 경

험했는데(내 어머니도 환시를 경험했다), 윌리엄은 과학자임에
도 내가 그런 경험을 했다는 걸 알았고, 내 말을 믿었다.

"아니." 나는 말했다. "그냥 그런 일이 일어난 거야." 그리고
말했다. "한순간 내가 두 우주 사이로 미끄러져 들어간 것 같았
어. 한순간보다 길었을 뿐이지."

윌리엄은 그 말을 생각해보는 듯하더니, 이내 고개를 가로저
었다. "알겠어, 루시." 그가 말하고, 시동을 걸었다.

*

어머니의 환시.

어머니의 손님이었던 여자가―어머니는 바느질과 수선 일을
했다―담낭 수술을 받으러 간다고 했을 때, 수술 전날 밤 어머니
는 그 여자가 암에 걸린 꿈을 꾸었다. 다음날 아침 어머니는 우
리집의 오래된 세탁기 옆에서 울고 있었고, 나는 무엇 때문인지
물었다. 그러자 어머니는 그 여자 몸이 "그걸로 가득차게 될 거
야" 하고 말했다―그리고 그 여자는 진짜로 그렇게 되었다. 그
리고 십 주 뒤에 죽었다.

우리 타운에서 한 남자가 자살했고, 그러리라는 걸 어머니는
몇 주 전에 예언했다. "내가 봤어." 어느 날 어머니는 말했다. 그

리고 그는 정말로 그렇게 했다. 들판에서 자신을 총으로 쏘았다. 그는 회중교회의 집사였고, 좋은 사람이었다. 우리가 추수감사절에 나눠주는 공짜 음식을 먹기 위해 교회로 갔을 때 그가 내게 웃어주던 기억이 난다.

내가 아주 작은 아이였을 때 한 소년이 실종되었고, 어머니는 그애가 우물 속으로 떨어졌다고 말했다. 그 장면을 환시로 보았다고 했다. 아버지는 경찰에 알려야 한다고 말했지만, 어머니는 이렇게 말했다. "미쳤어? 사람들은 내가 미쳤다고 생각할 거야. 우리가 그런 꼴을 당해야겠어?" 그리고 말했다. "이 타운 사람들이 우리를 그렇게 생각해야겠어?" 하지만 마침 그 소년이 우물 속에서 발견되어 어머니는 누구에게도 말할 필요가 없어졌다. 그 일은 우리만 알고 끝났다. 소년은 살았다.

크리시가 태어났을 때 어머니에게서 편지 한 통을 받았는데—어머니에게 내가 임신했다는 말은 하지 않았었다—거기에는 이렇게 쓰여 있었다. 딸아이가 태어났구나, 네가 아기 담요를 안고 있는 환시를 봤어, 딸이라는 걸 알겠더라.

이것은 내가 어머니에 대해 늘 인정하는 부분이었다.

나의 환시는 실현되지 않는 경우가 많았고, 그래서 나는 그것들을 무시했다. (윌리엄의 불륜에 대한 꿈도 환시라면 환시겠지만, 나는 그렇다고 생각하지 않는다, 정말로—) 하지만 이 한 가지 일은 일어났다.

오래전 맨해튼에 있는 대학에서 학생들을 가르친 적이 있는데, 거기에 나처럼 가르치는 일을 하는 좋은 친구가 있었다. 한번은 롱아일랜드에 있는 그녀의 시골집에 놀러갔다가 거기 내 손목시계를 두고 왔다. 저가 상점에서 사서 거의 값이 나가지 않는 것이라, 시계에 대한 생각은 잊고 그녀에게 물어보지도 않았다. 하지만 어느 아침—여러 달이 지나고 또 여러 달이 지난 뒤—지하철을 타는데 대학 우편함에 그 시계가 들어 있는 장면이 머릿속에 그려졌다—우편함은 목재 프레임에 구멍만 달랑 뚫어놓은 것이었다. 가보니 내 머릿속에 그려진 장면 그대로 시계가 거기 내 우편함 안에 놓여 있었다. 그게 내가 경험한 가장 이상한 환시였다. 왜냐하면 그건 내게 아무 의미도 없었으니까. 하지만 그런 일이 있었다.

*

우리는 훌턴에서 점심을 먹으려고 했지만, 찾아낸 식당에서는 두시 삼십분까지만 식사가 가능했고, 그때는 두시 삼십오분이었다. "죄송합니다." 여자가 입구에서 말한 뒤 문을 닫고 잠갔다. "근처에 다른 식당이 있나요?" 윌리엄이 유리문을 통해 물어보려고 했지만, 여자는 그냥 가버렸다.

"제길." 윌리엄이 말했다. "좋아. 포트페어필드에서 먹지 뭐."

윌리엄의 계획은 포트페어필드로 차를 몰고 가서, 로이스가 미스 포테이토 블로섬 퀸의 영예를 안고 행진용 차량에 탄 채 거리를 누비던 곳에 가보는 것이었고—나는 그게 윌리엄에게 왜 중요한지 알 수 없었다—그리고 나서 프레스크아일—홀턴에서는 40마일 거리였지만 포트페어필드에서는 고작 11마일 거리였다—에서 밤을 보내는 것이었다. "로이스의 남편이 거기 출신이라 그곳에 관심이 생겼어." 윌리엄은 프레스크아일에 대해 그렇게 말했고, 우리는 다음날 뉴욕행 밤 비행기를 타기 전에 홀턴을 경유하여 돌아가는 길에 무얼 할지에 대해 같이 생각해보기로 했다. 그러니까 플레전트 스트리트 14번지에 사는 그 여인, 윌리엄의 이부누이 로이스 부바에 대해 어떻게 할지 결정을 내린다는 의미였다.

*

포트페어필드로 가는 길에 갑자기 하늘이 넓게 펼쳐졌고, 그 풍경이 나를 작게 전율시켰다. 내가 자란 곳에서도 사방에 하늘이 보였기 때문이다. 이 하늘에는 해가 찬란했지만, 또한 군데군데 퀼트처럼 아주 낮게 구름이 드리워 있었고, 해는 구름 안을 들락거리며 녹색 목초지에 환한 빛을 쏟아냈다. 그리고 우리는 드넓은 해바라기 들판을 지나갔다. 우리는 또한 토양에 영양분을 주려고 간작으로 클로버를 심은 들판도 지나갔는데, 내 어린 시절 경험으로는 봄이 되면 그것을 갈아엎을 터였다. 거의 익숙하다고 할 수 있는 그 풍경을 보고 작은 행복을 느낀다는 것이, 그날 아침의 고립감이 이런 감정으로 변했다는 것이 흥미로웠다. 나는 행복을 느꼈다, 그게 내가 말하려는 것이다. 그리고 그걸 보면서 나는 어린아이인 내가 트럭을 모는 아버지 옆에 타고 가던 기억이 다시 떠올랐다.

우리가 길을 따라 달릴 때—이번에도 다른 차는 거의 한 대도 보이지 않았다—윌리엄이 말했다. "우리가 결혼해서 살 때 내가 했던 쓰레기 같은 행동 다 사과할게, 루시." 그는 눈앞의 길만 쳐다보고 있었고, 운전대의 아래쪽을 잡은 것을 보니 긴장이 풀린 모양이었다.

내가 말했다. "괜찮아, 윌리엄. 나도 이상하게 굴었던 거 사과할게."

그러자 그는 고개를 살짝 끄덕이고 차를 계속 몰았다.

헤어진 뒤로 우리는 이런—거의 정확히 이런—대화를 꽤 오랜 세월에 걸쳐 나누었는데, 자주는 아니지만 종종 그런 말이 튀어나온다. 서로에 대한 사과의 말이. 이상하게 들릴지 모르지만, 윌리엄에게도, 내게도 이상한 일은 아니다. 그것은 우리를 이루고 있는 직조물의 일부다.

우리에게는 그 순간 그런 말을 하는 게 전적으로 적절한 일 같았다.

"애들한텐 내가 문자 보낼게." 나는 말한 뒤 메시지를 보냈고, 둘 다 바로 대번에 답장을 보내왔다. 무슨 일이 있었는지 전부 다 듣고 싶어서 못 기다리겠어요!, 베카는 이렇게 썼다.

우리는 접시 모양의 위성방송 수신기가 설치된 작은 집 두 채를 지나갔다. 한 농부의 마당에는 한때 물건을 실어날랐을 긴 트럭 네 대가 세워져 있었다. 몇 년 동안 이동하지 않았는지 여기저기 풀이 자라 차체를 뒤덮고 있었다.

윌리엄이 말했다. "내 아버지는 히틀러유겐트 단원이었어."

"그 얘기 다시 좀 해봐." 그가 이미 오래전에 그 이야기를 했기 때문에 나는 그렇게 말했다.

윌리엄이 말했다. "내 기억에 아버지가 딱 한 번 전쟁에 대해 언급한 적이 있었는데, 그날 텔레비전에서 무슨 방송이 나오고 있었고, 뭐였더라, 독일 포로수용소에 관한 거였나? 그냥 오락용으로 만든 프로그램이었던 것 같아."

나는 그 말에 대답하지 않았는데, 자라면서 집에 텔레비전이 없었기 때문이고, 또한 그 이야기를 전에도 들었기 때문이다.

윌리엄이 말을 이었다. "그리고 아버지는 말씀하셨어. '저건 쓰레기야, 윌리엄. 넌 저런 걸 보면 안 된다.' 그리고 아버지는 나를 돌아보며 말했어. '독일에서 일어난 일은 아주 나쁜 것이었어. 나는 독일인인 게 부끄럽지 않지만 나라가 한 일은 부끄럽다.'" 윌리엄이 생각에 잠기며 덧붙였다. "아버지는 내가 그 얘기를 들을 만큼 컸다고 생각하셨던 거지. 내가 열두 살쯤 됐을 때였어. 그리고 아버지는 자신이 히틀러유겐트 단원이었다고, 당연히 그래야만 했다고, 그것에 대해 그리 깊이 생각하지 않았었다고, 그리고 노르망디 전투에 나갔다고 말씀하셨고, 자신이 히틀러유겐트 단원이었다는 걸 내가 알기를 바라셨어. 그리고 자신은 프랑스의 그 참호에서 죽을 거라고 생각했지만 미국 군인 네 명이 살려줬고, 그래서 늘 그들을 찾아내서 고맙다는 말을 전하고 싶었다고 하셨어. 그러니까 아버지는 자신이 독일이 저지른 일을—적어도 그 말을 하던 그 시점에는—지지하지 않는다는 걸 내가 알아주길 바라신 거야. 그래서 나는 말했어. '알겠어요, 아버지.'"

윌리엄이 차를 몰면서 고개를 저었다. "아, 아버지와 그 이야기를 더 해봤으면 좋았을걸."

"그러게." 내가 말했다. "그랬다면 좋았을 텐데."

"그리고 캐서린 콜은…… 아버지가 전쟁에 대해 어떻게 생각했는지에 대해 지금 당신이 들은 것 이상을 말해준 적은 결코 없었어."

나는 그것도 알았지만, 아무 말도 하지 않았다.

*

우리의 결혼생활에 대해 윌리엄이 사과한 뒤 나는 이 일이 떠올랐다.

아주 오래전 윌리엄이 다른 사람을 만나고 있다고 처음 내게 말했을 때, 그가 특히 좋아한 여자가 있었다. 그는 그들 중 누구도 사랑하지 않는다고 했지만, 그 여자는 윌리엄과 같이 근무하던 사람이었고―조앤은 아니었다―나는 그가 나를 버리고 그녀에게 갈 것만 같았다. 그 무렵 우리 넷―그러니까 윌리엄과 나와 딸들―은 잉글랜드로 갔다. 그는 내가 늘 그곳에 가고 싶어한다고 생각했고, 그래서 간 것이었지만, 떠나기 직전에 나는 그 여자에 대해, 그리고 다른 여자들에 대해서도 알게 되었다. 하지만 앞서 말했듯 특히 이 여자가 마음에 걸렸다. 그리고 런던에서 어느 밤 딸들이 잠들어 있을 때 나는 욕실로 들어가 울기 시작했고, 그러자 윌리엄이 들어왔다. 나는 말했다. "제발, 제발 떠나지 마!" 그러자 그가 말했다. "왜?" 그래서 나는—내가 바닥에 주저앉아 샤워 커튼을 붙잡고 있던 것, 그리고 이어 그의 바짓가랑이를 잡았던 게 너무도 생생히 기억난다—나는 이렇게 말했다. "왜냐하면 당신은 윌리엄이니까! 당신은 윌리엄이니까!"

나중에 내가 그를 떠나기로 결심했을 때 윌리엄은 울었지만 결코 내게 그런 식의 말은 하지 않았다. 그는 말했다. "혼자가 되는 게 두려워, 루시." 나는 기다렸지만, 그가 "제발 떠나지 마, 왜냐하면 당신은 루시니까!"라고 말하는 것은 결코 듣지 못했다.

윌리엄을 떠난 뒤 그에게 전화를 걸어 이렇게 말한 적이 한 번 있었다. 우리가 정말로 이 모든 일을 겪어야 할까? 그러자 그가 말했다. 당신이 우리 결혼에 뭔가 다른 요소를 가져올 수 없다면.

내가 가진 다른 것은 없었다. 그러니까 내 말은, 우리 결혼에 새롭게 가져올 다른 요소를 전혀 생각해낼 수 없었다는 것이다.

*

권위에 대해.

나는 작문을 가르칠 때—그 일을 오래 했다—권위에 대해 말했다. 가장 중요한 건 글을 쓸 때 권위를 가지는 것이라고 학생들에게 말해주었다.

그리고 도서관에서 빌헬름 게르하르트의 사진을 봤을 때 나는 생각했다. 오, 권위가 느껴지는데. 나는 캐서린이 왜 그와 사랑에 빠졌는지 대번에 알 수 있었다. 단지 그의 외모 때문이 아니라, 그의 외모가 풍기는 인상, 보이는 방식 때문이었다. 그는 명령에 따르기는 하지만 어느 누구도 그의 영혼까지 소유할 수는 없다는 인상을 주었다. 나는 그가 피아노를 연주하는 모습을, 그리고 문밖으로 걸어나가는 모습을 상상할 수 있었다. 그리고 나는—천천히—이것을 깨달았다. 이 권위가 바로 내가 윌리엄을 사랑하게 된 이유임을. 우리는 권위를 갈망한다. 진실로 그렇다. 누가 뭐라고 말하건 우리는 권위라는 감각을 갈망한다. 혹은 그런 사람과 함께 있으면 안전하다고 믿는다.

그리고 '힘든 일'—나는 그걸 그렇게 부르게 되었다—을 겪으면서도 윌리엄은 이 권위를 결코 잃지 않았다. 우리가 숲속에서 길을 잃은 헨젤과 그레텔이라고 느껴질 때조차 나는 늘 그의 존재 안에서 안전함을 느꼈다. 한 사람에 대해 이런 식으로 느끼게 만드는 것은 무엇인가? 말하기 어렵다. 하지만 그와 결혼한 뒤에도, 심지어 우리가 '힘든 일'을 경험하는 와중에도 나는 윌리엄에 대해 여전히 그렇게 느꼈다. 그와 결혼하고 처음에, 그리고 (앞서 말했듯) 우리에게 곧바로 문제가 생기기 시작했을 때한 친구에게 이렇게 말했던 게 기억난다. "내가 빙빙 돌며 헤엄치다가 이 바위에 부딪힌 물고기처럼 느껴져."

*

우리는 이렇게 쓰인 표지판 앞을 지나갔다. 친절한 타운 포트페어필드에 오신 걸 환영합니다.

윌리엄이 몸을 앞으로 숙이고 앞유리를 통해 거리를 뚫어져라 바라보았다. "이런 맙소사." 그가 말했다.

내가 말했다. "그러게. 세상에나."

타운의 모든 것이 닫혀 있었다. 거리에는 차가 한 대도 보이지 않았고, 빌리지 코먼스라고 된 장소—건물 전체—에는 임대라는 안내판이 붙어 있었다. 장식적인 기둥이 있는 커다란 퍼스트 내셔널 뱅크 건물은 문앞에 판자를 쳐서 막아놓았다. 열려 있는 것은 메인 스트리트 끝에 있는 작은 우체국뿐이었다. 메인 스트리트 뒤로는 강이 흐르고 있었다.

"루시, 여기 무슨 일이 있었던 걸까?"

"전혀 모르겠어." 하지만 거긴 정말로 유령이 나올 것 같은 장소였다. 커피숍도 보이지 않고, 옷가게나 약국도 없고, 그 타운에 열려 있는 것은 전혀, 아무것도 없었다. 우리는 차가 한 대도 보이지 않는 메인 스트리트를 다시 달렸고, 그곳을 빠져나왔다.

"이 주는 곤경에 빠졌어." 윌리엄이 말했지만, 나는 그가 충격을 받았다는 것을 알 수 있었다. 나 자신도 충격을 받았다.

"나 너무 배고파." 내가 말했다. 주유소조차 보이지 않았다.

"프레스크아일로 가자." 윌리엄이 말했다. 나는 그곳이 얼마나 먼지 물었고, 그는 11마일쯤 된다고 말했고―게다가 우리가 달리는 길은 고속도로가 아니었다―나는 뭔가를 먹기 위해 그렇게 오랫동안 기다릴 수는 없을 것 같다고 말했다. "음, 주변을 잘 살펴봐. 적당한 장소가 보이면 차를 세우자." 그가 말했다.

우리는 한동안 길을 달렸고, 이윽고 내가 말했다. "포트페어필드엔 왜 그렇게 가보고 싶은 건데?"

그러자 윌리엄은 잠시 아무 말이 없었고, 그저 콧수염을 씹으며 앞유리만 뚫어지게 쳐다보았다. 그러더니 말했다. "로이스 부바를 만나면 그녀가 미스 포테이토 블로섬 퀸으로 뽑혔던 포트페어필드에 가봤다고 말할 생각이었어. 그러면 그녀는 그걸 자

기에게 진짜 관심이 있다는 뜻으로 받아들이고 기분이 좋아지
겠지."

오 윌리엄, 나는 생각했다.

오 윌리엄.

*

그 순간 윌리엄이 말했다. "맞아. 리처드 백스터가 메인 출신
이었지."

내가 처음 윌리엄을 만났을 때 그는 내게 리처드 백스터의 업
적에 대해 말해주었다. 리처드 백스터는 기생충학자였는데—열
대성 질병을 전공했다고, 윌리엄은 말했다—샤가스병 진단법을
발견했다. 기존에 알려진 진단법이 있었지만, 진단이 내려질 무
렵이면 환자가 이미 사망한 경우가 많았고, 리처드 백스터는 더
빨리 진단하는 방법을 알아낸 것이다. 그는—내가 맞게 이해했
다면—응고된 피에서 기생충을 발견할 수 있다는 사실을 알아
냈다. 내가 시카고 외곽에 있는 대학에서 윌리엄을 처음 만났을
때 그도 샤가스병에 대해 연구하고 있었는데, 백스터는 그로부
터 대략 십 년 전에 그 병을 더 빠르게 진단하는 법을 알아낸 것

이었다.

윌리엄이 차를 세우고 아이패드를 꺼내 잠시 확인한 뒤 말했다. "좋아." 그리고 우회전을 했고 이제 우리는 다른 길을 따라 달리고 있었다. 윌리엄이 말했다. "그 사람은 마땅한 칭송을 누리지 못한 영웅이었어. 그는 생명을 구했어, 루시."

"나도 알아. 그 이야긴 이미 했어." 내가 말했다.

"그는 뉴햄프셔대학교에서 근무했지만, 메인주 출신이었어. 방금 그 사실이 떠올랐어."

나는 스쳐지나가는 들판을 둘러보았다. 큰 모자를 쓴 남자가 마차를 몰고 작은 언덕을 오르고 있었다. "저길 봐." 내가 말했다.

"아미시*." 윌리엄이 말했다. "저 사람들은 농사를 지으려고 펜실베이니아에서 여기까지 왔어. 그들에 대한 글을 읽고 있었거든."

그리고 우리는 농가를 한 채 지나갔고, 앞쪽 포치에 아이 둘이 있었다. 역시나 큰 모자를 쓴 작은 남자아이와, 긴 원피스를 입

---

* 개신교의 일파로 현대 문명을 거부하고 전통적 농경생활을 추구하는 것이 특징이다.

고 머리에 작은 보닛 같은 것을 쓴 작은 여자아이였다. 그들은 우리에게 열심히 손을 흔들었다. 아주 열심히 흔들었다!

"오, 저 모습을 보니 마음이 불편해." 내가 아이들에게 손을 마주 흔들며 말했다.

윌리엄이 말했다. "왜? 저들은 저들 방식대로 사는 것뿐인데."

"음, 저 방식은 터무니없어. 그리고 애들은 억지로 그 일부가 돼야 하는 거잖아." 그 말을 하면서 나는 그들의 모습이 내 어린 시절을 떠올리게 한다는 것을 깨달았다. 내가 그런 가정에서 자란 것이다. 그리고 데이비드는 다른 배경에서 자랐지만, 고립된 환경이었다는 점은 비슷했다.

최근에, 다시 뉴욕에서, 하시드파 유대교 공동체를 떠난 사람들을 다룬 다큐멘터리를 봤는데—내가 이걸 본 건 죽은 남편 때문이었다—중간쯤 보다 멈추어야 했다. 그걸 보니 나 자신이 너무 많이 생각났기 때문이다. 그 사람들이 떠나온 세상 때문이 아니라—그 세상은 내게 전혀 익숙지 않았다—일단 떠난 뒤에 그들이 다른 세상 속에서 살아가는 방식 때문이었다. 그들은 대중문화에 대해 아는 것이 전혀 없었고, 데이비드 역시 자신의 공동체를 떠났을 때 그랬으며, 내 경우도 마찬가지였다—그리고 나는 지금도 그렇다. 이런 박탈은 결코 우리를 떠나지 않는다.

"그러니까 내가 참을 수 없는 건, 저 아이들에겐 기회가 없다는 점이야." 내가 방금 지나쳐 간 집을 손으로 휙 가리키며 말했다.

월리엄은 대답하지 않았다. 그는 아미시 생각은 하고 있지 않은 것 같았다. 잠시 후 그가 말했다. "이런 장소에서 태어나 결국 열대성 질병을 전공하게 된다는 건 참 기이한 일이야." 나는 기다렸지만, 그는 더이상 말하지 않았다.

그래서 내가 말했다. "당신 연구는 어떻게 돼가고 있어, 월리엄?"

그가 나를 흘끗 돌아보았다. "잘 안 풀려." 그가 말했다. "나는 끝났어."

"아니야, 당신은 끝나지 않았어." 내가 말했다.

"끝났어."

나는 그 말에 대답하지 않았다. 우리는 한동안 말없이 프레스크아일로 이어지는 길을 계속 달렸다. "오 이런, 뭘 좀 먹어야겠어." 내가 말했다. 뭔가 먹어야 할 때가 되면 늘 그렇듯 머릿속이 이상하고 정신이 아득하게 느껴졌기 때문이다.

월리엄이 말했다. "지금 어딜 가서 먹을 걸 찾아?" 그럴 만한 곳은 전혀 없다는 게 사실이었다. 지나는 길에는 나무들뿐, 집은 거의 한 채도 보이지 않았고, 그런 식으로 수마일이 이어졌다.

나는 내 쪽 차창 밖을 내다보았다. 끝없이 펼쳐진 보도 가장자리에는 시든 풀이 돋아 있었다. 내가 물었다. "리처드 백스터를 질투해?" 내가 왜 그걸 물어봤는지 정말로 모르겠다.

윌리엄이 나를 획 쳐다보았고, 차가 아주 살짝 방향을 틀었다. "맙소사, 루시, 어떻게 그런 말을 해. 아니야. 나는 그 사람을 질투하지 않아, 세상에." 하지만 몇 분 후 그가 말했다. "하지만 게르하르트 진단법이라는 건 들어본 적 없잖아, 안 그래?"

그래서 나는 말했다. "윌리엄, 당신은 수없이 많은 사람을 도와줬어. 주혈흡충병 연구에 많은 기여를 했고, 또 학생들을 가르쳤고……"

그가 손을 들어 나보고 그만하라는 표시를 했다. 그래서 나는 멈추었다. 말을 멈추었다.

계속 차를 타고 가는데, 윌리엄이 갑자기 거의 웃음 비슷한 소리를 냈다. 나는 고개를 돌려 그를 쳐다보았다. "뭔데?" 내가 말했다.

그는 계속 눈앞에 펼쳐진 길을 쳐다보고 있었다. "예전에 당신하고 나하고 디너파티 열었던 거 기억나?—음, 그걸 디너파티라고 부를 수는 없겠지, 당신은 진짜 디너파티 여는 법을 알았던 적이 없으니까—어쨌든 친구들을 집으로 초대했고, 그들이 집으로 돌아가고 한참 뒤, 내가 자다가 일어나 아래층으로 내려갔더니 거기 식사실에 당신이 있었어……" 윌리엄이 고개를 돌려 나를 흘끗 쳐다보았다. "그리고 나는……" 그는 또 한번 거의 웃음에 가까운 소리를 냈고, 다시 정면을 쳐다보았다. "그리고 나는 당신이 허리를 숙이고 식탁에 놓인 튤립에 키스하고 있는 걸 봤어. 당신은 튤립에 입을 맞추고 있었어, 루시. 튤립 하나하나에. 맙소사, 그거 참 이상해 보였어."

나는 차창 밖을 내다보았고, 얼굴이 뜨겁게 달아올랐다.

"당신은 묘한 사람이야, 루시." 그가 잠시 후 말했다. 그리고 그걸로 끝이었다.

*

매일 아침 데이비드는 아침 설거지를 마치면 창가에 놓인 흰색 카우치로 가서 앉은 다음 자기 옆자리를 톡톡 치곤 했다. 내가 옆에 가서 앉으면 그는 늘 내게 미소를 지었다. 그러고는 이렇게 말했다―그는 매일 아침 이렇게 말했다. "루시 B, 루시 B, 우리가 어떻게 만났을까? 우리가 우리인 것에 하느님께 감사해."

천년이 지나도 그가 나를 비웃을 일은 결코 없었을 것이다. 결코. 어떤 일로도.

*

차를 타고 가는 도중에, 문득 윌리엄과 함께 살던 시절에 결혼이라는 것이 내게 종종 얼마나 끔찍한 것이었는지 생생히 떠올랐다. 방안 가득 익숙함이 짙어지고, 상대에 대해 알게 된 사실들로 목구멍이 거의 꽉 막혀 실제로 콧구멍까지 밀고 올라온 것 같은 느낌—상대의 생각이 내뿜는 냄새, 입 밖으로 나온 한 마디 한 마디에서 느껴지는 자의식, 한쪽 눈썹이 살짝 올라가면서 약간 씰룩이는 모습, 거의 알아차릴 수 없게 살짝 기울어지는 턱, 상대 말고는 아무도 그 의미를 알지 못하는 것들, 그런 걸 느끼고 살면서 자유로울 수는 없다. 영원히 그럴 수는 없다.

친밀함은 그렇게 지긋지긋한 것이 되었다.

*

우리가 프레스크아일에 도착했을 때 날은 여전히 아주 밝았다. 8월의 낮은 길었고, 아직 다섯시도 되지 않은 시간이었다. 적어도 이곳에는 시내가 있었다. 하지만 돌아다니는 사람은 거의 없었다. 한 남자가 메인 스트리트의 어느 벤치에 앉아 물병에 사카린을 담고 있었다. 그러더니 플립폰을 꺼냈다. 플립폰을 본 건 아주 오랜만이었다. "여긴 왜 온 거야?" 내가 윌리엄에게 물었다. "다시 말해줘." 그러자 그가 말했다. "여기가 로이스 부바의 남편이 태어난 곳이라니까. 내 말은 안 들어?"

그래서 나는 생각했다. 오 윌리엄. 맙소사, 윌리엄. 그게 내가 했던 생각이다.

그는 운전하는 내내 거의 침묵을 지켰고, 나는 그의 기분이 상했다는 것을 알아차렸다. 내가 연구에 대해 물어봤기 때문이었다. 나는 그래서라고 생각했다. 그리고 그에게 리처드 백스터를 질투한다는 혐의를 씌운 것 때문이라고. 하지만 윌리엄이 말하지 않고 있으니 외로운 기분이 들었다.

시내 중심지는 서부의 타운을 연상시켰는데, 옛 시절처럼 높지 않은 건물이 메인 스트리트를 따라 길게 늘어서 있는 모양새 때문이었을 것이다. 윌리엄이 시내 한복판에 있는 호텔을 예약해놓아서 우리는 그곳 주차장으로 들어갔다. 그 호텔 역시 로비가 작고—공항 호텔의 로비가 그랬던 것처럼—엘리베이터도 작아서 삼층까지 올라가는데 영원의 시간이 걸리는 것 같았다. "조금 있다가 봐." 윌리엄이 말하고, 바퀴 달린 가방을 끌고 복도를 따라 걸어갔다. 그의 방은 내 맞은편 방의 옆방이었다.

"배고파 죽겠어." 내가 말했다.

"그럼 뭘 좀 먹자." 그가 돌아보지 않고 말했다.

방은 평범한 호텔방이었지만, 책상 위에 놓아둔 램프는 크고 푸른색이었다. 그렇게 큰 램프는 처음 보는 것 같았다. 방은 지는 해를 바라보는 방향이 아니어서 어두웠고, 그래서 나는 램프를 켰다. 하지만 램프가 작동하지 않았다. 플러그가 꽂혀 있는지 확인했고, 꽂혀 있는데도 작동하지 않았다. 창가에서는 메인 스트리트의 풍경이 내다보였다. 아까 그 남자는 여전히 벤치에 앉아 있었지만, 플립폰은 어디 집어넣은 모양이었다. 다른 사람들은 보이지 않았다. 나는 침대에 앉아 허공을 응시했다.

*

캐서린이 죽어갈 때, 나는 그 여름을 매사추세츠주 뉴턴에서 그녀와, 그리고 우리 딸들과 함께 보냈다. 딸들은 각각 여덟 살, 아홉 살이었다. 나는 거기서 낮시간 동안 운영하는 캠프를 찾아 아이들을 거기 보냈다―그리고 주말에는 윌리엄이 왔다. 딸들은 친구를 아주 쉽게 사귀었다. 특히 크리시가 그랬다. 앞서 말했듯, 크리시와 베카는 늘 사이가 좋았고―하지만 때때로 심하게 싸웠다―크리시의 친구가 베카의 친구가 되기도 했다.

요점은 이것이다. 나는 캐서린―캐서린 콜, 윌리엄은 전화할 때마다 그 이름으로 부르며 "캐서린 콜은 좀 어때?" 하고 물었다—과 함께 지내려고 하루를 비웠고, 캐서린과 나는 죽이 잘 맞는다고 느꼈다. 나는 (내 생각에는) 이상하게도 죽음이 두렵지 않았고, 그녀의 머리카락이 빠지고 몸이 몹시 야위어가면서 친구들이 그녀를 보러 오는 일이 없어진 뒤에는 대체로 우리 둘만 있었다. 캐서린은 밤에 내 딸들을 돌봐줄 사람을 고용했다. 내 기억에 한 번의 예외—우리가 그녀의 병에 대해 알게 됐을 때, 캐서린이 병에 대해 알리려고 뉴욕에 왔을 때, 그녀는 몸을 떨고 있었고, 그렇게 떠는 모습을 보니 우리는 마음이 찢어질 듯 아팠다—를 제외하면 그녀는 지나치게 두려워하는 것 같지 않았고, 대부분의 시간 동안—거의 대부분의 시간 동안—우리는 어떤 면에서, 그냥 대화를 나누며 시간을 보냈다. 지금 그때를 생각해보면 그녀가 곧 죽으리란 걸 내가 정말로 믿었었는지는 잘 모르겠다. 캐서린도 정말로 그걸 믿지는 않았을 것이다. 그녀는 일주일에 한 번씩 치료를 받았고, 우리는 그것도 충실히 해나갔다. 치료가 끝나고 한 시간 뒤면 후유증이 나타나리란 걸 알아서, 우리는 치료가 끝나면 같이 식당으로 가서 머핀을 먹었는데, 캐서린이 머핀을 먹고 커피를 마셨던 모습이 기억난다. 하지만 내 기억 속에서 그녀는 머핀을 거의 훔쳐 먹듯이—적당한 말인지는 잘 모르겠으나—입안으로 쑤셔넣었고, 그러고 나면 나는 캐서린을 태우고 시간 맞춰 집에 데려와 눕혔다. 그녀는 속이 메슥거리는 채로 누워 있었지만, 토한 적은 한 번도 없었고, 그저 치료 후 첫날에는 상태가 아주 안 좋았다.

윌리엄이 금요일 밤에 나타나면 캐서린은 종종 잠들어 있었고, 그러면 그는 선 채로 그녀를 내려다보다가 침실에서 나갔다. 그 시기에 그는 내게도, 그리고 내 생각에는, 딸들에게도 말을 별로 하지 않았다. 내 기억에는 그랬다.

프레스크아일로 가는 동안 이어진 그의 침묵은 내가 이런 생각을 하게 만들었다.

캐서린과 나 사이에 리듬이 생겼고, 딸들이 종일 캠프에 가 있는 동안 우리는 대화를 나누었다. 병이 깊어지면서 그녀는 침대에 더 많이 누워 있었고, 침대 근처에 큰 의자가 있어서 나는 거기 앉았다. 그건 내게 힘든 일이 아니었고, 힘들었다는 인상을 주고 싶지는 않다. 나는 그 여인을 사랑했으며, 밤에 내 딸들이 돌아와 함께 있으면 그곳이 정확히 내가 있어야 할 장소라고 느꼈다. "아이들이 두려움을 느끼게 하지 마." 임종을 앞두고 의료 장비를 방으로 들여올 때 캐서린이 내게 말했다. "아이들이 이걸 가지고 놀게 해." 그리고 (내 생각에) 아이들은 할머니가 두려워

하는 모습을, 혹은 내가 두려워하는 모습을 보지 못했기에 방에
들인 산소호흡기에 적응했고, 마지막이 다가와 간호사들이 찾아
왔을 때에도 적응했다.

캐서린의 의사가 매일 나와 전화로 대화를 나누었다. 그는 규
칙적으로 전화를 걸었고, 나는 그의 그런 면을 사랑했다. 그가
말했다. "이 과정은 아름답지 않을 겁니다." 그래서 나는 말했
다. "알아요."

나는 아름답지 않다는 게 어떤 모습일지 몰랐지만, 그 궁금증
은 오래가지 않았다. 나는 딸들에게 할머니는 지금 너무 아파서
보러 들어갈 수 없다고 말했고, 딸들은 그것에도 적응하는 것 같
았다. 그 시점에 아이들의 아버지가 왔다. 그러니까 윌리엄이 마
지막 두 주 동안 완전히 들어와서 살았다는 뜻이다—그리고 나
는 그가 아이들의 마음을 차분하게 하는 데 도움을 주었다고 생
각한다. 하지만 마지막이 다가오자 분위기는 공포스러워졌다.

어느 날—주말이었다—윌리엄이 딸들을 보스턴에 있는 박물
관에 데려간 사이, 나는 캐서린의 불안이 점점 커지는 것을 보았
다. 마음이 찢어질 듯 아팠다. 그녀는 더이상 대화를 나눌 수 있
는 상대가 아니었고, 불편한 고통에 빠진 여인이었다. 그들이 모
르핀을 주었지만—캐서린은 그것을 정말 마지막이 오기 전까지

는 거부했다—그날도 그녀는 여전히 아주 고통스럽고 불안한 모습을 보였다. 내가 살피러 들어갔을 때 캐서린은 침대보를 잡아 뜯으며 거친 목소리로 무슨 말을 하고 있었는데, (안타깝게도) 그 말이 큰 의미가 없었다는 것 말고는 기억이 나지 않는다. 그저 그녀가 점점 불편해하는 것이 너무나 잘 느껴졌다.

그래서 나는 실수를 하고 말았다. 캐서린을 지켜보다가, 내 손을 그녀의 팔에 얹고 이렇게 말해버린 것이다. "오, 캐서린. 얼마 안 남았어요. 약속할게요."

그러자 그 여인이 나를 쳐다보았고, 얼굴은 분노로 일그러져 있었다. 캐서린은 침을 뱉고—뱉으려고 했고—말했다. "여기서 나가!" 그녀가 한쪽 팔을 들어올리자 원피스 잠옷의 소매통을 통해 맨팔이 드러났다. 그녀가 말했다. "여기서 나가, 너—이 몹쓸 계집애 같으니! 넌 쓰레기야!"

내가 입에 담으면 안 되는 말을 했다는 걸 대번에 깨달았다. 그녀의 죽음이 임박했다고 암시하는 말을 해버린 것이었다. 캐서린은 그 사실을 모르고 있었고 나조차 (어느 정도는) 모르고 있었다는 생각이 (그 당시에는) 결코 떠오르지 않았다. 물론 지금 말하는 이 시점에는 알고 있었지만. 그녀가 내게 그 말을 했을 때, 나는 밖으로 나가 집 옆쪽, 지하층에서 끌어올린 수도가 있고 작은 자갈이 깔린 곳으로 가서 주저앉아 울었다. 맙소사,

나는 정말로 울었다. 그렇게 우는 일은—아마—그전에도 없었고 앞으로도 없을 거라고 생각한다. 나는 어렸고, 내가 많은 일을 경험하긴 했지만 이런 일은 처음이었고……

음, 그저 내가 그때 울었다는 말이다.

그리고 딸들과 함께 집으로 돌아온 윌리엄이 내가 집 옆에 앉아 있는 것을 보고 딸들을 가사도우미에게 맡기고 다시 나왔던 게 기억난다. 내 기억에 그는 별말 없이 다정하게, 정말로 다정하게 나를 대했다.

윌리엄은 집안에 들어와서 어머니의 방에 잠시 들어갔다 나오더니 나에게 이렇게 말했다. "이제 누구도 면회는 안 돼." 그리고 나는 윌리엄이 책상 앞에 앉아 뭔가를 쓰기 시작하는 것을 보았다. 어머니의 부고를 쓰는 것이었다. 나는 그 순간을 잊지 못한다. 그 여인은 아직 죽지 않았지만 윌리엄은 부고를 쓰고 있었고, 왠지 모르지만—그후로 내내—나는 윌리엄의 그런 행동을 존경했다.

앞서 말한 권위 때문일 것이다.

나도 모르겠다.

*

　나는 윌리엄의 방문을 두드렸고, 그가 문을 열어주자 그의 곁을 지나가며 이렇게 말했다—우리는 이따금 그렇게 말했는데, 크리시가 어렸을 때 그 말을 했기 때문이다—"잘 들어, 당신이 내 속을 뒤집어놓기 시작했다고."

　하지만 그는 웃지 않았다. "그래?" 그가 냉랭하게 말했다.

　"그래." 내가 말했다. 그리고 그의 침대로 가서 앉았다. "당신 문제는 뭐야?"

　윌리엄이 바닥을 보고 천천히 고개를 가로저었다. 그러더니 고개를 들어 나를 보고 말했다. "내 문제라. 내 문제가 무엇이냐."

　"그래." 내가 말했다. "당신 문제가 뭐야?"

　윌리엄은 침대 반대쪽으로 가서 앉아, 고개를 돌려 나를 보았다. "루시, 내 문제는 이거야. 연구가 잘 안 된다고 말했었잖아. 에스텔이 떠난 뒤 당신이 우리집에 왔을 때 내가 그렇게 말했어. 그렇게 말했다고. 그런데 당신은 차 안에서도 물었고, 그래서 나는 또 말했지. 하지만 당신은 듣지 않았어. 당신은 내 말은 하나도 듣지 않았어. 그러더니 대뜸 나보고 리처드 백스터를 질투하냐고 물었어. 그리고……" 그가 한 손을 들었다. "그 때문에 기분이 뭣같았지. 솔직히 최근에 그런 기분이 들 때가 아주 많아."

우리는 한참을 조용히 앉아 있었다. 윌리엄이 침대에서 내려와 창가로 걸어갔다가 다시 돌아왔다. 그는 가슴 앞으로 팔짱을 끼고 있었다. 그가 말했다. "있잖아, 당신은 베카의 남편이 자기 몰두적이고, 스스로에게만 관심이 있다고 걱정하지. 이 말은 해야겠어, 루시. 당신도 똑같아."

그 말을 들으면서 나는 작은 못이 가슴팍을 밀고 들어오는 것처럼 육체적인 통증을 느꼈다.

그가 말을 이었다. "물론 나는 백스터를 질투해. 나는 연구 분야에서 그가 이룬 것만큼 중요한 업적은 결코 남기지 못했으니까." 윌리엄이 다시 창문을 돌아보았다. "그리고 우리는 이곳에 왔고, 나는 로이스 부바라는 이 사람을 어떻게 해야 할지 고민하느라 죽을 만큼 두려운데, 당신은 배가 고파—당신은 늘 배가 고프지, 루시, 왜냐하면 뭘 제대로 먹는 법이 없으니까—그래서 모든 게 루시에게 뭔가를 먹여야 하는 문제가 되고 말아. 그 와중에 당신은 내 연구 이야기를 꺼내면서 어떻게 돼가는지 묻고, 그랬다가 갑자기 아미시에 대한 이야기, 그들이 얼마나 컬트 집단인지에 대한 이야기로 넘어가버려. 그 사람들이 컬트 집단이든 아니든 누가 신경이나 쓴다고?"

나는 한동안 거기 앉아 있다가, 일어나 내 방으로 돌아갔다.

*

내가 윌리엄을 떠난 뒤에, 그리고 그가 조앤과 결혼하기 직전에, 그리고 그가 조앤과 결혼한 후에, 크리시는 많이 야위었다. 그러니까 병에 걸렸다는 말이다. 그애는 윌리엄과 내가 만난 그 대학에 진학했다. 그리고 병이 들었고, 체중이 줄었다. 윌리엄이 내게 전화를 걸어 "크리시가 많이 말라 보여" 하고 말했다. 나도 한동안 그렇게 생각하고 있었고, 심지어 윌리엄에게 그렇게 말하기도 했지만, 윌리엄이 그렇게 말하니 그 문제가 갑자기 현실이 되었다. 그가 덧붙였다. "조앤도 그렇게 생각한대."

크리시가 아팠다.

우리 아이가 아팠다.

크리시는 그 시기에 내게 말을 많이 하지 않았다. 크리스마스에 그들—윌리엄과 크리시와 베카 (조앤은 빼고), 그렇게 셋—이 내 아파트로 나를 보러 왔고, 베카가 눈물을 글썽이며 말했다. "난 엄마를 참을 수 없어요." 그러고는 자기 몸에 손을 대서는 안 된다는 것을 내게 알리려는 듯 그 자리에 서서 양팔을 옆구리에 바짝 붙였다. 그리고 크리시가 욕실로 들어간 뒤 조용히 말했다. "언니를 보세요. 엄마가 언니를 죽이고 있어요." 그러고는 고개를 돌렸다가 다시 나를 보며 말했다. "엄마가 엄마 딸을 죽이고 있다고요."

월리엄과 나는 식이장애 전문가인 한 여자를 찾아갔는데, 그녀와 대화를 나눈 것은 믿을 수 없을 만큼 우울한 경험이었다. 그녀는 크리시 나이—스무 살—에는 회복이 그만큼 더 힘들다고 말했고, 우리가 그 말뜻을 이해해보려는 사이 고개를 저으며 덧붙였다. "따님이 괴로워하니 아주 안타까운 일이죠. 고통에 빠진 사람이 아니라면 그렇게 되지 않거든요."

그 여자의 진료실에서 나왔을 때 우리 둘 다 서로에게 화를 내지 않았던 게 기억난다. 둘 다 많이 놀라서, 어디로 가는지 제대로 알지 못한 채 거리를 이리저리 돌아다녔다.

나는 그 치료사를 늘 조금 미워했다.

나는 내 어둑한 호텔방 의자에 돌처럼 가만히 앉아 그 일을 생각했다. 크리시가 그만큼 아팠다는 사실에 대해 생각했고, 어떤 면에서는 그게 내 잘못이었음을 처음으로 이해했던—마음속에서 조금도 축소하지 않고 완전히 이해했다는 말이다—것 같다. 가족을 버리고 떠난 사람이 나였으니까.

내가 아무리 마음속 깊이 그렇다고 느껴도 나는 투명인간이 아니다.

그 순간 내가 그 무렵 대학 학장과 이야기해보려고 혼자 찾아 갔던 일이 기억났다. 그 학교에 있는 누군가가 도움을 줄 수도 있다고 생각한 것이다. 내가 바보였다. 학장은 내게 아주 불친절 했다. 정말로 아주 불친절했다. 그녀는 자기들이 해줄 수 있는 게―혹은 해줄 것이―하나도 없고, 크리시의 상태가 심각해지 면 학교를 떠나라고 요구할 수밖에 없다고 말했다. 그리고 크리 시는 내가 거기서 잠깐 지내는 동안 내게 거의 말을 하지 않았 다. 그리고 학장을 찾아간 것에 대해 불같이 분노했다. 그애는 천천히, 거의 이를 악물고 말했다. "엄마가 여기 와서 학장을 만 났다는 걸 믿을 수가 없어요. 엄마가 그런 식으로 내 사생활을 침범했다는 걸 믿을 수가 없다고요."

나는 그 시기에 매일 내가 살던 그 작은 아파트 근처 교회에 가서 무릎 꿇고 기도했다는 이야기를 하고 싶다―그러니까 진 실을 말하려면 이 사실을 언급해야 한다는 뜻이다. 기도라 함은, 무릎을 꿇은 채 뭔가의 현존을 느낄 때까지 기다렸다가 이렇게 생각했다는 말이다. 오 제발, 제발, 신이시여, 이 아이가 괜찮아

지게 해주세요, 오, 제발 제발 제발 제발 제 딸이 괜찮아지게 해
주세요.

나는 흥정하지 않고, 그저 부탁만 했다. 그리고 부탁하는 것에
대해 늘 사과했다. (상황이 아주 안 좋고 힘든 처지에 놓인 사람
이 많다는 것을 잘 알고 있고, 이렇게 개인적인 부탁을 드려서
정말 죄송하지만, 제게 이보다 더 중요한 것은 없으니—제발, 제
발, 제발 제 딸이 괜찮아지게 해주세요.)

내가 아이였을 때 우리는 우리 타운에 있는 회중교회에 다녔
다. 우리는 추수감사절마다 공짜로 나눠주는 음식을 먹으러 교
회에 갔다. 아버지는 가톨릭을 싫어했다. 무릎을 꿇는 행위가 역
겹고, 편협한 사람들만 그렇게 한다고 말했다.

시간이 좀 걸렸지만, 크리시는 회복되었다. 심리치료사를 찾
아가 도움을 받았는데, 윌리엄과 내가 상담을 받았던 그 끔찍한
치료사는 아니었다.

오랜 시간이 지나, 성공회 신부인 친구에게 그 이야기를 했더
니 그가 말했다. "네가 크리시를 위해 올린 기도가 왜 그애에게
도움이 되지 않았다고 생각해?"

그 말에 나는 깜짝 놀랐다. 그런 생각은 한 번도 해본 적이 없

었다.

하지만 호텔방 의자에 앉아 이런저런 생각을 하다, 나는 윌리엄의 말이 사실이었음을 깨달았다. 나는 자기 몰두적이었다. 그리고 그 순간 기억 하나가 떠올랐는데, 그 시절에 한번은 베카와 함께 뉴욕에서 점심을 먹다가—대학생이던 그애가 집에 와 있을 때였다—그애가 뭔가 말하려고 하는데(지금도 무슨 말을 하려고 했는지 기억나지 않는다) 내가 그애의 말을 가로막고 내 편집자 이야기를 시작했다. 나와 편집자 사이의 갈등에 관한 것이었다. 그러자 베카가 불쑥 말했다. "엄마! 제가 말을 하려고 하는데 엄마는 그저 편집자 이야기만 하고 있네요!" 그러더니 베카는 울음을 터뜨렸다.

신기하게도, 그날 그 순간 뭔가가 분명해졌다—그리고 메인주의 어두워지는 호텔방 의자에 앉아 있는 동안 또 한번 분명해졌다. 내가 정말로 어떤 사람인지가 그 한순간에 분명해졌다. 나는 그런 행동을 한 사람인 것이다. 그리고 그 일을 다시는 잊지 않았다.

하지만 윌리엄에게 또 그렇게 하고 말았다. 그가 내게 리처드 백스터에 대해, 그의 연구에 대해 말하려고 했는데, 내가 그 말을 곧장 덮어버린 것이다. 그러니 그의 지적이 절대적으로 옳았다.

　나는 아주 오랫동안 그 방에 앉아 있었고, 가슴속에 아주 생생
한 고통이—육체적인 통증을 느꼈다는 말이다—작은 파도가
자꾸만 출렁이는 것처럼 존재했다. 날이 완전히 컴컴해졌을 때
나는 천장등을 켜고 방으로 치즈버거를 갖다달라고 주문했다.

*

　그때 있었던 일은 우리가 결혼해서 사는 동안에도 말다툼이
생기면 일어나던 일이었다. 누구든 먼저 외로워지는 사람이 진
다. 그래서 윌리엄이 내 방문을 두드렸고, 나는 그를 안으로 들
였다—샤워를 마친 뒤여서 그의 머리는 여전히 젖어 있었고, 청
바지에 감청색 티셔츠를 입었는데, 그렇게 입으니 조금 나온 배
가 눈에 띄었다. 그가 내 접시에 거의 엉겨붙은 채 놓인 치즈버
거를 보더니 말했다. "오 루시."

　나는 아무 말도 하지 않았다.

　그가 옳다고 느꼈기 때문에 아무 말도 하지 않았다. 어떤 일에
대해서도 내가 그 정도로 당황한 기억은 없었다.

　"루시, 잊어버려." 그가 말했다. "아래층으로 내려가서 뭘 좀
먹자."

나는 고개를 가로저었다.

그러자 윌리엄이 전화기를 들고 룸서비스를 주문했다. "302호
—그의 방이었다—에 치즈버거 두 개 부탁합니다." 그는 그렇
게 말한 뒤 이어 말했다. "시저 샐러드 두 접시. 그리고 화이트와
인도 한 잔 부탁해요. 종류는 아무거나. 뭐든 상관없어요." 그가
전화기를 내려놓고 말했다. "내 방으로 다시 와. 당신 방은 너무
우울해서 이 안에선 자살이라도 하겠다."

그래서 나는 그를 따라 복도로 나가 그의 방으로 갔고, 거긴
분위기가 더 밝았다—그 방의 램프는 불이 들어왔고, 큰 창문 밖
으로 곧장 하늘이 보였는데, 해가 막 지려는 참이었다.

"잘 들어." 윌리엄이 말하고, 침대 위 내 옆에 앉았다. "적어도
당신은 비열하진 않아."

"무슨 뜻이야?" 마침내 내가 물었다.

"당신이 비열한 사람이 아니라는 뜻이야. 그 디너파티에 대해
말하면서 내가 얼마나 비열했는지 생각해봐—그건 디너파티가
맞았고, 루시, 당신이 그 파티를 준비했어—그리고 내가 당신에
게 한 모든 말이 다 비열했지. 당신이 자기 몰두적이라는 말을
포함해서. 당신이 다른 누군가에 비해 특별히 더 자기 몰두적인
것도 아닌데."

그래서 내가 불쑥 말했다. "아니야, 나는 그래, 윌리엄! 나는

당신을 떠나기로 선택했고, 그래서 크리시가 병이 들었는데—
그런데……"

윌리엄은 고단해 보였고, 손을 들어 내 말을 끊었다. 그리고
반사적으로 콧수염을 쓸어내리고 일어서서 천천히 말했다. "당
신이 나를 떠나기로 선택했다고?" 윌리엄이 나를 돌아보고 격앙
된 목소리로 말했다. "선택이라고, 루시? 사람이 살면서 정말로
뭔가를 선택하는 일이 몇 번이나 될까? 말해봐. 당신이 정말 가
족을 떠나기로 선택했어? 아니, 내가 지켜본 바에 따르면, 당신
은…… 당신은 그냥 떠났어. 그래야만 해서 그러는 것처럼. 그
리고 나는 그런 불륜을 저지르기로 선택한 건가? 오, 알아. 안다
고. 책임이라는 거—심리치료사를 찾아갔었어. 혹시 내가 그러
지 않았다고 생각할까봐 말하는 건데, 조앤과 같이 찾아간 그 심
리치료사를 계속 만났어. 한동안 혼자 찾아갔고, 그 사람이 책임
에 대해 말하더군. 하지만 나는 그것에 대해 생각해봤어, 루시.
그에 대해 많이 생각해봤고, 알고 싶어—정말로 알고 싶어—사
람이 뭐든 실제로 선택하는 건 언제인가? 당신이 말해봐."

나는 그것에 대해 생각해보았다.

그가 말을 이었다. "나는 사람이 뭔가를 실제로 선택하는
건—기껏해야—아주 가끔이라고 생각해. 그런 경우가 아니면
우린 그저 뭔가를 쫓아갈 뿐이야—심지어 그게 뭔지도 모르면

서 그걸 따라가, 루시. 그러니, 아니야. 나는 당신이 떠나기로 선택한 거라고 생각하지 않아."

잠시 후 내가 물었다. "자유의지를 믿지 않는다고 말하는 거야?"

윌리엄이 잠시 두 손을 자기 머리에 갖다댔다. "오, 자유의지 같은 개소리는 집어치워." 그가 말했다. 그는 말하면서 이리저리 서성였고, 흰 머리카락 속으로 손을 집어넣었다. "그건 뭐랄까—잘은 모르겠지만, 자유의지에 대해 말하는 건 뭔가 쇠로 된 커다란 프레임을 씌우는 것과 같아. 나는 지금 뭔가를 선택하는 일에 대해 말하는 거야. 내가 아는 사람 중에 오바마 행정부에서 일했던 남자가 있는데, 그는 거기서 선택을 돕는 일을 했어. 그리고 그가 말하길 정말로 선택을 해야 하는 순간은 아주아주 드물대. 그리고 나는 늘 그게 아주 흥미롭다고 생각했어. 그게 사실이니까. 우리는 그냥 해—그냥 한다고, 루시."

나는 아무 말도 하지 않았다.

나는 윌리엄을 떠나기 전 그해를 생각하고 있었다. 그때 나는 거의 매일 밤 그가 잠들고 나면 혼자 밖으로 나가 우리집 뒤쪽 작은 정원에 서서 이런 생각에 빠져들곤 했다. 어떻게 하지? 떠날까, 아니면 그냥 있을까? 그때는 그게 선택처럼 느껴졌다. 하지만 이제 다시 그 일을 떠올려보니, 그해 내내 나는 나 자신을 다시 결혼이라는 영역 안으로 집어넣으려는 어떤 시도도 하지 않았다. 계속 나 자신을 결혼과 분리해놓았다는 말이다. 내가 결정을 내린다고 생각할 때조차.

한번은 한 친구가 내게 말했다. "뭘 해야 할지 모르겠을 때마다, 나는 늘 내가 지금 하고 있는 게 뭔지를 바라봐." 그리고 그해에 내가 하고 있던 일은, 아직 실제로 떠나지는 않았음에도, 떠나는 것이었다.

이제 내가 고개를 들고 말했다. "그러면 당신도 비열한 말을 하겠다고 선택한 게 아닌 거네, 윌리엄."

"그렇다고 볼 수 있지." 그가 대답했다.

내가 말했다. "나도 그건 알아!" 그리고 덧붙였다. "내 머릿속은 정말로 비열해서, 당신은 내가 얼마나 비열한 생각을 하고 있는지 믿지 못할걸."

윌리엄이 한 손을 들고 말했다. "루시, 누구든 머릿속은 다 비열해. 맙소사."

"그래?" 내가 물었다.

그러자 윌리엄이 어정쩡하게 웃었는데, 그렇지만 기분좋은 웃음이었다. "그래, 루시, 다들 머릿속은 비열해. 혼자 하는 생각 말이야. 그런 건 흔히 비열한 생각이야. 당신은 아는 줄 알았는데. 작가잖아. 오 맙소사, 루시."

"음," 내가 말했다. "어쨌거나 당신이 비열한 건 오래가지 않아. 늘 사과하니까."

"늘 사과하는 건 아니야." 윌리엄이 말했다.

그리고 그 또한 사실이었다.

음식이 도착했을 때 나는 그가—당연히—나를 위해 와인을 주문한 것임을 깨달았고, 그렇게 해준 것이 기뻤다. 우리는 책상 앞에 놓인 의자 두 개에 앉아 이야기를 나누고 또 나누었고, 이야기를 멈출 수가 없었다. 먼저 프레스크아일에 온 것에 대해 대화를 나누었다. 윌리엄이 말했다. "나는 무슨 생각을 했던 걸까? 그냥 작은 동네를 여기저기 걸어다니면서 예쁜 집을 구경하고 로이스 부바의 남편이 어떤 곳에서 살았는지 보려는 생각이었는데, 정말로 루시, 나는 무슨 생각을 했던 거지? 여긴 동네 같은 건 보이지 않고, 나는 이곳을 견딜 수가 없어."

우리는 브리짓 이야기를 나누었다. 에스텔이 떠난 뒤 몇 번 윌리엄의 집에 왔는데 슬퍼하는 것 같았고 후회하는 듯 보였으며, 신나게 수다를 떨지도 않았다. 윌리엄은 그게 어색했고, 자기도 슬펐다고 했다. 그 이야기를 들으니 나도 슬퍼졌다. 우리는 우리 딸들에 대해 이야기를 나누었고, 둘 다 딸들이 앞으로 잘 지낼 거라고 생각했다. 딸들은 이미 잘 지내고 있었지만 자식이 있으면 평생 걱정이 되는 법이다. 그다음엔 윌리엄의 연구에 대해 이 야기를 나누었다. 그는 "모든 것에는 생애 주기가 있어. 한 사람 의 연구를 포함해서." 윌리엄은 자기가 정말 끝났다고 느끼고 있 었다. "하지만 나는 죽는 날까지 실험실에 나갈 거야." 그는 그 렇게 말했고, 나는 이해했다.

윌리엄이 일어서서 말했다. "뉴스 보자." 그가 텔레비전을 켰 고, 우리는 침대 위에 나란히 누워 텔레비전을 보았다. 지역 뉴 스에서는 한 경찰관의 아들이 약물 남용으로 죽었다고 보도했 다. 잭맨 타운 근처에서 자동차 사고가 일어나 트럭이 전복되었 지만 운전자는 죽지 않았다. 그리고 전국 뉴스가 이어졌는데, 국 가와 전 세계가 혼란에 빠져 있었다—하지만 나는 마음이 편안 했다. 그 순간 윌리엄이 욕실로 들어갔고, 다시 밖으로 나와서는 침대에 걸터앉아 말했다. "루시, 어쩌면 로이스 부바에 대한 이 모든 일을 다 잊어버리는 게 나을지도 몰라. 나도 늙었지만, 그 녀는 더 늙었어. 그러니까, 이게 무슨 의미가 있냐고."

내가 일어나 앉으며 말했다. "내일 결정하자. 홀턴을 경유해서 뱅고어로 돌아갈 때, 그때 어떻게 할지 생각하자. 하지만 당신이 무슨 말을 하는지는 알겠어."

윌리엄은 방안을 둘러보고 이제는 어두워진 창문을 바라보았다. "난 이곳이 싫어." 그가 말했다. "리처드 백스터가 이런 곳 출신이라고 생각하니 너무 이상해."

"음, 당신 어머니도 여기 출신이었어." 내가 말하자 그는 "맙소사, 당신 말이 맞아" 하고 말했다. 그리고 윌리엄은—머리칼을 손으로 쓸어넘기면서—말했다. "있잖아, 루시, 내가 어렸을 때 어머니는 종종 우울해하셨어."

"무슨 뜻인지 말해줘." 내가 말했다. "블루한 기분에 대해 말씀하신 건 알아. 하지만 그 이야기를 할 땐 늘 너무 밝으셨어." 나는 리모컨을 집어서 텔레비전을 껐다. 그리고 덧붙였다. "하지만 예전에 한 번, 내게 우울해질 때가 있다고 말씀하셨던 기억이 나."

윌리엄이 말했다. "나는 아버지가 돌아가신 뒤엔 어머니를 미워했어."

나는 내가 그 사실을 알고 있었는지 생각해보았다. "음," 내가 말했다. "당신은 사춘기였으니까."

윌리엄이 콧수염을 잡아당겼다. "지금은 좀 잊어버렸지만, 그때 나는 어머니를 참을 수 없었어, 루시. 우리는 종종 싸웠고, 어머니는 신경질적으로 울곤 했어."

"무슨 일로 싸웠어?"

"모르겠어." 윌리엄이 어깨를 으쓱했다. "흔히들 겪는 그런 문제는 아니었어. 내가 밤마다 나가서 술을 마시거나 약을 하거나 그런 건 아니었다고. 하지만 어머니가 계속 나를 괴롭혔어. 맙소사, 어머니가 나를 괴롭혔어."

"어머니는 남편이 죽었기 때문에 어쩔 줄 모르셨던 거야." 내가 말했다.

"물론 어머니는 어쩔 줄 모르셨지. 나도 그건 알아. 내가 말하고 싶은 건, 어머니가 이것저것 바라는 게 너무 많았다는 거야."

나는 돌아앉아 침대 모서리에 다리를 걸쳤고, 그를 마주보며 말했다. "당신이 시카고에 자리가 생겼을 때 수락한 이유가 그거였다고 말한 게 기억나—어머니에게서 벗어나는 것."

윌리엄은 다시 의자에 앉아 허공을 응시했다. 그리고 말했다. "내가 어렸을 때 어머니가 어디 있었는지 궁금해."

"무슨 뜻이야?" 내가 물었다.

"내가 어렸을 때, 어머니는 종종 우울해하셨어. 어머니의 말대로라면, 블루한 기분이 되셨어. 그게 어머니의 표현이었지. 하지만 지난밤에 뱅고어의 호텔방에서 기억이 났는데, 어머니는 나를 다른 아이들보다 한 해 일찍 유치원에 보내셨어. 왜 그랬을까?"

"그게 당신이 옷깃을 씹었다는 그때야?" 나는 윌리엄이 어렸을 때 학교에 갔다 오면 옷깃이 씹혀 있었다는 이야기를 캐서린에게 들은 기억이 났다.

윌리엄이 나를 날카롭게 흘깃 쳐다보았다. "그때가 내가 울었을 때야." 그가 말했다.

나는 기다렸다.

"난 유치원에서 매일 울었어. 그리고 다른 아이들은 다 나보다 한 살이 더 많아서, 내 눈엔 아주 커 보였어." 그가 뜸을 들이다 다시 말했다. "루시, 나는 울었고, 그러면 쉬는 시간에 애들이 나를 둘러싸고 노래를 불렀어. '울보, 울보' 하면서."

"당신이 그 얘기는 해준 적이 없어." 나는 그 이야기를 듣고 정말로 놀랐다. 그리고 윌리엄을 쳐다보았는데, 그의 머리에서 흰 머리카락이 삐죽 솟아 있었다. 그는 묘하게 친근해 보였다—내가 왜 묘하다는 말을 썼는지는 모르지만, 그게 내가 받은 느낌이었다. "그 얘기는 한 번도 해준 적이 없어." 내가 다시 말했다.

"잊고 있었던 것 같아. 하지만 아니었네. 누구에게도 한 적 없는 얘기야. 하지만 어젯밤에 다시 생각났고, 그래서 베카가 아주 어렸을 때 내가 그애를 안고 돌아다녔던 기억이 떠오른 거였어." 윌리엄은 팔꿈치를 무릎에 대고 몸을 앞으로 숙였다. "이런 일이 있었어. 거기 선생님이, 여자 선생님이었는데—맙소사, 그녀는 착했어. 나를 안아 들고 돌아다녔지. 그랬던 게 기억나. 나를 안아 들고 돌아다녔던 게."

내가 뭐라고 말하려는데 윌리엄이 손을 들어 막았다. "어느 날 부모님이 그 선생님을 만나러 왔어. 그러니까 부모님이 거기, 그 작은 유치원에 찾아왔고, 나는 다른 방에서 놀았어. 일과가 마무리될 무렵이었어. 부모님이 마침내 그 다른 방으로 나를 데리러 왔고, 차를 타고 집으로 돌아가는 길에 어머니는 한마디도 하지 않았어. 하지만 아버지는 아주 진지하게 말씀하셨지. '윌리엄, 선생님이 너를 그렇게 자주 안아올리게 하지 말아라. 선생님은 그 교실에 있는 아이들 전부를 책임지고 돌봐야 하거든.' 아버지가 그 비슷한 말을 했고, 그날 집으로 돌아오면서 심하게 부끄러움을 느꼈던 기억이 나." 그리고 윌리엄은 나를 쳐다보았다. "그 선생님은 다시는 나를 안아주지 않았어."

나는 완전히 놀랐다. 그는 이 일에 대해 내게 한 번도 언급한 적이 없었다.

윌리엄이 일어섰다. "하지만 왜 어머니는 그렇게 어렸을 때 나를 그런 데 집어넣은 거지? 어머니는 일을 하지 않았어. 근데 왜 나는 어머니와 함께 집에 있지 않았던 거지?"

"글쎄." 내가 말했다.

우리는 캐서린에 대해, 그녀의 표현대로 '블루한' 기분에 대해 더 이야기했다. 그것이 윌리엄의 어린 시절을 구성하던 한 부분이었다는 걸 나는 그제야 완전히 이해했다. "음," 윌리엄이 마침내 말했다. "어머니가 블루한 기분이 됐던 건 아이를 버리고 왔기 때문이었어." 그리고 덧붙였다. "자신의 어린 딸아이를 버리고 왔기 때문이라고."

그러고는 고통이 깊게 어린 얼굴로 나를 바라보았다.

오 윌리엄, 나는 생각했다.

오 윌리엄!

그날 밤 그는 나를 한 번 안아준 뒤 "아침에 보자, 버튼" 하고 말했다.

*

그날 밤 나는 잠을 이룰 수 없었다. 꽤 오랜 기간 불면증이 있을 때마다 복용하고 있는 약을 먹고도 잠이 오지 않았다. 나는 윌리엄이 나를 자기 몰두적이라고 평한 것을 계속 생각했지만, 그에 대해 뭘 어떻게 해야 할지 알 수 없었다. 그 생각을 하니 마음이 정말로 불편했다. 그래서 다른 사람들이 비난받을 때 하는 행동을 했다. 내가 아는 다른 사람들을 떠올리면서 그들이 모두 얼마나 자기 몰두적인지 생각한 것이다. 음, 이 사람은 너무 자기 몰두적이어서 항상 그걸 감추려다보니 결과적으로 그렇게 너

그러운 사람이 못 되고, 저 사람은 너무 자기 몰두적이어서 심지
어 자기가 그렇다는 걸 알지도 못하고…… 그리고 얼마 뒤 나 자
신에게 말했다. 루시, 그만하자.

하지만 내 생각은 계속 여기저기로 옮겨다녔다.

이 일이 기억났다.

우리가 플로리다에서 지낼 때의 어느 날이었다. 딸들은 대략
여덟 살, 아홉 살이었고, 캐서린은 그해 여름에 죽었다. 우리는
겨울에 플로리다로 가서 며칠을 보냈는데—그녀 없이 처음 떠
난 여행 중 하나였다—건물 안 우리 방 근처에 세탁을 할 수 있
는 장소가 있었다. 세탁기에 빨래를 넣고 걸어서 돌아가던 기억
이 난다. 나는 작은 잔디밭을 가로질러 걸었고, 연청색 데님 드
레스를 입고 있었다. 내가 기억하는 건, 작은 새가 내 마음을 통
과하여 날아가는 것처럼 느껴졌다는 것이다. 그리고 그 새란 이
것, 하나의 생각이었다. 어쩌면 나는 나 자신을 죽여야 할지도
모른다는 생각. 내가 기억하기로 그때가 이런 생각을 한 유일한
순간이다. 그 생각은 작은 새가 마음속을 통과하듯 그렇게 왔다
가 갔다. 그런 생각이 내게 올 줄은 전혀 몰랐다. 그뒤로 그것에
대해 계속 생각해보았는데, 내가 그랬던 건 아마 그 무렵 윌리엄

이 조앤과 만나기 시작했고, 나는 그 사실을 몰랐지만 직감했기 때문일 것이다. 나는 그렇게 생각한다.

나는 결코 나 자신을 죽이지 않을 것이다. 나는 엄마다. 내가 투명인간이라고 느끼지만, 나는 엄마다.

어린 시절 나의 어머니는 자살하겠다는 협박을 하곤 했다. 이 렇게 말했다. "어디 먼 데로 차를 몰고 가서 나무를 찾아 목을 매 달 거다." 나는 어머니가 진짜로 그렇게 할까봐 잔뜩 겁을 먹었 다. 어머니는 말했다. "네가 학교에 갔다가 집에 돌아오면 나는 없을 거다." 나는 매일 겁에 질려 돌아왔다. 그리고 어머니는 매 일 그대로 있었다. 그뒤로 나는 수업이 끝난 후에 학교에 남기 시작했는데, 매일 수업이 끝난 후 학교에 남았고 그렇게 하기 시 작한 건 따뜻하게 있고 싶어서였고—우리집은 너무 추웠고, 나 는 추운 게 늘 싫었다—거기 남아 숙제를 할 수 있는 게 안심이 되었기 때문이다. 또한 이따금 어머니에 대해, 할 거면 해버려 요! 하고 생각했던 게 기억난다. 자살할 거면 해버려요! 이런 뜻 이었다. 하지만 어머니가 정말로 그렇게 하면 그 작은 타운에서 이미 이상할 대로 이상한 우리가 더욱 이상해 보일까봐 걱정이 되었다.

이런 생각을 몇 시간 하고 난 뒤 나는 다시 약을 한 알 먹고 잠들었다.

*

아침에 윌리엄은, 자기 말로는 잠을 아주 잘 잤다고 했지만, 몹시 피곤해 보였다. 청바지에 전날과 같은 감청색 티셔츠를 입고 있었고, 내 눈에는 늙어 보였다. 우리는 아침을 먹으러 작은 레스토랑에 내려갔고, 거기엔 우리밖에 없었다. 그런데도 종업원은 한참 동안 우리 쪽으로 오지 않았다. 머리칼을 검게 염색한 중년의 여자였는데, 은색 커틀러리를 쟁반에 담는 일을 계속했고 그다음엔 커피포트 주변을 정리했다. 윌리엄이 나를 쳐다보더니 입을 벙긋거리며, 젠장 뭐하자는 거지? 하고 말했고, 나는 어깨를 으쓱했다.

종업원이 작은 수첩과 펜을 꺼내들고 우리 쪽으로 다가와 말했다. "뭘 드려요?" 내가 치리오스 시리얼과 바나나를 먹고 싶다고 하자, 그녀는 "시리얼은 없는데요"라고 답했다.

그래서 나는 스크램블드에그를 주문했고, 윌리엄은 오트밀을 주문했다. 우리는 약간은 우울해도 그럭저럭 괜찮은 기분으로 그곳에 앉아 있었다. 그러니까 내 말은, 그 장소가 친절한 분위기가 아니었고 낯설게 느껴졌다는 것이다. 잠시 후 종업원이 우리 음식을 가져왔고, 이어 내가 윌리엄에게 말했다. "필리, 에스텔하고 무슨 일 있었어? 그러니까 에스텔하고 결혼해서 살 때 다른 여자 만났어?" 이렇게 물어놓고, 나는 내가 그런 질문을 했다는 사실에, 심지어 이걸 궁금해했다는 사실에 깜짝 놀랐다.

그러자 그는 방금 베어 문 식빵을 씹다가 멈추고 삼킨 뒤 말했다. "다른 여자를 만났냐고? 아니, 몇 번 어울리긴 했겠지만 사귄 적은 없어."

"어울렸다고?" 내가 물었다.

"팸 칼슨하고. 하지만 그건 그저 내가 그녀를 오래 알고 지낸데다, 또 우리가 오래전에 바보 같은 짓을 한 적이 있기 때문이고, 그래서 아무 느낌이 없었어―왜냐하면 아무 일도 아니었으니까."

"팸 칼슨?" 내가 말했다. "당신 파티에 왔던 그 여자 말하는 거야?"

윌리엄은 음식을 씹으면서 나를 흘긋 보았다. "응. 그게, 별일 아니었고, 아무 일도 아니었어. 그러니까, 팸을 알게 된 건 오래전에 그녀가 밥 버지스하고 결혼해서 살 때였어."

"그때 그 여자랑 사귄 거야?"

"오, 조금."

그는 이 말을 하면서 그게 자신이 나하고 결혼해서 살 때였다는 사실을 깨닫지 못하는 것 같았다. 다음 순간 그의 얼굴에 알아차린 표정이 떠올랐다. 내 눈엔 그렇게 보였다. 그가 말했다.
"오 루시, 내가 무슨 말을 하겠어?"

"조앤하고 결혼해서 살 때 그 여자랑 사귀었어?"

"루시, 이 이야기는 하지 말자. 하지만 그래, 조앤하고 결혼해
서 살 때였어. 하지만 당신하고 살 때는…… 저번에 한 명 이상
이었다고 말했잖아. 그리고 내가 그중 누구도 사랑하지는 않았
다고 했고."

"그만하자." 내가 말했다. "중요하지 않아." 그 일은 더이상
내게 중요하지 않게 되었다, 나는 그렇게 생각했다. 그 말을 할
때 내 안에서 물이 찰랑이는 듯한 작은 감각이 일어나긴 했지만.
그러나 나는 생각했다. 그가 조앤하고 결혼해서 살 때도 그랬고,
에스텔하고 결혼해서 살 때도 그랬다면, 그를 그렇게 만든 건 내
가 아니었던 거네? 그러니까 나 때문이 아니었던 거네? 나는 믿
을 수 없었다. 그리고 그가 전날 밤 선택에 대해서 말한 것을 떠
올렸다. 그는 자신의 그런 면에 대해 아마 선택의 여지가 없었을
것이다. 내가 어떻게 알겠는가?

나는 모른다.

"가자." 윌리엄이 오트밀을 다 먹은 뒤 콧수염을 닦으며 말했
다. 그리고 남은 커피를 후루룩 마셨지만, 우리는 종업원이 계산

서를 가져오기를 기다려야 했다. 나는 윌리엄이 넉넉히 팁을 주는지 지켜보았고, 그는 현금을 꺼내고 눈알을 굴리며 나를 쳐다보면서도 넉넉히 주었다.

*

홀턴으로 돌아갈 때, 길가에 반쯤 시든 야생당근꽃이 많이 보였다. 햇살이 밝고 환했다. 우리는 허물어진 헛간을 지나갔고, 들판에는 바위들이 있었다. 흰 소도 몇 마리 보였다. 윌리엄이 내게 수확하지 않은 감자밭을 가리켰다. 밭 위에는 녹색 풀이 돋아 있었는데, 그는 영양분이 풀 쪽이 아니라 감자 자체에 가도록 그 위에 제초제를 뿌린다고 말했다. 나는 그가 그런 걸 알고 있다는 사실이 인상적이었고, 그렇다고 말해주었지만, 그는 아무 말도 하지 않았다. 길을 사이에 두고 감자밭 건너에는 보리 수확이 끝난 갈색 밭이 있었다.

그리고 수확이 끝난 감자밭도 몇 군데 지나갔는데, 토양이 전부 갈색이고 흙이 갈아엎어져 있었다. 종종 작은 언덕을 파서 지은 감자 보관용 헛간이 눈에 띄었다. 홀턴 외곽에 스코티시 인Inn이라는 이름의 모텔이 있었는데, 영업은 중단되었고, 객실 사이에서 잡초가 자라고 있었다.

"윌리엄, 당신 어머니는 불면증이 있었어." 내가 말했다. 지난 밤을 떠올리다 문득 그 생각이 난 것이다.

"그랬나?" 윌리엄이 고개를 돌려 나를 보았다. 그는 선글라스를 쓰고 있었다. 나도 마찬가지였다.

"응." 내가 말했다. "기억 안 나?"

"안 나는 것 같은데."

"어머니가 카우치에 누워 종종 낮잠을 주무신 이유가 그거였어. 그리고 이렇게 말씀하시곤 했지. 오, 지난밤에 잠이 안 오더라."

"당신 말이 맞을 거야. 그랜드케이맨에 놀러갈 때마다 밤중에 어머니가 움직이는 소리가 들렸고, 어머니가 뭘 하시는지 늘 궁금했어."

나는 차창 밖을 보았다. 어느 들판과 한쪽 가장자리에 줄지어 선 나무를 지나가고 있었다. "그냥 기억났어. 그게 다야. 오, 잠깐." 나는 그를 돌아보며 말했다. "어머니가 아프셔서 내가 같이 지낼 때, 어머니는 잠을 못 잔다고 농담처럼 말씀하셨어. 그리고 약을 먹을 때가 됐나보다, 하고 말씀하시면 내가 약국에 가서 받아 오곤 했는데…… 아니면 어머니의 주치의가 알려준 것 같기도 해. 맞아, 어머니가 수면제를 복용하신 지 오래됐다고 의사가 알려줬어."

"훌륭한 의사와 환자 관계로군." 윌리엄이 냉소적으로 말했다. "프라이버시는 전혀 없는 거야?"

"응, 없었어. 의사는 나를 좋아했어." 내가 말했다. 그리고 그 말은 사실이었다.

우리는 달리는 차 안에서 한동안 말이 없었고, 이윽고 내가 말했다. "음, 그거 흥미로운 것 같아. 어머니가 잠을 못 잔 것."

"루시, 당신도 잠을 잘 잔 적이 없잖아." 윌리엄이 말했고, 내가 말했다. "그건 나도 알아, 바보 같긴. 그리고 내가 잠을 이루지 못한 이유도 알지―그건 내가 자란 곳 때문이었어―그리고 당신 어머니가 잠을 이루지 못한 이유는, 떠날 때 뭔가를 남겨두고 왔기 때문이겠지."

"알겠어." 윌리엄이 말하고, 나를 흘끗 보았다. 하지만 선글라스 때문에 나를 어떤 표정으로 보고 있는지는 알 수 없었다.

몇 분 더 운전하다가 윌리엄이 말했다. "루시, 우리가 여기서 뭘 하고 있는지 여전히 모르겠어."

"그냥 계속 가." 내가 말했다. "로이스 부바의 집을 지나가면 어딘가 차를 세우고 생각해보자."

*

우리는 훌턴으로 들어왔다. 햇살이 너무 밝아 타운이 반짝거리는 것처럼 보였다—반짝거리는 건 벽돌로 지어진 법원과 도서관이었는데, 모든 풍경이 고풍스럽고 아주 편안해 보였다. 마치 타운이 오랫동안 아무 일 없이 편안했던 것처럼. 강물 역시 반짝거렸고, 어느새 우리는 플레전트 스트리트에 접어들었다.

플레전트 스트리트를 지나가는데, 어제 본 집의 앞마당에 나이들어 보이는 여인이 나와 있었다. 낮은 관목 위로 허리를 굽히고 있었는데, 모자를 썼고 머리가 짧은 길이는 아니었다—옅은 갈색의 아름다운 머리칼이 어깨 바로 위까지 내려왔다. 그렇다고 젊은 사람은 아니었지만 관목 위로 허리를 굽힐 때 보니 젊어보이는 외모였다. 발목 위로 올라오는 길이의 갈색 바지에 푸른색 셔츠를 입고 있었다. 몸은 말랐지만, 비쩍 마르진 않았다. 그러니까 그녀에겐 경쾌한 분위기가 있었다.

"윌리엄." 내가 거의 외치다시피 말했다. "저 사람이야."

윌리엄은 속도를 약간 늦추었고, 그녀가 고개를 들지 않자 계속 차를 몰아 다음 블록에 세웠다. 그가 선글라스를 벗고 나를 쳐다보았다. "오, 맙소사, 루시."

"저 사람이야!" 내가 그녀의 집이 있는 뒤쪽을 가리키며 말했다.

윌리엄은 뒤를 흘끗 보았고, 이어 다시 앞을 보았다. 그가 말했다. "저 사람인지 아닌지 우리는 몰라. 로이스 부바는 저 집에서 휠체어에 앉은 채 아들한테 두들겨맞고 사는지도 모른다고."

"음, 그건 그렇지." 내가 말했다. 그리고 덧붙였다. "윌리엄, 내가 가서 말을 걸어볼게."

윌리엄이 나를 쳐다보며 눈을 찡그렸다. "무슨 말을 하려고?"

"나도 몰라." 하지만 나는 말했다. "여기서 기다려, 내가 가서 말 걸어볼게." 나는 긴 어깨끈이 달린 핸드백을 챙겨 차에서 내릴 준비를 했다. 그러다 그에게 물었다. "나하고 같이 갈래?"

"아니, 당신만 가." 윌리엄이 말했다. "나는 어떻게 해야 할지 모르겠어."

모르는 건 나도 마찬가지였다.

*

보도를 걸어가는데 집 옆쪽 마당에 빨랫줄이 보였다. 큰 나무 막대기 네 개를 바닥에 꽂고 얇은 밧줄로 연결해놓은 것이었다. 그리고 앞마당에는 새것으로 보이는 해먹이 튼튼한 나무 두 그루 사이에 매여 있었다. 앞서 말했듯 그 집은 그 블록에서 가장 좋은 집이었고 외벽은 진청색으로, 테두리는 빨간색으로 새로 도색이 되어 있었다. 여자는 여전히 관목 위로 허리를 굽힌 채였는데—소박한 노란색 꽃이 핀 장미 관목이었고, 그녀는 무슨 일을 하는지 몰라도 그 일에 열중해 있었다—손에 들린 작은 분무기가 눈에 들어왔다. 가까이 다가가면서 나는 걸음을 늦추었다. 나도 내가 뭘 하려고 하는지 알지 못했다.

그 순간 그녀가 고개를 들어 나를 보았고, 약간 웃어 보인 뒤 다시 관목을 손질했다. "안녕하세요." 내가 보도에서 걸음을 멈추며 말했다. 관목은 보도에서 멀리 떨어져 있지 않았다. 그녀는 다시 나를 보았다. 작은 안경을 쓰고 있었고, 눈이 또렷이 보였다. 큰 눈은 아니지만, 꿰뚫어보는 듯한 눈이었다.

"안녕하세요." 그녀가 말한 뒤 허리를 펴고 일어섰다.

"장미가 예쁘네요." 내가 말했다. 나는 걸음을 멈춘 채 서 있었다.

그녀가 말했다. "할머니가 오래전에 심으셨어요. 계속 잘 키워보려고요. 그런데 이렇게 몹쓸 진딧물이 생겼네요."

내가 말했다. "맞아요. 진딧물이 골치 아픈 문제가 될 수 있죠."

그녀는 다시 하던 일로 돌아갔고, 분무기로 액체를 칙 뿌렸다.

그래서 나는 말했다. "할머니가 심으신 거라고요? 멋진데요. 그러니까 그렇게 오래 살려놓으신 것 말이에요."

이제 그 여인은 다시 똑바로 서서 나를 쳐다보았다. "그렇죠." 그녀가 말했다.

나는 선글라스를 머리 위로 올렸다. "제 이름은 루시예요." 내가 말했다. "만나서 반가워요."

그녀는 그 자리에 서 있었고, 나는 그녀가 악수를 청하지 않으리란 걸 알았는데, 친절하지 않아서가 아니라 그냥 그럴 마음이 없는 것 같았다. 그 순간 그녀가 고개를 들어 하늘을 보았고, 이어 마당을 둘러본 뒤 다시 나를 보았다. "이름이 뭐라고 했죠?" 그녀는 상냥한 것도, 상냥하지 않은 것도 아니었다.

"루시예요." 내가 말했다. 그리고 물었다. "성함이 어떻게 되세요?"

그녀가 안경을 벗었다. 진드기를 보려고 쓴 독서용 안경이 분명하다는 것을 알 수 있었다. 그리고 안경을 벗으니 신기하게도 더 젊어 보이는 동시에 더 나이들어 보였다. 눈이 좀 휑한 느낌이었다. 그러니까, 속눈썹이 많지 않았다는 뜻이다. "로이스." 그녀가 말했다. 그리고 이렇게 물었다. "당신은 어디 출신인가요, 루시?"

나는 거의 뉴욕이라고 말할 뻔했다가 아슬아슬하게 멈췄다. 내가 대답했다. "일리노이주 작은 타운에서 자랐어요."

"여기 메인주 훌턴에는 무슨 일로 왔어요?" 로이스가 물었다. 그녀의 이마 선 아래, 모자와 피부가 만나는 곳 바로 밑에 아주 작은 땀방울이 송송 맺혀 있었다.

"우리는…… 음, 그니까 남편하고 나는…… 음, 그게 남편의
아버지가 독일 전쟁 포로로 이곳에 왔었어요. 그래서 우리는 그
것에 대해 뭐라도 알아낼 수 있을까 해서 찾아온 거예요." 나는
작은 핸드백을 다른 쪽 어깨로 바꿔 멨다.

"남편의 아버지가 전쟁 포로로 여기 왔었다고요?" 로이스가
나를 똑바로 보았고, 나는 고개를 끄덕였다. "그분이 여기 여자
와 결혼했나요?" 로이스가 물었고, 내가 대답했다. "네, 그랬어
요. 그후에 매사추세츠주에 가서 사셨고요. 그리고 내 남편이 열
네 살 때 돌아가셨어요."

로이스 부바는 머리 위로 쏟아지는 햇빛을 받으며 그 자리에
서 있었고, 이어 말했다. "안으로 들어오겠어요?" 그녀가 돌아서
서 집의 옆문으로 걸어갔고, 나는 따라갔다. 그러다 로이스가 걸
음을 멈추고 나를 돌아보며 말했다. "지금 남편분은 어디 계세
요?"

내가 말했다. "전남편이에요. 죄송해요. 말씀드렸어야 했는데.
우리는 친구로 지내고 있거든요. 지금 옆 블록에 차를 세우고 앉
아 있어요."

그녀는 거기 서서 나를 바라봤는데, 키가 크지는 않았고 내 키
정도였다.

내가 말했다. "남편 생각에……"

그러자 로이스가 다시 돌아서며 말했다. "들어와요."

우리는 재킷과 코트 여러 벌이 못걸이에 걸려 있는 어두운 머드룸*으로 들어갔고, 부엌을 통과했다. 그녀는 거기서 모자를 벗어 조리대 상판에 올려놓고 말했다. "물 드릴까요?" 나는 좋다고, 감사하다고 말했다.

그러자 그녀는 두 개의 잔에 개수대에서 받은 물을 채웠고, 나는 고개는 움직이지 않은 채 실내를 둘러보면서 내가 한 번도 다른 사람들의 집을 좋아한 적이 없다는 사실을 떠올렸다. 이 집은 괜찮아 보였지만—그러니까 잘못된 부분은 전혀 없고, 부엌은 어수선했지만 누군가가 한 집에 오래 살면 으레 그러할 법한 모습이었으며, 햇빛 속에 있다 들어와서 그런지 어둑했다—나는 그저 남의 집에 가는 걸 한 번도 좋아한 적이 없다는 말을 하려는 것이다. 어느 집에 가든 익숙하지 않은 냄새가 희미하게 감돌았는데, 그건 이 집도 마찬가지였다.

로이스가 내게 물잔을 건넸고—손에 반지를 하나 끼고 있었는데, 보석이 박히지 않은 금으로 된 결혼반지였다—우리는 거실로 들어갔고, 그러자 나는 기분이 약간 좋아졌다. 거기도 다소

* 젖거나 흙이 묻은 옷이나 신발을 벗어놓는 집의 입구 공간.

어수선했지만 창문을 통해 햇살이 들어왔고, 책이 가득 꽂힌 책
장이 많았다. 거실의 모든 탁자에 사진이 놓여 있었는데, 다양한
모양의 액자에 여러 사진이 들어 있었다. 흘끗 보니 대부분 부모
와 함께 찍은 아기나 어린아이 사진 같은 것이었다. 가운데가 푹
꺼진 진청색 카우치와 안락의자가 하나 놓여 있었고, 로이스는
안락의자에 앉아 앞에 놓인 오토만*에 발을 올렸다. 나는 앉는 자
리가 푹 꺼진 카우치에 앉았다. 로이스는 고무로 만든 샌들을 신
고 있었다.

"당신의 전남편이……" 그녀가 말하고, 물을 한 모금 마셨다.

"네." 내가 말했다. "두번째 남편은 작년에 죽었어요."

그녀가 눈썹을 치키며 말했다. "안타까운 일을 겪으셨군요."

"고마워요." 내가 말했다.

로이스가 의자 옆에 놓인 작은 탁자에 물잔을 놓으며 말했다.
"더 좋아지리란 기대는 하지 마요. 내 남편은 오 년 전에 죽었어
요." 그래서 나도 안타까운 일이라고 말해주었다.

그리고 침묵이 흘렀다. 그녀가 나를 보았고, 나는 당황했다.
뺨이 점점 뜨거워지는 것 같았다. 로이스가 마침내 말했다. "내
게 뭔가 바라는 게 있나요?"

---

* 겉에 부드러운 천을 씌운, 다리 없는 스툴 형식의 보조 의자.

"아마 아무것도 없을 거예요." 내가 말했다. "말씀드렸듯이 우리가 여기 온 건 남편의―전남편의―음, 뿌리라고 할까요, 그걸 조사하기 위해서예요."

로이스가 살짝 미소를 지었고, 그것이 다정함의 표현인지 아닌지 알 수 없었다. 그녀가 말했다. "그는 여기 친족을 찾으러 온 건가요?"

내가 하는 수 없다는 듯 작게 한숨을 내쉬며 말했다. "네."

"그러면 전남편이 나를 찾으러 온 거겠군요."

"맞아요." 내가 말했다.

"지금 밖에, 차 안에 있고요."

"그래요." 내가 말했다.

"두려워서." 그녀가 말했다.

나는 그 순간 윌리엄을 방어하고 싶었고, 한편으로는 나 역시 조금 두려워졌다. "그는 확신이―"

"잘 들어요, 루시." 로이스 부바가 물잔을 들고 다시 한 모금 홀짝인 뒤 아주 조심스럽게 탁자에 내려놓았다. "당신이 여기 온 이유를 알아요. 심지어 이 타운에 온 게 어제라는 것도 알아요. 당신과 당신 남편이 도서관에 갔었죠. 여긴 작은 타운이고, 당신도 그런 데 출신이니 이런 곳이 어떤지 알 거예요. 사람들이 말을 퍼뜨리죠."

그래서 나는 아니요, 나는 들판 한복판에 살아서 타운은 거의 보지 못했고 타운 사람들은 우리에게 잘해준 적이 없어요, 하고 말하고 싶었지만 하지 않았다. 그래서 아무 말도 하지 않았다.

그때 로이스 부바가 내게 이 말을 했다.

"나는 아주 좋은 삶을 살았어요." 그녀가 둘째손가락을 들어 나를 가리키며 간단명료하게 말했다. "나는 아주아주 좋은 삶을 살았어요. 그러니 전남편에게 꼭 그렇게 말해줘요." 그녀는 말을 멈추고 실내를 둘러봤고, 이어 나를 다시 봤다. 로이스의 얼굴은 약간 방어적으로 보였고, 심지어—아주 조금—지루한 듯 보이기도 했다. 그녀 뒤쪽 벽에는 꽃무늬 벽지가 발려 있었고, 아래로 흘러내린 작은 물 자국이 있었다.

로이스가 말했다. "단도직입적으로 말하죠." 그녀는 잠시 천장을 올려다보고 말을 이었다. "내가 여덟 살 때 부모님이—두 분이 같이—나를 앉혀놓고 이 이야기를 해주셨어요. 내 어머니는…… 음, 그날 부모님은 나를 낳아준 다른 어머니가 있다고 하셨어요. 하지만 그 여자는 내 어머니가 아니라는 걸 아주 분명히 해두셨죠. 내 어머니는 나를 한 살 때부터 키워준 그분이었어요. 그 사람이 내 어머니였고, 그분은 이 집에서 자랐어요"—로이스가 한 손을 살짝 움직여 거실 전체를 가리켰다—"그리고 훌륭한 분이셨죠. 어머니는 너무 선한 분이라서 그걸 알려주신 거였고, 아버지도 그런 분이셨어요—아버지가 안아주셨던 게 기억나요. 우리는 카우치에 앉아 있었고, 그 이야기를 나누는 동안 아버지는 계속 한 팔로 나를 감싸안고 있었어요. 돌이켜보면 그분들은 내가 그 사실을 알 만큼 철이 들었다고 생각하셨던 것 같고, 타운에 그 사실을 아는 다른 사람들이 있으니 그들을 통해 알게 되는 것보다는 직접 말해주는 게 더 낫다고 생각하신 거였어요. 나는 혼란스러웠고, 다른 아이들도 그런 경우라면 마찬가지였겠죠. 하지만 나는 그건 중요하지 않다고 생각했어요.

중요하지 않았으니까요. 내겐 나를 아주 많이 사랑하는 부모님이 계셨고, 남동생이 셋 있었고, 그애들도 모두 사랑을 받았어요. 그보다 더 좋은 어머니와 아버지를 가지진 못했을 거예요. 정말로 그럴 순 없었을 거예요."

로이스를 지켜보면서, 나는 그녀가 진실을 말하고 있다고 느꼈다. 그녀의 내면에—거의 밑바닥에—깊은 편안함 같은 게 자리하고 있는 듯했고, 내 생각에 그건 부모로부터 사랑을 받은 사람만이 가질 수 있는 특징이다.

로이스는 물을 한 모금 더 마셨다.

"시간이 흐르고 내가 조금 더 커서 이것저것 묻기 시작하자 부모님은 그 여자에 대해 말해줬어요. 결혼 전 이름은 캐서린 콜이었고, 독일에서 온 포로와 함께 달아났다고. 어느 날 집을 나갔다고, 그냥 나가버렸다고 했어요. 11월이었고, 기차를 타고 떠나 다시는 돌아오지 않았대요. 내가 한 살도 채 되지 않았을 때. 아버지는 그 독일인의 존재를 알고 있었지만, 그때는 다 끝난 줄 알았대요. 내 아버지와 결혼했을 때 캐서린은 열여덟 살, 아주 어린 나이였고, 아버지는 열 살이 더 많았어요. 아버지가, 아버지는 늘 암시적으로 이렇게 말씀하셨어요. 그 여자가 자신과 결혼한 건 본가에서 달아나기 위해서였다고." 로이스는 잠시 말을 멈추었다가 다시 말했다. "내 어머니 이름은 매릴린 스미스였어요." 그리고 옆에 있는 탁자를 손가락으로 톡톡 쳤다. "그분은 이 집에서 자랐고, 모두 그분과 아버지가 짝이 될 줄 알았죠. 두 분이 잘 지내다가 약간의 다툼이 있었는데, 그때 캐서린 콜이 느닷없이 휙 날아들어서……" 로이스가 두 팔을 움직여 작게 급강하하는 동작을 했다. 잔 속의 물이 부드럽게 찰랑거렸다. "결국 아버지는 그 여자와 결혼했죠. 하지만 캐서린이 나를 버리고— 그리고 아버지를 버리고—떠났을 때 매릴린은 그 즉시 아버지 곁을 지켰어요. 캐서린이 떠난 직후 매릴린은 매일 아버지를 찾아갔고, 내가 두 살이 됐을 때 두 분은 결혼했어요. 아마 당당히 결혼하고 싶어서 한 해를 기다렸다가 결혼한 것 같아요. 그리고 당연히 이혼도 해야 했고요."

로이스가 말을 멈추었다. 그리고 물잔을 작은 탁자에 내려놓고 두 손을 포개 무릎 위에 올린 뒤 계속 자기 손을 쳐다보았다. 나는 이런 일이 일어나고 있다는 걸 믿을 수가 없었다. 핸드백에 넣어둔 전화기에서 문자메시지가 왔음을 알리는 핑 소리가 났고, 마치 나는 그걸 조용하게 만들 수 있다는 듯 핸드백 위를 팔꿈치로 눌렀다. 바보 같은 행동이었다. 내 왼쪽에는 졸업식에서 찍은 젊은 남자의 사진—오래된 사진은 아니었고, 다른 사진들보다 크기가 더 컸다—이 있었다.

로이스가 나를 돌아보더니 다시 특유의 작은 미소를 지었고, 이번에도 나는 그게 다정한 미소인지 아닌지 알 수 없었다. 햇빛한 조각이 그녀의 다리 위로 떨어졌다. "당신 남편의 어머니가 사람들에게 당신을 소개할 때 이쪽이 루시, 루시는 출신이랄 게 없어, 하고 말했다죠. 하지만 그녀가 어떤 곳에서 자랐는지 알아요?"

나는 로이스가 하는 말을 들었지만, 머릿속에서 그 문장을 다시 되새겨보아야 했다. "잠시만요." 내가 말했다. "어떻게…… 어떻게 그걸 알죠? 남편의 어머니가, 그분이 사람들에게 그런 말을 하고 다닌 걸 어떻게 아세요?"

로이스가 간단하게 말했다. "당신이 그렇게 썼잖아요."

"내가 썼다고요?" 나는 물었다.

"당신 책에서요—당신 회고록." 로이스는 손가락으로 내 오른쪽에 있는 책장을 가리켰다. 그러고는 의자에서 일어서서 그쪽으로 다가가 내 회고록—하드커버였다—을 꺼내 왔고, 나는 그 모습을 지켜보다가 거기 내 책 전부가 가지런히 꽂혀 있는 것을 보고 깜짝 놀랐다.

"캐서린 콜이 어떤 데서 자랐는지 알아요?" 로이스가 다시 물었다. 그리고 의자 등받이에 몸을 기댔다. 그리고 책을 의자 팔걸이에 떨어지지 않게 놓았다가, 잠시 후 물잔 근처 탁자 위로 옮겼다.

내가 말했다. "잘 몰라요."

"음," 로이스가 특유의 작은 미소를 지으며 말했다. "출신이 없는 수준보다도 더 형편없는 곳에서 자랐어요. 쓰레깃더미에서 자랐죠." 나는 그 단어가 내 뺨을 찰싹 때리는 것 같았다. 나는 늘 그 단어를 들으면 얼굴을 한 대 찰싹 얻어맞는 느낌이 든다.

로이스가 한 손으로 다리를 쓸어내리면서 말했다. "콜 집안은 예전부터 말썽 많은 집안이었어요. 그냥 별 볼 일 없는 사람들이었죠. 캐서린의 어머니는 술꾼이었고, 아버지는 한 직장에 붙어 있지 못하는 사람이었어요. 폭력을 쓴다는 말도 나돌았고요—
자식들과 아내에게요. 누가 알겠어요. 캐서린의 오빠는 꽤 젊은
나이에 감옥에서 죽었다는데, 도대체 뭐가 문제였진 모르겠어
요. 하지만 그녀는 예뻤죠. 젊은 날의 캐서린은. 물론 그녀의 사
진은 전혀 보지 못했어요, 당연히 집에 한 장도 없었으니까요.
하지만 두 분 다 그렇게 말씀하셨어요, 부모님이요. 그녀는 예뻤
다고. 그리고 아버지를 쫓아다녔다고."

로이스는 거실 안을 둘러보았다. "보다시피 내 어머니는—매
릴린 스미스—그분은 쓰레깃더미에서 자라지 않았어요."

"그렇군요." 내가 말했다.

그러자 로이스가 말했다. "그 집에 한번 가보세요. 오랫동안
버려져 있긴 했지만, 거기가 캐서린이 자란 곳이에요. 딕시 로드
에 있어요." 그녀가 주위를 둘러보더니 일어서서 펜을 찾아 왔
고, 안경을 다시 쓴 다음 종이에 주소를 적었다. "헤인즈빌 로드
에서 조금 안쪽으로 들어간 집이에요." 그녀는 내게 종이를 건넨
다음 의자로 돌아가 앉았고, 안경을 벗었다. 나는 고맙다고 말했
다. 그러자 로이스는 다시 의자에 자리를 잡으며 "트래스크 농장
에도 꼭 가보세요. 거긴 내가 자란 곳이에요. 뉴리머릭 경계 바
로 너머, 리니어스의 드루스레이크 로드에 있어요" 하고 말하더
니 다시 일어나 주소를 적은 종이를 가져갔고, 안경을 쓰고 그

위에 뭔가를 더 적었다. "여기." 그녀가 종이를 다시 내게 건네며 말했다. "내 남동생이 오랫동안 농장을 경영했고, 지금은 동생의 아들들이 해요. 예전하고 똑같죠. 여기선 아무것도 변하지 않으니까." 그녀는 다시 한번 의자에 앉았다.

그리고 나는 로이스가 다시 앉은 게 기뻤는데, 그건 아직 내가 떠나지 않기를 바란다는 뜻이었기 때문이다.

로이스에게 미스 포테이토 블로섬 퀸이 된 것에 대해 묻자 그녀는 그 이야기를 해주면서, 재미있는 경험이었지만—"오, 기분 좋은 일이었죠, 알다시피……"—그게 자기 인생의 가장 좋은 부분은 아니었다고 했다. 자기 인생에서 가장 좋은 부분은 남편이었다고 했는데, 그는 프레스크아일 출신으로 치과의사가 되었다. 그녀 자신은 이십칠 년 동안 3학년을 맡아 가르쳤고, 아이 넷을 키웠다. "모두 잘 자랐어요." 그녀가 말했다. "누구 하나 빼놓지 않고. 마약을 한 아이도 없었고요. 그건 요즘 세상엔 드문 일이잖아요."

"정말 훌륭한데요." 내가 말했다.

"손주가 있나요, 루시?"

내가 말했다. "아직 없어요."

로이스는 그에 대해 생각해보는 듯했다. "없어요? 음, 그렇다면 손주가 얼마나 굉장한지 모르겠군요. 손주 같은 존재는 없어요. 이 세상에 그런 존재는 없어요."

나는 그런 이야기는 그다지 좋아하지 않았다.

로이스가 말했다. "자폐가 있는 손주가 하나 있는데, 그게 힘들다면 힘들까."

"오, 안타깝네요……" 그건 진심이었다.

"그러게요. 쉽진 않지만, 아이 부모가 잘해내고 있어요. 내 말은, 가능한 만큼 최선을 다한다는 뜻이에요."

"정말 안타깝네요." 내가 다시 말했다.

"안타까울 건 없고요. 아주 사랑스러운 아이니까. 그리고 손주가 일곱 명 더 있어요. 누구 하나 빼놓을 것 없이 훌륭해요. 정말 훌륭한 아이들이에요, 정말로 그래요." 그녀는 몸을 앞으로 숙이고, 졸업식에서 찍은 젊은 남자의 사진을 가리켰다. "이 아이가 가장 맏이예요. 일 년 전에 메인대학교를 졸업했어요."

"오, 멋지네요." 내가 말하는데, 내 핸드백 안에서 다시 전화가 울렸다.

"저기," 로이스가 말했다. "난 살면서 후회한 일이 거의 없어요. 그리고 그게 놀라운 일이라고 생각하는데, 왜냐하면 주변 사람들의 삶을 보면 다들 많이 후회하고, 후회할 일이야 당연히 있

오, 윌리엄! 227

지만, 그런데 나는 정말로 내가—조금 전에 말했듯이—아주 잘 살아왔다고 느끼거든요." 그 순간 나는 그녀의 의자 옆쪽 벽 가까이에 여성 잡지가 쌓여 있는 것을 보았다. 앞서 말했듯 거실은 어수선해 보였지만 불편한 느낌은 아니었고, 그녀 뒤쪽 벽의 물 얼룩만 빼면 모든 게 깨끗해 보였다.

로이스는 잠시 말을 멈추고 거실 안쪽 구석을 뚫어지게 응시 했다. "하지만 내 경우에 후회되는 일은…… 이게 심지어 내 인 생에서 가장 큰 후회일 수도 있는데"—그러고는 다시 나를 보았 다—"그 여자가, 캐서린이, 나를 찾아왔을 때 그다지 다정하게 대하지 않았는데, 그랬어야 했다는 생각이 나중에 들었어요."

"잠깐," 내가 말했다. "잠시만요." 내가 몸을 앞으로 숙였다. "당신을 찾아왔을 때, 라고 하셨나요? 캐서린이 당신을 찾아왔었 다고요?"

로이스의 얼굴에 놀란 표정이 떠올랐다. "네. 알고 있을 줄 알 았는데."

"몰랐어요." 그리고 나는 뒤로 기대앉아 더 조용히 말했다. "몰랐어요. 우리는 그녀가 당신을 찾아간 건 전혀 몰랐어요."

"오 그랬어요. 그때가 여름이었는데……" 그리고 그녀는 어 느 해였는지 말했고, 나는 곧바로 그때가 내가 구 주 동안 병원 에 입원해 있던 여름이라는 것을 깨달았는데, 그 기간에 캐서린

228

은 내게 거의 연락을 하지 않았었다.

"음, 그녀가 어떻게 했는가 하면," 로이스가 말했고, 의자에 앉은 채 두 발목을 꼬며 편안한 자세를 취했다. "그녀가 어떻게 했는가 하면, 사설탐정을 고용했어요. 당시에는 인터넷이 없어서, 사설탐정을 고용해 나를 찾아낸 거죠—나를 찾는 건 그리 어려운 일이 아니었고요. 그렇게 그녀는 이곳의 주소를 알아내서, 바로 이 집에 찾아와 정확히 지금 당신이 앉아 있는 자리에 앉았어요."

"믿을 수가 없네요." 내가 말했다. "죄송하지만, 믿을 수가 없어요."

"오 사실이에요. 그녀는 평일에, 내 남편이 출근한 뒤에 찾아왔고, 아이들은 모두 자기들 삼촌의 농장에 일하러 가고 없었어요—당시에는 아이들이 그렇게 했거든요, 모두 농장에서 일했어요—그리고 그해 여름에 나는 학교를 쉬었고요. 초인종이 울렸어요. 저 초인종이 울리는 일은 결코 없는데……" 로이스는 내 뒤에 있는 현관문을 가리켰고, 나는 고개를 돌려 쳐다보았다. "그래서 가서 문을 여니 그녀가 거기 서 있었고……"

"누군지 알아보셨어요?" 내가 물었다.

"그게……" 로이스는 나를 쳐다보며 생각에 잠겼다. "그랬던 것 같아요. 보자마자. 하지만 다른 한편으로는 생각했죠, 아니야, 그럴 리 없어." 로이스가 고개를 살짝 가로저었다. "어쨌거나 그녀가 말했어요. 내가 누군지 알겠니? 그래서 나는 말했죠. 누구신지 전혀 모르겠는데요. 그러자 그녀가 말했어요―그녀가 이렇게 말했어요, 그 여자가―나는 네 엄마인 캐서린 콜이야, 라고."

로이스가 손을 들어올렸다가 뒤로 조금 뺐다. "당신은 내 엄마가 아니에요, 그렇게 말하고 싶었지만 그러진 않았어요. 나는 마침내 그녀에게, 좀 냉정하게, 말했죠. 들어오세요, 캐서린 콜." 로이스는 나를 보고 고개를 끄덕였다. "나는 그녀를 차갑게 대했어요. 정말로 아주 차갑게. 부모님 두 분이 다 돌아가신 지 얼마 되지 않은 시점이었어요. 두 분은 육 개월 차이로 돌아가셨죠― 물론 그녀는 그것도 사설탐정을 통해 알아냈더군요. 나는 그녀가 그렇게 긴 세월이 흐른 뒤에 나를 찾아낸 건 옳지 않다고 생각했고, 마치 우리가 서로를 알고 지냈던 것처럼 당당하게 집안으로 들어와 앉은 것도 불편했어요. 그리고 그녀는 조금 울었는데……"

"울었다고요?" 내가 말했고, 로이스는 고개를 끄덕이고 뺨을 약간 부풀리며 한숨을 쉬었다.

"하지만 대체로 그녀가 일방적으로 이야기했어요. 그리고 또 뭐가 있었더라. 그녀는 아주 도시적이었어요. 그러니까 원피스

차림이었는데―음, 나중에 계산해보니 당시 그녀는 예순두 살이었더군요. 내가 마흔하나였으니까―여름이라 거의 소매가 없는 원피스를 입고 나타났어요. 작은 캡으로 어깨를 간신히 가리는." 로이스가 손으로 자기 어깨를 만졌다. "감청색 바탕에 흰색…… 오, 그걸 뭐라고 부르지, 그거 있잖아요, 그 단어가 뭐더라, 옷 가장자리에 빙 두르는……"

"파이핑." 내가 말했다. 나는 로이스가 어떤 원피스를 말하는지 알았다. 캐서린이 좋아하는 평상복이었다. 소매 끝과 옆구리 솔기 쪽에 흰색 파이핑이 있었다.

"파이핑." 로이스가 고개를 끄덕였다. "그리고 스타킹도 신지 않았고요. 원피스가 무릎 길이였는데, 그건, 오, 뭐랄까―여기엔 그런 옷을 입는 사람이 아무도 없어요. 하지만 그녀가 찾아왔을 때 내가 가장 괴로웠던 게 뭐였는지 알아요? 본인 이야기만 했다는 거였어요. 오, 나에 대해 몇 가지 질문을 하긴 했지만―당연히 대부분의 사실은 사설탐정을 통해 이미 알아낸 뒤였고―그녀는 말하고 또 말하고……" 이쯤에서 로이스는 고개를 살짝 저었다. "자기 이야기만 했어요. 자기 이야기만, 그게 자기에게 얼마나 힘들었는지만."

로이스는 몸을 앞으로 숙였다가 뒤로 기대앉았다. "그래서 나는 그녀가 잠을 잘 이루지 못했다거나, 종종 우울감을 느꼈다거나―'블루하다'고 표현했던 것 같아요―그런 일들에 대해 알고 있어요. 그리고 그녀의 남편이 죽은 것이나 아들에 대해서도 알아요. 그 부분은 당신 책을 통해 알게 된 거예요. 그녀가 그 남자, 자기 아들에 대해 내게 말할 만큼 뻔뻔했던 거 알고 있나요? 내게 아들에 대한 칭찬을 늘어놓았는데, 루시―정말이지―그 말만 들으면 그가 지상에 태어난 과학자 중에서 가장 훌륭한 사람인 줄 알 거예요. 그게 내가 들어야 할 이야기는 아니었죠!"

오 맙소사, 나는 생각했다. 그리고 말했다. "아니죠, 당연히 아니에요." 그리고 덧붙였다. "오, 하지만 그 시점에 그녀가 가진 건 그것뿐이었어요. 아들."

"맞아요." 로이스가 대답했다. "당신이 맞아요." 그리고 그녀는 더 작은 목소리로 "당신이 맞아요"라고 반복해서 말했다. 그런 다음 자기 발을 흘끗 보더니 고개를 들고 말했다. "그리고 그 뒤로 계속 그 일에 대해 생각해봤는데, 그때 내가 그녀에게 조금 더 공감해줄 수도 있었겠죠." 로이스의 얼굴이 움직였다―나는 시선을 돌려야 했다. 그리고 그녀가 말했다. "하지만 이 말은 해야겠는데―나는 그녀의 아들 이야기를 듣는 게 아주 싫었어요. 정말로 그랬어요."

잠시 후 로이스가 다시 말했다. "그녀는 남편에게, 그 독일 남자 게르하르트에게 자기가 아이를—나를—낳았는데 버리고 집을 나왔다고 말했대요. 그리고 그게 그 남자와의 결혼생활에 문제를 일으켰다고 했어요."

"그러니까 그에게 말했다고요?" 내가 물었다. "언제 그에게 말했는지 얘기하던가요?"

"잘 모르겠어요." 로이스가 말했다. "잘 기억이 안 나는데, 곧바로는 아니었지만, 좀 초반에 말했을 거예요. 그녀는 그냥 그게 문제를 일으켰다고만 했어요. 그게 무슨 의미였는지는 모르겠고요."

그리고 로이스는 한 손을 얼굴 한쪽에 가볍게 대고 나를 쳐다보며 덧붙였다. "그녀가 당신에게 이 사실들 중 어느 것도 얘기하지 않았다는 게 놀랍네요."

"로이스," 내가 말했다. "내 남편은 몇 주 전까지 당신의 존재에 대해 전혀 몰랐어요."

이 말이 분명 그녀를 아주 놀라게 한 모양이었다. 로이스는 손을 얼굴에서 뗐다. "그게 사실인가요?" 그녀가 말했다.

"사실이에요." 내가 말했다. "그의 아내가 그를 떠나기 직전에, 온라인으로 조상을 찾을 수 있는 웹사이트의 구독권을 줬는데, 그걸 통해 당신에 대해 알게 된 거예요. 그의 어머니는 당신 이야기를 한 번도 꺼낸 적이 없어요—아버지도 그랬고요. 윌리엄은 전혀 모르고 있었어요."

로이스는 이 말을 생각해보는 것 같았다. 그리고 말했다. "맙소사." 그녀가 고개를 저었다. "몇 주 전이라고 했나요?"

"네." 내가 말했다.

그러자 그녀가 말했다. "아내가 그를 떠나기 직전이었다고요?"

"네." 내가 말했다.

"그리고 당신도 그를 떠났죠. 당신 책에 의하면." 로이스가 근처 테이블에 놓인 책을 흘끗 보았다.

"네." 내가 말했다.

"그러면 아내 둘이 그를 떠난 거네요?"

나는 고개를 끄덕였다. 또 한 명의 아내가 그를 떠난 부분은 말하지 않을 걸 그랬다는 생각이 들었다.

잠시 뒤 그녀가 궁금한 표정으로 말했다. "혹시―그러니까―그에게 무슨 문제가 있나요?"

내가 말했다. "그냥 여자를 잘못 골라 결혼한 거라고 생각해요."

하지만 로이스는 아무 말도 하지 않았다.

내가 로이스와 대화하는 동안, 차 안에 혼자 앉아 있을 윌리엄을 떠올리니 마음이 좋지 않았다. 나는 말했다. "그를 만나보시겠어요?"

그러자 로이스가 슬픈, 거의 닫힌 표정으로 나를 쳐다보았고, 나는 그녀가 그러고 싶어하지 않는다는 걸 알아차렸다. 로이스가 말했다. "미안해요. 그러고 싶은 마음은 없어요. 나는 이제 젊지 않아요. 당신과 이야기하는 건 충분히 즐거웠지만, 그를 만나보고 싶지는 않아요. 그래요. 그를 만나고 싶지 않아요."

"알겠어요." 내가 말했다. 내가 떠나려는 동작을 하자 그녀가 일어섰고, 그래서 나는 우리 대화가 끝난 것을 알았다.

그녀는 현관까지 나를 배웅해주었고, 문을 당겨 열었다. 문은 자주 사용하지 않은 것처럼 열릴 때 좀 뻑뻑했다. 그리고 나는 지금으로부터 아주 오래전에 그 문을 통과해 들어와 내가 앉았던 자리에 앉았을 캐서린을 상상했다.

나는 로이스를 돌아보았고, 그녀는 손을 들어올려 아주 살짝 내 팔을 잡았다. 그리고 말했다. "당신 책을 읽었을 때—회고록 말이에요—나는 거기 감자 농부, 내 아버지가 나온 걸 보고 깜짝 놀랐어요! 그리고 계속 생각했죠. 내 이야기도 나오겠지, 그 농부의 아내가 아기인 딸을 버리고 집을 나갔다는 이야기도 나올 거야. 하지만 전혀 나오지 않았어요."

"첫 남편을 떠난 건 알았지만 남기고 온 다른 존재에 대해선 몰랐으니까요." 내가 말했다.

"음, 이제는 알겠어요. 하지만 그때는 몰랐어요. 그리고 그거 알아요? 바보 같지만, 나는 그것 때문에 마음에 상처를 입었어요. 캐서린을 향해 다시 분노가 일었죠. 그리고 당신에게도 화가 났어요—내가 그 책에 등장하지 않았으니까."

"오, 로이스." 나는 묘한 비현실감을 느꼈고, 머리가 제대로 돌아가지 않는 것 같았다. 뭔가를 먹어야 할 때처럼. 다만 그보다 더 심하게.

"음." 그녀가 작게 웃었다. "이걸로 책을 쓴다면, 나도 등장하고 싶어요."

"오, 그럼요, 물론이죠." 내가 말했다.

그러자 로이스는 다시 작게 웃으며 말했다. "나를 좋게 그려준다는 조건으로요."

돌아보는데 햇살이 그녀의 얼굴에 떨어지고 있었고, 그 순간 나는 그녀의 얼굴에 떠오른 피곤한 표정을 보면서 우리 대화가 그녀에게 쉽지 않았다는 것을 깨달았다. 힘이 많이 들었던 모양이었고, 나는 미안했다.

*

서둘러 길을 걸어가는데 거의 똑바로 걸을 수도 없었다. 윌리엄은 차 안에 앉아 있었다. 뒤로 젖힌 머리가 좌석 머리받이에 기대어 있어서, 처음에 나는 그가 잠든 줄 알았다. 차창은 완전히 내려와 있었다. 하지만 내가 가까이 가자마자 그가 일어나 앉았다. "나를 만나보고 싶대?" 그가 말했다.

나는 조수석 쪽으로 걸어갔고, 차에 올라탄 뒤 말했다. "가자." 윌리엄이 시동을 걸었고, 우리는 출발했다. 그에게 하지 않은 유일한 말은, 로이스에게 윌리엄의 다른 아내도 그를 떠났다는 이야기를 한 것과 그것에 대한 로이스의 반응이었다.

그것 말고는 그에게 모든 이야기를 다 쏟아냈다.

*

윌리엄은 경청했고, 중간에 몇 번 끼어들어 더 분명하게 말해달라거나 다시 말해달라고 요구했다. 나는 그렇게 해주었다. 차를 타고 가면서 우리는 이런 식으로 대화를 반복했고, 윌리엄은 콧수염을 씹으면서 눈을 찡그리고 앞유리를 바라보았다. 이제 선글라스는 쓰고 있지 않았고, 아주 집중해서 듣는 것 같았다. 어느 시점에 그가 "로이스 부바가 진실을 말하고 있는 건지 잘 모르겠어"라고 말했다. 그래서 내가 물었다. "무엇에 대해?" 그러자 그가 말했다. "어머니가 여기 온 것에 대해. 왜 어머니는 자신의 인생에서 하필 그 시점에 거길 찾아갔을까?"

나는 캐서린이 입고 왔다는 원피스를 내가 기억하고 있다는 이야기를 하려다 말았고, 윌리엄은 계속 말했다. "그리고 캐서린의 오빠는 감옥에서 죽지 않았어. 온라인에서 사망증명서를 찾았는데, 감옥에서 죽었다는 말은 없어."

나는 주위를 둘러보며 말했다. "우리 지금 어디로 가는 거야?"

"나도 몰라." 윌리엄이 말했다. "트래스크 농장, 그리고 캐서린의 집을 찾아보자. 당신한테 주소가 있다고 했잖아."

"캐서린의 어린 시절 집주소가 있어." 내가 말했다. "트래스크 농장은 리니어스의 드루스레이크 로드에 있어. 번지수는 없고. 하지만 뉴리머릭 경계를 넘으면 바로야."

윌리엄이 차를 세우고 말했다. "어딘지 찾아보자." 그는 아이패드를 꺼냈고, 나는 전화기를 확인했다. 베카가 보낸 메시지가 두 개 와 있었다. 첫번째는 "엄마, 아빠랑 다시 합치는 거예요?"였고 두번째는 "엄마, 거기서 지금 무슨 일이 일어나고 있는지 말씀 좀 해주실래요???"였다. 나는 첫번째 메시지에는 "아니, 에인절, 그건 아니지만 우린 아주 잘 지내고 있어"라고 답했다. 그리고 두번째에는 이렇게 답했다. "말할 게 너무 많아!" 나는 베카가 자기 아버지와 내가 합칠 건지 물어봤다는 게 놀라웠다. 나는 전화기를 다시 핸드백에 넣었다.

"찾았어." 윌리엄이 말했다. 그는 아이패드로 검색해 메인주

리니어스를 찾아냈고, 드루스레이크 로드도 알아냈다. 그는 다시 시동을 걸고 달렸고, 얼마 후 그곳이 나타났다. 그의 어머니가 클라이드 트래스크와 함께 살았고 윌리엄의 아버지를 만난 집이었다. 거긴 집이었다. 그게 내가 첫번째로 할 수 있는 말이다. 하지만 이 지역에서—많은 지역에서—그 집은 거의 놀랄 만큼 멋지다고 할 수 있는 집이었다. 측면에는 긴 포치가 있었고, 삼층 높이의 건물이었는데, 밝은 흰색 페인트를 칠한 바탕에 검은 덧창이 눈에 띄었으며, 근처 헛간은 이런 곳에서 흔히 그렇듯 언덕을 파서 만든 것이었다. 우리는 차를 세우고 그 집을 쳐다보았다.

윌리엄이 말했다. "이건 내게 아무 의미가 없어, 루시." 그리고 나를 흘긋 보았다. "난 상관없어, 그게 내가 하고 싶은 말이야." 그래서 나는 이해한다고 말했다.

하지만 우리는 계속 쳐다보았고, 피아노가 놓여 있었을 게 분명한 방, 캐서린이 빌헬름의 연주를 들었으리라 생각되는 방의 창문을 찾아냈지만, 내 생각엔 우리 둘 다 약간—불쾌감이라 말하면 너무 심한 표현이겠지만—내 생각엔 우리 둘 다, 아무튼 거길 좋아하지 않았다.

그리고 우리는 계속 길을 달렸는데, 길에는 아무것도 없었다. 그저 나무 몇 그루에 햇살이 뿌려져 있었고, 그다음엔 작은 우체국이 보였는데, 아주 오래전에 지어진 것 같았다. "오, 루시, 저기 봐." 윌리엄이 말했고, 그가 왜 그곳에 마음이 끌렸는지 알 것 같았다. 그의 어머니가 빌헬름의 편지가 왔는지 확인하려고 매일 찾아간 바로 그 우체국이 분명했다.

그리고 우리는 천천히, 정말로 천천히 달렸고, 어느덧 철로 앞에 이르자 윌리엄이 말했다. "오 맙소사, 루시. 잠깐만." 우리 바로 앞에 아주 작은 기차역이 있었다. 창고로 쓰는 헛간이 철로를 따라 쭉 늘어서 있었다. 로이스의 말처럼 여기서는 아무것도 변하지 않았다. 그리고 우리는 기차역으로 들어갔고—다른 차는 한 대도 보이지 않았고, 사람도 누구 하나 얼씬하지 않았다—거기 앉아 캐서린이 눈 내리는 11월 저녁에 기차역을 향해 반쯤 뛰고 반쯤 걸었을 그 길을 바라보았다. 기차역은 작고 물막이 판자로 지은 것이었다. 기차역이라기보단 정거장이었다.

오, 나는 젊은 날의 캐서린이 바람 부는 11월의 어두운 거리를 반쯤 뛰고 반쯤 걷는 모습을 그려볼 수 있었는데, 부츠도 신지 않고 땅에는 그저 그녀의 신발과 눈뿐, 들키지 않으려고 진짜 코트도 걸치지 않은 채 짙은 색 옷을 입고, 스카프로 머리를 꼭대기까지 덮어 가리고서, 반쯤 뛰고 반쯤 걸어 기차역에 도착해 기다리는 모습을, 아주 겁먹은, 아주 많이 겁먹은—어쩌면 아버지 손에 오랫동안 학대를 당해서 늘 겁을 먹고 있었을지도 모른다—모습을 그려보면서, 나는 그녀의 생각을 짐작할 수 있을 것 같았다.

보스턴에 도착했을 때 빌헬름이 나와 있지 않으면 자살해버릴 거야.

*

"빌어먹을 로이스 부바." 윌리엄이 말했다.

나는 그를 획 돌아보았다. 우리는 간선도로를 타고 돌아가고 있었다.

"그녀가 아예 없었다면 좋았을걸." 그가 말했다. 윌리엄은 손으로 콧수염을 잡아 쓸어내리고 앞유리 너머 길을 응시했다. "자기를 당신 책에 등장시켜달라고 했다고? 그리고 자기를 좋게 그려주길 바랐다고? 맙소사, 루시. 게다가 살면서 후회되는 유일한 일이 내 어머니를 더 다정히 대하지 않은 거였다고? 그런데 내가 나타났는데 심지어 나를 만나지도 않겠다? 무슨 그런 개똥 같은 경우가 다 있어."

그리고 나는 그를 다시는 안아주지 않은 그 유치원 교사를 생각했다.

   대학교 1학년을 마친 뒤, 나는 입학처에서 일자리를 구했고, 내가 맡은 일은 학교에 입학할 가능성이 있는 학생들에게 캠퍼스 투어를 시켜주는 것이었다. 오, 내가 그 일을 얼마나 좋아했는지! 여름 동안 일자리가 생겼으니 집으로 돌아가지 않아도 된다는 게 너무 좋았을 뿐 아니라, 나는 학교를 사랑했고 사람들에게 내가 이 대학을 얼마나 사랑하는지 보여주는 것이 행복했다. 하지만 내가 이 이야기를 하는 건 한 가지 이유에서다. 입학처에서 일하는 남자가 한 명 있었는데, 처장은 아니었으나 그 당시 내 생각에 그는 높은 직급이었다. 아마 나보다 열 살이 많았을 텐데, 그가 나를 좋아하기 시작했다. 같이 몇 군데 돌아다닌 기억은 있지만 어디였는지는 기억나지 않는다. 그에겐 당연히 차가 있었고, 차가 있다는 사실은 내게 그가 아주 어른이라는 의미였다. 처음 그 차에 타고 문손잡이에 컵 홀더가 있는 것을 본 뒤, 컵 홀더? 하고 생각했던 게 기억난다. 그건 정말로 어른이란 표시 같았고, 정확히 내 스타일은 아니었다. 하지만 나는 그를 좋아했다. 아마 사랑했을 것이다. 나는 만나는 모든 사람과 사랑에 빠졌다. 그리고 어느 밤, 다른 학생 친구들(친구가 생겼다니!)과 내가 함께 사는 아파트에 나를 내려주면서 그는 나를 자기 차에 기대게 하고 키스했다. 그가 내 귓가에 "헤이, 타이거Tiger" 하고 속삭였던 게 기억나는데, 나는…… 그때 내가 무슨 생각을 했는지는 모르겠다. 하지만 그는 키스만 했던 그날 밤 이후 나와는 끝을 냈고, 몇 달 뒤 입학처에서 근무하던 비서와 결혼했다. 그녀는 예쁜 여자였고, 나는 늘 그녀가 좋았다.

내가 이 이야기를 하는 건, 우리는 의식하지 못한 채 우리 자신이 누구인지 얼마간 알고 있다는 걸 설명하기 위해서다.

입학처의 그 남자는 내가 자기와 함께할 수 있는 사람이 아니란 걸, 타이거라는 단어를 듣고 무언가 다른 단어로 그를 불러줄 수 있는 사람이 아니란 걸 알았던 것이다. 그리고 나는 정말로 그 컵 홀더를 받아들일 수 없었다. 그에게서 다시 연락이 오지 않았지만 슬프진 않았고, 무엇보다 애초에 그가 나를 좋아했던 게 늘 신기했다. 하지만 다시 말하면, 내 요점은 이것이다! 윌리엄이 나에 대해 알고 있는 어떤 점과 내가 윌리엄에 대해 알고 있는 어떤 점이 우리를 결혼하게 만들었을까? 하는 것.

*

헤인즈빌 로드에는 기이한 정적이 흘렀다. 우리는 그 길을 한참 달리는 동안 다른 차를 한 대도 보지 못했다. 내 눈에 그 길은

참혹해 보였다. 많은 나무가 베어져 길 양옆에 쓰러져 있었고, 늪에는 죽은 나무가 있었다. 어느 곳에는 나무에서 막 열매를 맺는 사과가 몇 알 보였는데, 윌리엄은 그게 한때 여기 농장이 있었다는 표시라고 말했다. 우리는 계속 달렸다. 모든 것이 약간 햇볕에 탄 듯 보였다.

커다란 산타클로스 얼굴 그림과 함께 전방 300피트 앞에 크리스마스트리, 라고 쓰인 표지판도 있었다. 하지만 300피트를 달려도 아무것도 보이지 않았고, 거의 같은 풍경이 이어졌다.

나는 이곳 헤인즈빌 숲에서 느낀 공포감을 떨칠 수가 없었다. 죽은 나무가 있는 늪이 많았는데, 거의 분홍색 빛이 배어나오는 듯한 죽은 나무는 크기가 작고 여러 종이었다. 덤불 같은 잡초도 있었는데, 클로버와 비슷해 보였지만, 내가 처음 보는 종류였다. 우리는 침례교회 앞을 지나갔고―근처에 다른 건 아무것도 없었다―윌리엄이 말했다. "캐서린과 클라이드 트래스크가 결혼한 장소가 여기였을 것 같아, 누가 알겠냐마는." 상관없다는 듯한 목소리였고, 나는 그가 자신의 진짜 어머니는 매사추세츠주 뉴턴에 살았던, 그가 평생 알았던 그 사람이고 이곳에서 살았던 여자는 누가 됐건 그의 관심사가 아니라고 생각한다는 느낌을 받았다. 그게 내가 받았던 느낌이다.

그리고 그 순간―갑자기―길가에 카우치 하나가 놓여 있는 게 보였다. 무늬 있는 천을 씌운 작은 카우치가 길가에 있었다. 그건 그냥 거기 있었고, 좌석 위에 램프 하나가 가로놓여 있었다. 하지만 그 카우치는 헤인즈빌 로드에서 또하나의 더 작은 길이 분기하는 지점에 있어서, 카우치를 보려고 속도를 늦추니 그 작은 길의 이름을 알리는 표지판이 보였다. 딕시 로드라고 되어 있었다. "윌리엄." 내가 말하자, 그는 차의 방향을 홱 틀어 그 작은 길로 들어섰다. 로이스가 내게 적어준 종이에 딕시 로드, 마지막 집이라고 되어 있어서, 우리는 그 길을 계속 달렸지만 집은 한 채도 보이지 않았다. 그러다 마침내 작은 집 하나를 지나가게 되었는데, 그 앞에 한 남자가 서서 우리가 지나가는 것을 지켜보았다. 그는 나이가 많았고, 턱수염을 길렀고 셔츠는 벗었으며 화가 많이 난 듯 보였다. 어린 시절 이후로 낯선 사람이 그런 분노의 눈빛으로 나를 쳐다보는 건 경험한 적이 없어서 아주 많이 겁이 났다. 보도가 끝나고 우리 오른편으로 작은 집이 두 채 더 지나 갔고, 주변에 한 사람도 보이지 않는 또다른 길을 달리다 마침내 그 길의 마지막 집을 발견했다. 오랫동안 버려져 있었던 듯했다. 하지만 내가 지금껏 본 집 중 가장 작은 집이었다. 나도 아주 작은 집에서 자랐지만, 이 집은 훨씬 더 작았다. 단층집이고, 방은 두 개인 것 같았다. 그리고 옆쪽에 아주 작은 차고가 있었다. 집의 지붕은 푹 꺼져 있었고—납작한 지붕이었는데, 가운데가 거의 내려앉아가는 듯 보였다—색깔은 적갈색이었다.

나는 믿을 수가 없었다.

윌리엄을 보니 얼굴이 텅 비어 보였다—너무 놀라서 그랬을 거라고 나는 생각한다.

그가 나를 쳐다보고 말했다. "여기가 어머니가 자란 곳이라고?"

내가 말했다. "로이스가 잘못 알았을지도 몰라."

하지만 윌리엄이 말했다. "아니, 내가 조사한 바로도 그래. 딕시 로드."

우리는 앉아서 그 장소를 바라보았다. 나무가 차고 위로 가지를 펼치고 있었고, 집의 창문 높이까지 덤불처럼 자란 관목이 보였다.

집이 너무—너무—작았다.

윌리엄이 시동을 껐고, 우리는 말없이 앉아 있었다. 창문을 통해 바라본 집안은 어두웠다. 아무것도 보이지 않았다. 그저 그 안에서 사람들이 움직이는 모습을 조금 상상할 수 있을 뿐이었다. 주변에는 풀이 아주 높게 자라 있었고, 어린나무들이 건물에 바짝 붙어 자라고 있었다. 두 그루는 심지어 집을 통과해 들어가서, 거의 내려앉은 지붕을 뚫고 밖으로 나와 있었다.

윌리엄을 흘끗 보니 그의 표정이 너무나도 어리둥절해 보여서 나는 마음이 아팠다. 그리고 이해했다. 나라도 캐서린이 그런 곳에서 자랐을 거라고는 평생 상상도 하지 못했을 테니까. 이윽고 윌리엄이 나를 보았다. "갈까?" 그가 물었고 나는 대답했다. "가자." 그러자 그가 시동을 걸었고, 우리는 계속 달렸다. 차를 돌리기엔 너무 좁고 막다른 길이어서 길 끝에서 여러 번의 시도 끝에 겨우 차의 방향을 제대로 돌렸고, 우리는 출발했다. 아까 그 남자는 여전히 자기 집 앞에 서서 우리가 지나가는 것을 분노의 눈빛으로 지켜보고 있었다.

카우치는 길가에서 사라지고 없었다.

"이건 공포영화야." 윌리엄이 말했다.

*

우리 비행기는 다섯시에 출발할 예정이었고, 우리는 침묵 속에서 뱅고어로 달렸다. 페인트칠이 벗어져가는 레스토랑을 지나쳤는데, 오래전에 문을 닫은 게 분명했고, 앞쪽에 붙은 팻말에는 반듯한 글씨체로 이런 문구가 적혀 있었다. 좋아하는 사람들이 자꾸 사라지는 일을 겪는 게 나 혼자뿐인가?

잠시 후 내가 "윌리엄" 하고 부르자 그가 "왜?" 하고 대답했다. 그래서 나는 "아무것도 아니야" 하고 말했다. 그리고 덧붙였다. "윌리엄, 당신은 엄마하고 결혼한 거야." 나는 조용히 이 말을 했다.

그가 내 쪽으로 고개를 돌렸다. "무슨 뜻이야?"

내가 말했다. "당신 어머니는 나와 같았어. 끔찍이 가난한 가정에서 자랐고, 아마 아버지도 끔찍했을 거야…… 그러니까 그녀는…… 나도 무슨 뜻으로 말한 건지 모르겠어. 하지만 당신은 같은 유의 여자와 결혼했어, 윌리엄. 세상에 고를 수 있는 다른 여자들이 얼마나 많은데, 당신은 당신 어머니 같은 여자를 고른 거야. 나는…… 심지어 나는 아이들도 버렸어."

그러자 윌리엄이 길가에 차를 세웠다. 그는 말없이 나를 쳐다보았다. 그가 나를 그렇게 오래 쳐다본 건 너무 오랜만이었기 때문에 나는 거의 시선을 피했다. 이윽고 그가 말했다. "루시, 내가 당신과 결혼한 건 당신이 기쁨이 가득한 사람이었기 때문이야. 당신은 그냥 기쁨으로 가득찬 사람이었어. 그리고 마침내 당신이 어떤 가정에서 자랐는지 알게 됐을 때, 우리가 결혼한다고 말하려고 당신 가족을 만나러 당신 집에 간 그날 말이야, 루시, 나는 당신이 어떤 집에서 자랐는지 알고 거의 까무러칠 뻔했어. 당신이 그런 집에서 자랐을 줄은 정말 몰랐어. 그리고 계속 생각했지. 그런데 어떻게 지금 이런 모습일 수 있지? 이런 가정에서 자랐는데 어떻게 그렇게 생기가 넘칠 수 있지?" 그는 아주 천천히 고개를 저었다. "그리고 나는 여전히 당신이 어떻게 그걸 해냈는지 모르겠어. 당신은 독특한 사람이야, 루시. 당신은 특별한 영혼이야. 그날 막사에 갔을 때 당신이 두 개의 우주인지 어딘지 사이를 오갔다고 했던 거, 나는 믿어, 루시. 당신은 특별한 영혼이니까. 세상에 당신 같은 사람은 결코 있었던 적이 없어." 잠시 뒤 그가 덧붙였다. "당신은 사람들의 마음을 훔쳐, 루시."

윌리엄은 다시 차를 몰고 도로로 나갔다.

나는 그의 말에 대해 생각해보았고, 그 옛날 내시 선생님의 차에 탔을 때도 이런 행복감이 단번에 나를 휘감았었다는 생각이 들었다. "오 필리." 나는 조용히 말했다.

하지만 윌리엄은 더이상 말하지 않았다.

*

그리고 윌리엄이 닫히기 시작했다. 나는 그 일이 일어나는 것을 보았다. 그의 얼굴은—이상하게도—거의 그대로 있는데 배경의 모든 것이 물러나는 듯했다. 그가 멀어져가는 것이 눈에 보였다는 말이다. 그리고 윌리엄의 얼굴이 그렇게 변한 건 우리가 차를 타고 달리던 도중이었다.

한번은 내가 대화를 시도하려고 "우리 이야기는 아주 미국적이야" 하고 말했다. 그러자 윌리엄은 "어째서"라고 말했고, 나는 "우리 아버지들은 서로 적으로 싸웠고, 당신 어머니는 가난한 집 안 출신이고, 나도 그렇고, 그런데 지금 우리를 봐. 둘 다 뉴욕에 살고, 둘 다 성공했잖아"라고 답했다.

그러자 윌리엄이 나를 보지 않고 말했다―그는 즉시 이 말을 했다―"음, 그걸 아메리칸드림이라고 부르지. 이루어지지 않은 모든 아메리칸드림을 생각해봐. 우리가 여기 온 첫날 아침에 봤던 쓰레기가 가득한 퇴역 군인의 차를 생각해봐."

나는 내 쪽 차창 밖을 내다보았다. 그 순간 나는 딕시 로드의 자기 집 앞에 서서 우리를 분노의 눈빛으로 쳐다보던 그 남자가 베트남전쟁에 참전한 퇴역 군인일 수 있을 만큼 나이가 들었고, 어쩌면 그것이 그의 사연일 수도 있겠다는 사실을 깨달았다. 내가 베트남전쟁에 대해 거의 알지 못했었다는 이야기는 이미 했다. 어릴 때 우리는 아주 고립되어 있었고, 나는 어렸기 때문에 참전한 사람을 직접 알지는 못했다. 하지만 대학에 가서 윌리엄을 만나자 이런 상황은 달라졌고, 이제 나는 이렇게 말했다. "당신은 베트남에 대해선 운이 좋았어, 윌리엄. 그런 좋은 숫자를 받다니 말이야.* 그렇지 않았다면 당신 삶이 얼마나 달라졌을까."

---

* 베트남전쟁 당시 미국에서는 추첨을 통해 징병이 이루어졌다.

"나도 평생 그 생각을 하고 살았어." 윌리엄이 말했다. 그러고는 더이상 말이 없었다.

그 순간 어쩌면 내가 집안으로 들어가 로이스 부바를 만남으로써 윌리엄에게서 어떤 기회를 빼앗았는지도 모른다는 생각이 들었다. 내가 조금 더 시간을 들여 깊이 생각해보고 그에게 같이 가자고 했다면, 로이스는 아마 내게 그랬던 것만큼 그에게도 친절히 대했을지도 몰랐다. 윌리엄이 닫힌 표정으로 운전하는 것을 보면서 나는 그 생각에 괴로웠다. 그리고 그가 가장 먼저 한 말이 "나를 만나보고 싶대?"였던 게 떠올랐다.

나는 그에게 아니라고 대답할 수밖에 없었다. 그리고 그때 그의 얼굴, 평소 이따금 얼굴에 떠오르곤 하던 약간 당혹스러워하는 표정. 나는 생각했다. 여기―그의 마음에―자신을 거부한 여자가 한 명 더 생긴 것이다. 그리고 나는 그를 아주 특별한 아이로 느끼게 만든 뒤 다시는 안아주지 않은 그 유치원 교사를 다시 떠올렸다. 그리고 윌리엄이 유치원에 다니게 된 건 그의 어머니가 아버지에게 자신의 다른 아이에 대해 털어놓았고 그래서 그들의 결혼생활에 문제가 생겼기 때문인지도 모른다는, 당시에 캐서린은 정말로 그를 제대로 보살필 수 없었을지도 모른다는 생각을 했다. 그럴듯한 생각이었다.

그래서 내가 말했다. "윌리엄, 내가 차에서 뛰쳐나가 로이스를 혼자 보고 와서 미안해. 당신도 같이 가자고 했어야 하는데, 나만 그냥 뛰쳐나가서……"

윌리엄이 나를 흘끗 돌아보며 말했다. "오 루시, 누가 신경쓴다고. 정말로. 내가 그녀를 만나지 않았다고 누가 신경이나 쓰겠어. 나는 겁에 질려 있었고, 당신은 나를 도와주려고 한 건데." 잠시 후 그가 덧붙였다. "나라면 그런 걱정은 안 하겠어. 제길."

하지만 그의 얼굴은 그대로였다.

*

우리는 공항 주차장에 차를 댔다. 주차장은 아주 넓고 텅 비어 있었다. 그렇게 빈자리가 많은데도 어디 댈지 고민하느라 몇 바퀴를 돌았고, 그러고 나서야 가방을 꺼내 공항으로 들어갔다. 그곳은 우리가 도착한 그날 밤보다—내 마음에—더욱 낯설게 느껴졌다. 공항은 작았다. 하지만 낯설었다. 그것이 내가 안으로 들어가면서 생각한 것이다. 실내에는 뭔가를 먹을 만한 곳이 한 군데도 없었다. 한낮이었다.

공항을 통과하는데—아직 보안 검색대를 통과하지는 않았을 때였다—윌리엄이 말했다. "저기, 루시. 잠시 걸어야 할 것 같아." 그래서 나는 그를 보고 말했다. "알겠어, 내가 같이 걸을까?" 그러자 그가 고개를 가로저었다. "가방은 나한테 주고 가." 내가 말했다.

하지만 나는 배가 고팠고 공항에는 먹을 데가 없어서, 공항 호텔로 통하는 작은 다리로—가방 두 개를 가지고—되돌아가서 이중문을 통과했고, 그러자마자 레스토랑 문이 닫혀 있는 것이 눈에 띄었다. 다섯시에 문을 연다고 안내되어 있었다. 나는 크게 한숨을 쉬고 처음 있던 자리로 가려고 돌아서면서 속으로 생각했다. 이 주 사람들은 대체 밥을 언제 먹는 거야? 그런 생각을 하는 찰나 내가 본 중에 가장 뚱뚱한 남자가 나타났다. 그는 내가 방금 들어온 이중문을 통해 들어오려고 문 하나를 밀었지만, 그가 들어오기엔 공간이 충분하지 않았다. 남자는 나이들어 보이지는 않았고, 알 수는 없지만 아마 서른쯤 된 것 같았다. 하지만 그의 바지 옆쪽은 거의 선박 같은 모양으로 불룩 튀어나왔고, 얼굴은 제 안에 파묻혀 있는 듯 보였다. 내가 가방 하나를 놓고 남자가 들어올 수 있게 반대쪽 문을 당겨 열어주자 그가 미소를 지었는데, 내게는 수줍어하는 것처럼 보였다. 그래서 나는 말했다. "자, 들어와요." 그러자 남자는 "고마워요" 하고 수줍은 미소를 지으며 말한 뒤 들어와 로비에 있는 프런트 데스크로 갔다.

나는 다시 공항으로 돌아가야겠다고 생각했다―그리고 그 남자가 어떤 기분인지 알겠다고 생각했다. (물론 나는 모른다.) 이상한 일이지만, 나는 한편으로는 스스로를 투명인간이라 생각하면서도 다른 한편으론 사회에서 이질적인 존재로 여겨지는 게 어떤 기분인지 알기 때문이다. 다만 내 경우에는 사람들이 겉모습을 보고는 아무도 그걸 눈치채지 못한다는 것만 달랐다. 하지만 나는 그 뚱뚱한 남자에 대해 그런 생각을 했다. 그리고 나에 대해.

공항 창가에서 나는 아주 넓은 주차장을 돌고 있는 윌리엄을 보았다. 그는 내 시야에서 거의 벗어날 만큼 한쪽 끝까지 걸어갔다가, 다시 돌아서서 반대쪽으로 걸었다. 나는 계속 지켜보았고 그는 어느 순간 걸음을 멈추고 서서 고개를 자꾸 내저었다. 그러고는 다시 걷기 시작했다.

오 윌리엄, 나는 생각했다.

오 윌리엄!

*

공항 의자에 앉아 나는 윌리엄의 얼굴을 다시 유심히 보았다.

내가 너무 잘 아는 표정이 떠올라 있었다―완전히 사라진 표정. 그가 내게 말했다. "무슨 일이 있었는지 당신이 딸들에게 말해 줘. 나는 하고 싶지 않아." 그래서 나는 그러겠다고 했다. 우리는 비행기에 탔다. 작은 비행기여서 좌석 위에 짐을 올려놓을 선반이 없었고, 승무원―유쾌한 젊은 남자였다―이 다가와 우리 짐을 받아 가며 나중에 비행기 옆에서 찾아가면 된다고 말했다. 우리가 비행기에서 내리면 그들이 탑승교에서 들고 있겠다는 뜻이었다.

윌리엄은 나보다 다리가 길어서 통로석에 앉았고, 우리는 여러 가지 것들에 대해 이야기를 나누다가―그는 로이스 부부가 자신을 만나고 싶어하지 않았다는 사실에 대해 감정을 싣지 않은 목소리로 한번 더 말했다―조용히 앉아서 갔다. 비행시간은 길지 않았다. 뉴욕으로 들어올 때마다 나는 거의 늘 같은 감정을 느꼈고, 그날도 창밖으로 뉴욕의 풍경을 바라보면서 그렇게 느꼈다. 그 감정은 사방으로 뻗어 있는 이 장소가 나를 받아주었다는―나를 거기 살게 해주었다는―사실에 대한 경외심과 고마움이었다. 하늘에서 뉴욕을 내려다볼 때면 거의 매번 그런 감정을 느꼈다. 나는 엄청난 감사의 마음이 물밀듯 밀려오는 것을 느끼고 그 말을 하려고 윌리엄을 돌아보는데, 그의 한쪽 뺨을 타고 눈물 한 방울이 흘러내리는 게 보였다. 그가 마침내 나를 완전히 쳐다보았을 때 또 한 방울이 반대쪽 눈에서 흘러내렸다. 나는 생각했다. 오 윌리엄!

하지만 그는 고개를 가로저어 위로를 원하지 않는다는 의사를 전했고―누가 위로를 원하지 않겠는가, 하지만 그는 내 위로를 받고 싶지 않았던 것이다―탑승교에서 가방을 기다리는 동안에도 말이 없었는데, 더이상 눈물은 흘리지 않았다. 윌리엄은 우리가 뱅고어의 공항으로 차를 몰고 가는 길부터 점점 사라지다가, 그 순간엔 완전히 사라졌다.

우리는 가방을 끌고 택시 승차장으로 갔고, 윌리엄은 나보다 먼저 택시를 타며 말했다. "고마워, 루시. 곧 연락할게."

하지만 그는 그러지 않았다. 내게 곧 연락하지 않았다.

*

다리를 건너면서 나는―그날 저녁 택시 뒷좌석에서―문득 우리가 신혼 시절 빌리지의 아파트에 살 때 내가 끔찍한 기분을 느꼈던 순간들을 떠올렸다. 내 부모님에 관한, 그리고 내가 그들을 버리고 떠났다는 것―그건 사실이었다―에 대한 감정이었고, 나는 종종 우리의 작은 침실에 앉아 가슴속에 끔찍한 고통을 느끼며 울었다. 그러면 윌리엄이 다가와 말했다. "루시, 말해봐.

무슨 일이야?" 그러면 나는 그가 갈 때까지 고개를 저었다.

내가 얼마나 끔찍한 행동을 했던가.

지금까지 미처 생각지 못했었다. 남편에게 나를 위로할 기회조차 주지 않았다는 사실을—오, 그건 말할 수 없이 끔찍한 일이었다.

그리고 나는 그런 줄도 모르고 있었다.

그것이 삶이 흘러가는 방식이다. 우리는 많은 것을 너무 늦을 때까지 모른다는 것.

*

우리가 돌아온 그날 저녁 내 아파트 안으로 발을 들여놓는데 너무도 텅 빈 느낌이었다! 데이비드가 절뚝거리며 집으로 들어오는 일은 두 번 다시 없을 테니 늘 이렇게 텅 빈 느낌일 것이라는 사실을 떠올리자 믿을 수 없을 정도로 쓸쓸해졌다. 나는 가방을 밀고 침실로 들어갔다가, 거실로 나와서 카우치에 앉아 강을 바라보았다. 집의 텅 빈 느낌이 무섭게 다가왔다.

엄마! 나는 지난 세월 동안 스스로 만들어낸 어머니에게 말하며 울었다. 엄마, 나 아파요, 나 아파요.

그러자 지난 세월 동안 내가 만들어낸 어머니가 말했다. 네가 아프다는 거 알아, 우리 딸, 엄마도 알고 있어.

나는 다음에 대해 생각했다.

아주 오래전에 교도소생활을 하는 여자들과 그들의 아이들에 대한 다큐멘터리를 보았는데, 예쁘장한 얼굴을 한 체격 좋은 여자가 무릎에 어린 아들을 앉히고 앉아 있었다―아이는 네 살쯤으로 보였다. 다큐멘터리의 내용은 아이들이 엄마와 함께 있는게 얼마나 중요한지에 대한 것이었고, 이 교도소는 아이들이 찾아오면 엄마를 만나게 해주었는데, 그 방식은―당시에는―새로운 것이었다. 그리고 이 작은 소년은 여인의 널찍한 무릎 위에 앉아 엄마를 올려다보며 작은 목소리로 말했다. "나는 하느님보다 엄마가 더 좋아요."

나는 늘 그것을 기억하고 있었다.

*

그 주 토요일에 블루밍데일 백화점에서 딸들을 만났다. 아이들과 거기 있는 다른 사람들을 보니, 기분이 아주 좋아졌다. 보통 늦은 8월에는 뉴욕의 모든 부자들이 더햄프턴스*로 떠날 거라고 생각하겠지만, 백화점에는 전형적인 부유층 사람들도 꽤 많았다. 늙고 막대기처럼 말랐는데 얼굴 주름은 펴고 입술은 도톰하게 부풀린 사람들 말이다. 나는 그들을 보는 게 좋았다. 그들에게 사랑을 느꼈다, 이게 내가 하려는 말이다.

나는 크리시를 유심히 보았지만, 내가 보기엔 임신한 것 같지 않았다. 크리시가 나를 보고 가볍게 웃은 뒤 내게 키스하고 말했다. "전문의가 그러는데, 석 달 동안은 아무것도 하지 말고 걱정도 하지 말랬어요. 아직 석 달이 되지 않아서 하라는 대로 하고 있어요. 그러니 엄마도 걱정하지 마요."

"알았어." 내가 말했다. "걱정 안 해."

우리는 테이블에 앉았고, 아이들이 말했다. "이제 전부 다 얘기해주세요!"

그래서 나는 딸들에게 여행중에 있었던 모든 일을 말했고, 딸들은 열심히 들었다. 내가 그랬듯, 딸들도 캐서린에 대해 알게 된 사실이 놀라운 모양이었다. 이야기를 마치고 내가 말했다. "아빠하고 이야기해봤니?"

둘 다 고개를 끄덕였고, 크리시가 말했다. "하지만 아빠는 바보같이 굴던데요."

---

* 롱아일랜드 동쪽에 위치한 지역으로 고급 여름 휴양지로 유명하다.

내가 말했다. "어떤 면에서?"

"대화를 하려고 하지 않았어요. 아빠가 그럴 때 어떤지 알잖아요." 크리시가 고개를 뒤로 젖혔다.

"음, 아빠는 정말로 마음에 상처를 입은 것 같아." 내가 딸들을 번갈아 쳐다보며 말했다. "생각해봐, 이중으로 얻어맞은 거잖아. 에스텔이 떠났고, 그다음엔 이부누이가 자신을 만나고 싶어 하지 않았고. 실은 삼중으로 얻어맞았지. 거기다 어머니가 자란 집을 봤으니까. 얘들아, 그 집은 너무나―너무나―형편없었어. 그런데 너희 아빠는 자기 어머니가 그런 집에서 자란 걸 전혀 몰랐던 거야. 까맣게 몰랐어."

내가 캐서린이 어린 시절을 보낸 그 집을 묘사하자 두 딸 모두―윌리엄과 내가 그랬듯―깜짝 놀라는 것 같았다. "그냥 너무 이상해요, 그러니까 할머니는 골프를 치셨잖아요." 크리시가 말했다. 그리고 나는 그게 무슨 의미인지 알았다.

잠시 후 크리시가 프로즌 요거트를 한 입 먹으면서 말했다. "저기, 우리도 이복동생이 있어요, 엄마. 저는 그애에 대해 정말로 책임을 느껴요. 안 느꼈으면 좋겠지만, 느껴요."

"브리짓은 어떻게 지내?" 내가 물었다.

베카가 말했다. "괴로워해요. 그래서 슬퍼요."

"만나봤니?"

그러자 딸들이 며칠 전에 같이 만나서 놀았다고 했다. 나는 그 말을 듣고 깜짝 놀랐고, 가슴이 뭉클했다. 브리짓을 호텔로 데려가 차를 마셨다고 했다. "그애는 우리한테 다정했어요." 크리시가 말했다. "우리도 그애를 다정하게 대했지만, 브리짓은 슬퍼했어요. 그래서 그게 힘들었어요."

베카가 말했다. "어쩌면 그애를 데리고 차를 마시러 간 건 바보 같은 짓이었는지도요. 하지만 그거 말고 뭘 해야 할지 모르겠더라고요. 영화 보러 가기도 마땅치 않았고. 차라리 쇼핑하러 갈 걸 그랬나봐요."

"오 저런." 내가 말했다. 잠시 뒤에 내가 크리시에게 말했다. "네가 왜 그애에게 책임감을 느끼니?"

그러자 크리시가 말했다. "모르겠어요. 왜냐하면, 그러니까, 그애는 내 동생이니까요."

"음, 너희 둘이 그렇게 했다니 아주 잘했어." 내가 마침내 그렇게 말하자, 딸들은 그저 가볍게 어깨만 으쓱했다.

베카가 말했다. "엄마하고 아빠하고 다시 합칠 거냐고 물어봐서 죄송해요."

"오, 죄송할 것 없어." 내가 말했다. "왜 물었는지 이해할 수 있어."

그러자 크리시가 말했다. "그래요?"

"당연하지." 내가 말했다. 그리고 덧붙였다. "하지만 우리는 합치지 않을 거야, 그게 다야."

"현명해요." 크리시가 말했다. 그리고 이어 말했다. "할머니가 엄마가 묘사한 그런 캐서린이었다고 생각하니 기분이 묘해요. 난 할머니가 세상에서 가장 평범한 사람이라고 생각했거든요. 나는 할머니를 사랑했어요." 그러자 베카가 말했다. "나도 그랬어."

그러자 아이들은 할머니에 대한 기억을 이야기했다. 할머니의 집과 귤색 카우치를, 그리고 할머니가 안아주었던 일을 떠올렸다. "내 몸이 부서질 만큼 꼭 안아주셨는데." 베카가 말했다. "할머니를 아주 많이 사랑했어요." 그리고 나 또한 그들의 할머니가 손주들이 전혀 몰랐던 삶, 나도 윌리엄도 전혀 몰랐던 삶을 살았다고 생각하면 기분이 묘해진다는 데 동의할 수밖에 없었다.

딸들이 로이스 부바에 대해 다시 물었다. "그런데 엄마는 그분이 괜찮은 사람 같았어요?" 베카가 물었고, 내가 대답했다. "응. 그런 것 같아. 너희는 그걸 알아야 해. 그분은 평생 너희 아빠가 자기 존재를 아는 줄 아셨어. 그러니 정말로 그 모든 걸 감안하면, 그분은 완벽히 괜찮은 사람이었어."

"플레전트 스트리트에 사신다고요." 크리시가 말했다. 내가 그렇다고, 그녀는 플레전트 스트리트에서 산다고 했다.

베카가 말했다. "요즘은 어디서나 이런 일이 일어나고 있어요. 그런 웹사이트 때문에." 그리고 베카는 지인 중 하나가 자신이 절반은 노르웨이인이라는 것을 알게 되었고, 자기 아버지는 자신을 키워준 사람이 아닌 다른 사람이라는 게 밝혀졌다는 이야기를 해주었다. 그의 진짜 아버지는 노르웨이 사람이었던 것이다. "말 그대로 집배원이었고요." 그녀가 말했다.

"설마." 크리시가 말했다.

하지만 베카는 고개를 끄덕였고, 그 남자의 아버지가 말 그대로 집배원이었다는 말을 반복했다. 노르웨이 혈통의.

나는 우리가 기차역에 들렀을 때, 캐서린이 마을에서 도망치는 모습을 상상하던 윌리엄이 "빌어먹을 로이스 부바"라고 말했다는 이야기를 했다. "깜짝 놀랐어." 나는 말했다.

크리시가 냅킨으로 입을 닦으면서 "아빠가 그 말을 해서 놀랐다고요?" 하고 물었다.

"그땐 그랬어. 조금." 내가 대답했다.

크리시가 말했다. "그분은 아빠의 이부누이인데 아빠를 만나고 싶어하지도 않았잖아요." 그리고 덧붙였다. "하지만 아빠는 좀 사춘기 소년 같아요. 그러니까 저는 왜 그분이 아빠를 만나고 싶어하지 않았는지 어느 정도 알 것 같아요."

"음, 그분은 아빠가 그럴 수도—사춘기 소년 같을 수도—있다는 사실을 모르셨어." 내가 말했다.

"오, 그렇겠죠. 그렇겠죠……" 크리시가 빠르게 고개를 끄덕였다. "그게 제가 정말로 하려던 말은 아니에요."

베카가 말했다. "하지만 그분은 아빠의 이부누이니까, 그게 아빠를 만나고 싶어하는 큰 이유가 될 수도 있는 거잖아요."

크리시가 잠시 허공을 응시했고, 이어 베카에게 말했다. "우리가 일흔 살이 됐을 때 브리짓이 찾아오면 어떤 느낌일지 생각해봐—음, 우리는 그애를 한 번도 만난 적이 없는데 난데없이 나타나서 아빠가 아버지로서 얼마나 훌륭했는지 말한다면?"

"무슨 말인지 모르겠어." 베카가 말했다.

하지만 나는 이해할 것 같았다. 아이들이 느끼는 감정에는 질투심 같은 게 있었다.

나는 윌리엄에게 문자를 보내 이렇게 말하고 싶었다. 아이들에게 바보같이 구는 거 그만해.

하지만 보내지는 않았다.

딸들에게 작별인사를 하는 순간, 나는, 슬픔을 느꼈다. 우리는 평소처럼 포옹했고, 서로에게 사랑한다고 말해주었다.

그날 집으로 걸어 돌아가면서 나는 딸들이 브리짓을 호텔로 데려가 같이 차를 마신 것에 대해 생각했다. 브리짓이 누구인지, 그애들 모두가 누구인지를 생각하면 특별히 놀랍지는 않았다. 하지만 나는 내가 자란 그 작은 집을 생각했다—오, 내가 무슨 생각을 했는지 잘 설명하지 못하겠다! 하지만 내가 낳은 아이들이, 그들의 성장 환경이 벌써—한 세대 만에—나하고는 너무나, 너무나 다르다고 생각하니 기분이 아주 이상했다. 그리고 캐서린의 성장 환경과도. 그 순간 그 생각이 왜 그렇게 강하게 들었는지 모르겠지만, 그랬다.

그리고 어떤 이유에선지 캐서린이 살아 있다면 지금 몇 살일지 문득 생각해보았다. 그렇게나 늙은 그녀를 떠올리니 마음속에서 입이 벌어졌다. 그리고 아주 슬퍼졌는데, 우리 아이들의 아주 늙은 모습을 상상할 때 느껴지는 슬픔과 비슷했다. 생기와 활력이 넘치던 얼굴이 종잇장처럼 파리하게 변하고 팔다리는 뻣뻣해져 그들의 시간이 끝난다는 생각, 그리고 우리는 그 곁에 없어서 아이들을 도울 수 없다는 생각—(상상하기 어렵지만, 그 일은 일어날 것이다.)

*

    나는 왜 캐서린이 죽자마자 내 이름을 되찾고 싶었는지 줄곧 궁금했다. 내 기억 속에는 그녀에 대한 거부감이, 그녀가 우리 결혼생활에 늘 너무 많이 개입했다는 느낌이 있었다. 하지만 그건 오래전 일이고, 나는 정말로는 알지 못한다. 하지만 그 생각을 하면 그녀가 죽은 뒤 윌리엄이 꾸었다는 꿈이 떠올랐다. 그 꿈에서 그는 캐서린이 운전하는 차 앞좌석에, 나는 뒷좌석에 타고 있었고, 그녀는 앞에서 달려가는 차들을 계속 쾅쾅 들이받았다고 했다.

    오 캐서린, 나는 생각했다―

    내가 그녀를 돌보던 시절에 나는 그것을 좋아했다. 그녀를 돌보는 게 좋았다는 말이다. 우리 사이에 편안한 친밀감이 있다고 느꼈다. 정말 그랬다고 생각한다.

    하지만 캐서린이 죽은 뒤 그녀의 가장 친한 친구―병에 걸려 누워 있던 두 달 동안 한 번도 나타나지 않았던―가 내게 말했다. "캐서린은 정말로 당신을 좋아했어요, 루시." 그리고 말했다. "그러니까 캐서린은 알고…… 음, 당신도 알겠지만, 그녀는 잘 알고…… 음." 그러더니 허공에서 한 손을 휙 움직였다. "캐서린은 당신을 정말로 좋아했어요." 나는 그게 무슨 뜻인지 설명해달라고 요구하지 않았는데, 그러는 건 내 본성이 아니기 때문이다. 나는 그저 이렇게 말했다. "저도 그분을 좋아했어요. 사랑했어요." 하지만 나는 그때—그리고 지금도—캐서린에 대한 배신감에 가슴이 찔리는 것 같은 작은 아픔을 느꼈다. 그녀는 친구에게 나에 대해 뭔가 (거의?) 안 좋은 말을 한 것이고, 나는 그 사실에 놀라고 약간 마음의 상처를 입었다.

하지만 이런 이상한 일도 있었다. 그녀가 죽은 뒤 나는, 이제 적어도 내 옷은 내가 살 수 있겠네, 라고 생각했고, 곧바로 잠옷을 사러 갔다.

*

집으로 돌아오고 두 주 뒤에 윌리엄에게 전화를 걸었다. 전화해서 어떻게 지내느냐고 물어보니 그는 "오, 루시, 그냥 잘 지내고 있어"라고 대답했다. 대화를 꺼리는 게 분명해 보였다—혹시 팸 칼슨 같은 새로운 여자를 만나러 밖에 나간 건가? 아니면 진짜 팸 칼슨을 만나는 건가? 진짜 칼슨 쪽이 더 그럴듯했다.

하지만 나는 그냥 기분이 나빴다. 데이비드가 죽었을 때와 같은 기분이었고, 그 기분은 결코 내게서 사라진 적이 없었다. 하지만 윌리엄과 함께 메인주에 가 있는 동안에는 잠시나마 기분 전환을 할 수 있었고, 나는 그제야 그 사실을 깨달았다. 아끼고 사랑하는 남편을 잃은 고통으로부터의 일시적인 기분전환.

다만 남편은 죽었고, 윌리엄은 그렇지 않았다.

그리고 진실은 이것이다. 나는 매일 밤 식료품을 사러 가게에 갔다 오는 길에, 혹은 친구를 만나고 돌아오는 길에 집으로 가려고 모퉁이를 돌 때마다, 윌리엄이 내가 사는 건물 로비의 의자에 앉아 있다가 천천히 일어서며 "안녕, 루시" 하고 말하는 모습을 상상했다. 나는 그 장면을 상상하고 또 상상하면서 그가 다시 나를 찾아올 거라고 생각했다.

하지만 그는 나타나지 않았다.

*

이제 9월이었고, 그 일이 있고 그리 오래지 않아 나는 에스텔과 마주쳤다. 빌리지의 블리커 스트리트에 가게—음, 주로 패셔너블한 사람들이 찾는 곳인 듯하다—가 하나 있는데, 거긴 그런 유의 가게가 워낙 많지만, 크리시가 좋아하는 가게가 하나 있다는 걸 나는 알았다. 그애의 생일이 다가오고 있어서 나는 빌리지에 들러 그 가게에 들어갔다. 한 여자가 나를 흘끗 보고 고개를 돌렸다가 다시 돌아봤는데, 에스텔이었다. 내가 자기를 보지 못했기를 바랐다는 걸 알 수 있었다.

"안녕하세요, 루시." 그녀가 말했고, 나도 "안녕하세요, 에스텔" 하고 말했다. 그녀가 내 볼에 키스하려는 것 같지 않아서, 나도 그녀에게 다가가지 않았다. 그리고 내가 말했다. "어떻게 지내요, 에스텔?" 그러자 그녀는 잘 지낸다고 말했다. 나는 에스텔이 더 늙어 보인다고 생각했다. 머리가 예전보다 길었는데, 그래서인지 내가 종종 감탄했던 야성적인 헤어스타일은 약간 정신나간 분위기로 바뀌었다. 그 머리는 그녀에게 어울리지 않는 것 같았다. 그게 하려는 말이다.

그 순간 그녀가 내게 말했다. "윌리엄은 어떻게 지내요?" 그래서 나는 말했다. "오, 알다시피, 잘 지내요." 그리고 그녀에게 작은 미소를 지어 보였다. 나는 그녀와 있는 게 좋지 않았다.

"그렇군요. 그럼……" 그녀는 할말을 잃은 것 같았고, 나는 난처해하는 그녀를 도와주지 않고 내버려두었다. 그러자 그녀가 말했다. "크리시와 베카는 잘 지내나요?" 나는 이제 그녀가 당연히 브리짓이 말해주는 내용 말고는 그애들에 대해 모르리란 걸 깨달았다. 에스텔은 주저하며 말했다. "크리시가 유산한 것까지는 아는데 그 직후에 제가……"

그래서 나는 에스텔에게 크리시가 다시 임신하려고 그쪽 분야의 전문의를 만나고 있다고 말해주었고, 에스텔은 "오!" 하고 말하더니 내 팔을 가볍게 잡았다. 그러나 나는 난처해하는 그녀를 여전히 도와주지 않고 그냥 두었다. 다만 브리짓에 대해서는 물어봐야 할 것 같았고, 물어보니 에스텔은 "그앤 잘 지내요. 아시겠지만" 하고 대답했다.

나는, 그애가 아주 슬퍼한다고 들었어요, 라고 말하고 싶었다. 하지만 그냥 가만히 서 있었고, 마침내 에스텔이 말했다. "그래요, 루시, 이제 가봐야겠어요."

그러고 나서, 떠나려고 돌아서는 그녀의 얼굴을 흘끗 보았는데, 아주 많이 힘들어하는 기색이 역력해서 그 모습에 내 응어리진 가슴이 풀어지며 나는 이렇게 말했다. "저기." 그러자 그녀가 뒤돌아보았고, 나는 "에스텔, 당신은 당신이 해야 하는 일을 하고 남은 우리 걱정은 하지 마요"라고 말했다. 아니면 그 비슷하게 말했을 텐데, 그녀를 다정히 대하지 않은 게 마음에 걸려 다정하게 대하려고 애를 쓴 거였다.

에스텔은 그걸 눈치챘던 것 같은데, 갑자기 너무 진지하게 "저기, 루시, 남편을 떠나는 여자는 다들 남편에게 미안함을 느낀대요. 당연히 그렇겠죠! 하지만 내가 하고 싶은 말은……" 하고 말했기 때문이다. 그리고 그녀의 예쁜 눈이 가게 안을 둘러보았고, 이어 다시 나를 보았다. "그건 내게도 쉬운 일이 아니었다는 말이에요. 그게 요점이 아닌 걸 알지만, 내 감정을 앞세우려는 것도 아니지만, 그 일은 저한테도 상실이었다는 말을 하고 싶은 거예요. 그리고 브리짓에게도."

그 순간 나는 그녀를 거의 사랑했다. 나는 말했다. "당신이 하려는 말이 뭔지 정확히 알겠어요." 나는 에스텔이 내 얼굴을 보고 그게 진심이라는 걸 알아봤다고 생각한다. 왜냐하면 그녀가 나를 두 팔로 감싸안았고 우리가 서로의 뺨에 키스했으며, 그녀가 이내 울먹거리며 이렇게 말했기 때문이다. "고마워요, 루시."

그리고 그녀는 포옹을 풀고, 나를 보며 말했다. "오, 루시, 당신을 만나서 정말 좋았어요."

두 주 뒤 첼시 부근에서 그녀를 보았는데, 나는 그곳에 가는 일이 거의 없지만 거기 아파트를 빌린 친구가 있어 만나러 간 길이었다. 에스텔은 어떤 남자와 같이 걷고 있었는데, 파티에서 본 그 남자는 아니었고, 그와 팔짱을 낀 채―남자는 윌리엄만큼이나 나이들어 보였다―신나게 이야기를 하고 있었다. 나는 다른 곳으로 쉽게 시선을 돌릴 수 있었다. 나는 길 건너에 있었다.

그러니까 그런 일도 있었다.

*

　나는 로이스 부바에 대해 생각했다. 그녀가 건강해 보였다는 생각을 했다. 앞서 말했듯, 그녀가 편안한 방식으로 자기 세계 안에 있는 것 같았다는 뜻이다. 그녀의 집에는 가족사진이 많았고, 그곳은 원래 그녀의 어머니 집이었다. 나는 그녀가 어머니가 자란 집에서 살고 할머니의 장미 관목을 돌본다는 사실에 속으로 조용히 놀랐다. 하지만 그게 왜 나를 놀라게 하는 걸까? 그건 그녀가 가지고 있는 집에 대한 느낌 때문이 아닐까 싶은데, 그 집에 대한 느낌은 내가 한 번도 느껴보지 못한 것이었다. 어머니는 그녀를 사랑했다고, 로이스는 계속 말했다. 물론 그 어머니란 매릴린 스미스, 그녀의 아버지와 결혼한 그 여인을 말한 것이다. 하지만 로이스 부바가 생의 첫해를 방치된 채 보낸 것 같지는 않았다. 캐서린은 분명 그녀를 사랑했을 것이다. 그녀를 안고 보듬어주었을 것이고, 처음 열이 났을 때 걱정했을 것이고, 그녀가 아기 침대에서 처음으로 몸을 일으켜 일어선 것을 보고 속으로 조용히 전율했을 것이다. 분명 그랬을 것이다, 나는 그 생각이 계속 들었다.

　하지만 우리는 결코 알 수 없다.

　하지만 내 어머니가 그렇지 않았다는 것은 안다. 그리고 나는 내가 지불한 대가를 알고, 그게 오빠와 언니가 지불한 대가에는 거의 미치지 못한다는 것도 안다.

대학교 1학년 때 어느 영문학 교수의 강의를 들었는데―수강생 수가 적었다―그는 자기 집에서 자주 수업을 했다. 그리고 집에는 그의 아내가 있었다. 나중에 나는 이 교수와 그의 아내와 친해졌는데, 어느 날―그때 나는 4학년이었다―교수의 아내가 내게 말했다. "당신을 우리집에서 처음 만난 순간이 기억나요. 저 친구는 자신의 가치에 대해 전혀 모르고 있는 것 같아, 그렇게 생각했었죠."

내 오빠의 이야기는 기록으로 남기기엔 너무 가슴 아프다. 오빠는 친절한 사람이고 우리가 살았던 작은 집에서 평생을 살고 있다. 내가 알기로 그는 여자친구든 남자친구든 한 번도 사귄 적이 없다.

언니의 삶 또한 가슴 아프다. 언니는 더 거침없고, 내 생각엔 그런 성향이 언니에게 도움이 되었던 것 같다. 하지만 언니는 자식을 다섯 낳았고, 막내가 내 길을 따랐다. 전액 장학금을 따낸 것이다. 하지만 일 년 뒤 그애―내 조카―는 집으로 돌아왔고,

지금은 언니가 일하는 요양원에서 같이 일한다.

오빠와 언니에 대해, 여전히 뿌옇긴 해도, 이제 점점 더 분명하게 보인다. 이런 삶은 태어난 순간부터 전적으로 사랑이 가득한 곳에서 자란 사람들의 삶이 아니다.

나는 내가 조금이라도 사랑할 수 있다는 사실이 놀랍다―내 사랑스러운 정신과의사가 놀란 것처럼. 그녀는 말했다. "당신과 같은 상황이라면, 루시, 많은 사람이 시도조차 하지 않아요." 그렇다면 내 안에 있는, 윌리엄이 기쁨이라고 부른 그것은 무엇이었는가?

그것은 기쁨이었다.
이유야 누가 알겠는가?

*

대학에 다닐 때 일 년 동안 캠퍼스 밖에서 살았는데―다만 거의 윌리엄의 아파트에서 지냈다―학교로 걸어가는 길에 어떤 집 앞을 지나가곤 했던 것이 기억난다. 그 집에는 한 여인과 그녀의 아이들이 살고 있었는데, 창문을 통해 바라본 그 여인은 예뻤고—예쁜 편이었던 것 같다—명절에는 식사실에 식탁 가득음식이 차려졌으며, 거의 다 자란 아이들은 식탁 주변에 둘러앉고 남편은—남편이었을 것이다—식탁 한쪽 끝에 앉아 있었다.나는 그 집 창문 앞을 지나면서 이렇게 생각하곤 했다. 나는 이런 사람이 될 거야. 나는 이걸 가질 거야.

하지만 나는 작가였다.

그리고 그것은 소명이다. 나는 내게 글쓰기에 대해 무언가를가르쳐준 유일한 사람이 어떤 말을 했는지 떠올린다. "빚을 지지말고, 아이를 낳지 마라."

하지만 나는 내 일을 원한 것 이상으로 아이들을 원했다. 그리고 아이들을 가졌다. 하지만 나는 일도 필요했다.

그래서 요즘은 그때 내가 다른 선택을 했다면 좋았을 거라고종종 생각한다—이 생각은 어리석고 감상적이고 바보 같지만,여전히 떠오르곤 한다.

나는 그 전부를 포기할 것이다. 함께인 가족을 위해서라면, 부모가 끝까지 헤어지지 않고 서로 사랑하며, 아이들은 자신이 부모에게 사랑받고 있다고 느끼는 그런 가족을 위해서라면 작가로서 누린 모든 성공을, 그 전부를 포기할 것이다—한순간의 망설

임도 없이 포기할 것이다.

　가끔 이런 생각을 한다.

　나는 최근에 이 도시에 사는 한 친구에게 이 이야기를 했다.
그녀 역시 작가이고, 자식은 없는데, 내 말을 듣더니 이렇게 말
했다. "루시, 나는 그냥 네 말을 못 믿겠어."
　그녀의 그 말이 나를 조금 아프게 했다. 외로움의 분비물이 나
를 찾아왔다. 내가 한 말은 사실이었기에.

*

　팸 칼슨 같은 사람을 만나는 걸 수도 있겠다는 생각은 틀리지
않았다. 윌리엄은 우리가 메인에서 돌아오고 한 달이 넘게 지난
뒤 내게 전화해 이렇게 말했다. "루시, 이 사람 좀 검색해봐줄
래?" 그리고 내게 한 여자의 이름을 주었고, 나는 검색한 뒤 즉
시 그에게 말했다. "오 아니, 이 여잔 아니야. 맙소사, 안 돼." 그
러자 그가 말했다. "오 루시, 고마워."
　윌리엄과 내가 둘 다 짝이 없던 그 시간—우리가 누군가와 결
혼해 있지 않던 기간—에 우리는 이런 식으로 서로에게 도움을

주었다. 이런 종류의 충고를 해주는 식으로.

그날 그가 검색해달라고 한 그 여자의 어떤 점이 내게 거부감을 일으켰는지는 말할 수 없지만, 어떤 일종의 단체 사진 때문이었다. 그러니까 사진 속에서 그녀는 긴 드레스를 입고 다른 사람들과 같이 서 있었는데, 나보다 열 살쯤 어려 보였고 잘 꾸며진 장소에 있었지만, 내게 곧바로 거부감을 일으킨 건 그녀의 얼굴, 그녀의 존재—혹은 다른 뭔가—였는데, 내가 말하고 싶은 건 아마 특권의식 같은 것일 테다. 윌리엄은 말했다. "내가 먼저 접근했는데 지금은 그녀가 정말로 세게 밀어붙여서, 지난밤에는 나를 자기 집으로 불렀어. 나는 충분히 빨리 빠져나올 수 없었고."

그래서 내가 "음, 다시는 가지 마, 그 여잔 당신이 원하는 사람이 아니야" 하고 말했고, 그러자 윌리엄은 "고마워, 루시"라고 답했다. 그리고 덧붙였다. "이제 그녀는 나를 미워할 거야. 내가 쫓아다녔거든. 하지만 그녀를 손에 넣으니—오 맙소사, 그녀를 견딜 수가 없어." 그래서 나는 그에게 "그녀가 당신을 미워하든 말든 무슨 상관이야"라고 말했고, 그는 "당신이 맞아" 하고 말했다.

그러니까 그런 일이 있었다.

*

　몇 번—최근에—내 어린 시절의 커튼이 다시 한번 내 주위로 내려오는 듯한 느낌을 받은 적이 있다. 끔찍한 폐쇄, 조용한 공포. 이게 내가 느낀 감정이고, 내 어린 시절 전체가 그것이었다. 그 감정이 요전날 획 하고 다시 나를 찾아온 것이다. 절대 집을 떠날 수 없으리란 것(학교에 갈 때만이 예외였는데, 학교에 가도 친구는 없었지만 그래도 집은 벗어날 수 있었기 때문에 학교는 내게 세상의 전부나 다름없었다)을 알기에 어린 시절 내내 품었던 암울한 숙명의 느낌을 아주 조용히, 하지만 생생하게 기억하는 것, 이런 식으로 재현시키는 것, 그 감정이 다시 돌아온 것은 내게 음울하고 무섭고 서글픈 영역을 보여주었다. 출구는 없었다.

　어렸을 때 내게 출구가 없었다는 것, 그게 내가 말하려는 것이다.

　이런 생각을 하다가 데이비드가 아프기 직전에 내가 강연을 하러 디프사우스*에 갔던 때가 떠올랐는데, 강연 다음날 아침 공

---

* 조지아, 앨라배마, 미시시피, 루이지애나, 사우스캐롤라이나를 포함하는 미국 남부 지역.

항으로 가는 길에 강연을 기획한 여자가 내게 말했다. "당신은 아주 도시적인 것 같진 않네요." 그 여자는 뉴욕에서 자란 사람이었고, 나는 그 말을 어떻게 해석해야 할지 알 수 없었다. 그녀가 그 말을 친절하게 하지는 않았던 것 같다.

하지만 그 말을 들은 순간 어린 시절의 작은 집이 떠올랐다. 대번에 울적한 비가 뿌려지는 느낌이었고, 그뒤로 계속 이런 생각을 했다.

때로 사람들이—내 생각에—내게서 그들이 좋아하지 않는 냄새가 난다는 듯 행동하는 것을 보면서, 나이를 먹은 뒤에 그 냄새가 어떻게 다시 내게 돌아오는지에 대해. 그날 아침 나를 공항까지 태워준 여자도 그렇게 느꼈는지, 나는 모른다.

그리고 지금 이런 생각을 하니, 맨다리를 드러내고 파이핑 장식이 있는 원피스를 입은 캐서린 콜을 만난 로이스 부바가 그녀를 아주 '도시적'이라고 말한 기억이 났고, 그래서 나는 생각한다. 캐서린, 당신은 해냈군요, 용케 해냈어요, 우리 세상을 나누고 있는 그 경계를 넘어갔어요! 나는 그녀가 어느 면에서는 정말로 해냈다고 생각한다. 골프를 치고. 케이맨제도에 놀러가고. 어째서 어떤 사람들은 이렇게 하는 법을 알고, 나 같은 사람들은 여전히 우리가 자란 환경의 희미한 냄새를 풍기는가?

나는 알고 싶다. 결코 알 수 없겠지만.

캐서린, 늘 자기만의 특유한 향기를 발산했던.

요점은 결코 자신을 떠나지 않는 문화적인 빈 지점이 있다는
말이고, 다만 그것은 하나의 작은 점이 아니라 거대하고 텅 빈
캔버스여서, 그게 삶을 아주 무서운 것으로 만든다는 사실이다.

윌리엄은 그런 나를 세상으로 안내한 듯하다. 그러니까 내가
최대한 안내될 수 있는 만큼. 그가 내게 그걸 해주었다. 그리고
캐서린도.

*

오, 나는 데이비드가 아주 많이 그리웠다! 나는 그가 죽기 전
이틀 동안 아무 말도 하지 않았던 것을, 심지어 거의 움직이지도
않았던 것을, 그가 임종하는 순간에 나는 통화를 하려고 자리를
비워 그 방에 없었던 것을 생각했다. 이런 일이 사람들에게 흔히
일어난다는 사실을 나는 나중에 알게 되었다. 그들은 사랑하는
사람들이 방에서 나갈 때까지 기다렸다가 죽는다.

하지만 간호사가 내게 말했다—그녀가 말했다—(오 맙소

사!)─데이비드가 말을 했다고, 눈은 여전히 감고 있었지만 말을 했다고. 그의 마지막 말은 "집에 가고 싶어"였다.

*

그리고 그전까지 나는 데이비드와는 진짜 집을 가진 적이 없다고 생각했다─하지만 있었다! 여기, 강과 도시가 내다보이는 이 작은 아파트가 그와 나의 집이었다.

나는 이 집에 있는 게, 심지어 슬픔을 끌어안은 채여도 싫지 않았다.

갑자기 나는 데이비드가 매일 아침 시리얼에 산딸기를 얹어 먹는 걸 얼마나 사랑했는지 떠올렸다. 신선한 산딸기. 그는 일요일마다 도시에 열리는 농산물 시장에 갔고, 7월에는 늘 산딸기를 사 왔는데, 우리는 그가 한 해 동안 매일 아침 시리얼에 얹어 먹을 수 있도록 그것을 냉동실에 넣어두었다. 나는 그가 나흘 뒤 대장내시경 검사를 받기로 되어 있던 어느 아침을 떠올렸는데, 닷새 동안 어떤 종류의 씨앗도 먹지 말라는 의사의 지시가 있었다. 그리고 그날 우리가 시리얼을 먹기 시작했을 때─남편과 같이 앉아 소박한 아침식사를 하는 시간이 하루 중 내가 가장 좋아하는 일과였다―데이비드가 갑자기 말했다. "잠깐, 산딸기를 가져와야 해." 그래서 내가 의사의 지시를 일깨워주자, 그의 얼굴이 어두워졌고―슬픈 아이의 얼굴처럼 어두워졌고, 오 맙소사, 우리는 아이가 얼마나 깊은 슬픔을 느낄 수 있는지 안다―그는 이렇게 말했다. "오늘도 안 돼?"

그래서 나는 일어서서 그에게 산딸기를 갖다주었고―그는 매일 밤 다음날 시리얼에 얹어 먹을 산딸기를 냉동실에서 조금씩 꺼내두었다―이어 말했다. "알겠어, 그럼. 아직 시간이 있으니까." 그렇게 그날 데이비드는 시리얼에 산딸기를 얹어 먹고 행복해했다.

내가 이 얘기를 하는 것은, 그것이 우리가 아주 많이 사랑하는 사람이 죽었을 때 경험하는 묘한 순간 중 하나이기 때문이다. 데이비드는 그날 산딸기를 먹었고, 행복해했다. 하지만 나는 이 순간을 기억하고 있고, 그때를 떠올리면 마음이 아프다.

데이비드에 대해 한 가지만 더 말하고, 더는 말하지 않겠다.

내가 삼사 년 동안 만나던 누군가와 교향악단 연주회를 보러 다니던 시절, 어느 날 첼로를 연주하는 남자가 눈에 띄었다. 그가 무대로 걸어나오는 속도가 느렸기 때문이었다. 나중에 알고 보니(앞에서도 말했지만), 그는 어렸을 때 사고를 당해 골반이 틀어졌고, 작은 키에 약간 과체중이었으며, 무대로 나오거나 무대 뒤로 들어갈 때—이따금 나는 남아서 그가 들어가는 걸 지켜보곤 했다—늘 아주 천천히 절뚝거리며 걸었고, 실제보다 더 나이들어 보였다. 머리가 살짝 벗어졌고 그 주위에 난 머리칼은 회색이었다. 그리고 첼로를 아름답게 연주했다. 그가 쇼팽의 에튀드 C#단조를 연주하는 것을 처음 들었을 때 나는 생각했다. 이게 내가 원하는 전부야. 심지어 내가 그 생각을 하기는 했는지조차 모르겠다. 그저 그의 연주를 듣는 것 말고 세상에서 내가 원하는 다른 것은 없었다는 말이다.

내가 만나던 그 남자와 끝난 뒤 나는 혼자 두 번 교향악단 연주를 들으러 갔고, 두번째로 들은 뒤에는 집으로 돌아가 첼로 연주자를 검색했다. 시간이 조금 걸렸지만 그의 이름을 알아냈고—데이비드 에이브럼슨—그에게 아내가 있는지는 알 수 없었다. 교향악단에서 연주한다는 것 말고 그에 대한 다른 정보는 거의 없었다. 혼자 세번째로 갔을 때, 공연이 끝나고 그가 무대에서 걸어나가는 것을 보면서 나는 문득 그에게 가봐야겠다는 생각이 들었다. 그래서 그가 나올 극장 뒷문을 찾아냈고, 마침내 그가 밖으로 나왔다. 10월이었고, 날씨는 그리 춥지 않았다. 그가 나오자 나는 다가가 말했다. "저기, 귀찮게 해서 죄송하지만, 저는 루시라고 하고, 당신을 사랑해요." 내가 그런 말을 했다니, 믿을 수 없었다! 그리고 덧붙였다. "오, 당신의 음악을 사랑한다는 말이에요." 그러자 그 불쌍한 남자는, 키가 거의 나와 비슷했는데―키가 크지 않았다는 말이다―그 자리에 서서 이렇게 말했다. "음, 감사합니다." 그러고는 걸음을 옮기기 시작했다. 그래서 내가 말했다. "아니에요, 제가 정말 죄송해요. 미친 소리로 들리죠. 그냥 제가 당신의 음악을 몇 년째 사랑하고 있다는 뜻이었어요."

그러자 그 남자는 출입구 조명 아래 서서 나를 쳐다보았고, 나는 그가 나를 쳐다보는 것을 알 수 있었다. 그가 마침내 말했다. "이름이 뭐라고 하셨죠?" 그래서 내가 다시 이름을 얘기하자, 그는 말했다. "음, 루시, 음료나 커피 마실래요? 아니면 가볍게 뭘 좀 먹겠어요? 뭐든 당신이 원하는 걸로?"

나중에 그는 그 순간이 거의 신의 섭리로 느껴졌다고 말했다.

우리는 그로부터 육 주 뒤 결혼했고, 윌리엄과 결혼하고 나서 내가 이상하고 별나게 굴었기 때문에 다시 결혼하는 것에 대해 늘 걱정했었는데, 그때는 걱정이 되지 않았다.

데이비드 에이브럼슨과 결혼한 뒤에는 별나거나 이상해지는 일이 전혀 없었고, 그와 함께하는 삶은 정확히 내가 그를 처음 만난 그날 밤 이후의 모습 그대로 이어졌다.

*

그후로 몇 주 동안 나는 윌리엄에 대해 생각해보았다. 그리고 그가 내게 안전한 느낌을 준다고 생각해왔던 것에 대해. 내가 왜 그런 생각을 했는지가 궁금했는데, 사실 그건 이해할 수 없는 일이기 때문이다. 하지만 삶에는 이해할 수 없는 일들이 있다. 그리고 나는 생각했다. 이 남자, 윌리엄은 누구지?

나는 또한, 그날 메인에서 그에게 말했던 것처럼, 윌리엄이 자신의 어머니와 결혼했다는 사실에 대해 생각했다. 하지만 그렇다면 그와 결혼했을 때 나는 누구와 결혼한 거지? 내 아버지와 결혼한 것은 분명 아니었다—

내 어머니와?

이것에 대한 답이 내게는 없다.

그리고 집으로 돌아오는 길에 공항에서 본 엄청나게 뚱뚱한 남자에 대해 생각했고, 내가 그 사람처럼 느껴졌던 것에 대해 생각했다. 그리고 내가 투명인간이라 해도 내게 특정한 표지가 남아 있다는 느낌과, 그럼에도 그 표지를 누구도 곧바로 알아보지

는 못하는 것에 대해서. 그리고 나는 생각했다. 음, 윌리엄에게
도 표지가 있지.

그러자 나는 로이스 부바가 의자에 앉은 채 몸을 앞으로 숙이
고 내게 윌리엄에 대해 이렇게 물어봤던 것이 생각났다. "혹
시—그러니까—그에게 무슨 문제가 있나요?"

그리고 나는 생각했다. 로이스 부바, 당신 지옥에 가겠어. 낭
연히 윌리엄에게는 문제가 있었다! 그 생각을 하다가 거의 웃음
이 터질 뻔했다. 이제 그녀에 대해 윌리엄과 똑같은 반응을 하려
는 나를 보고.

*

그러던 어느 날 아침—이른 10월이었다—강변을 산책하고
내 아파트 건물로 들어오니 윌리엄이 로비에 와 있었다. 그는 의
자에 앉아 책을 읽고 있었는데, 내가 다가가자 무릎에 놓인 책을
천천히 덮고 일어서며 말했다. "안녕, 루시." 콧수염은 사라졌
다. 머리도 더 짧아졌다. 그는 믿을 수 없을 정도로 달라 보였다.

"여기서 뭐해?" 내가 물었다.

그러자 그는 웃었다—거의 진짜 웃음이었다.

"당신한테 물어볼 게 있어서 왔어." 윌리엄이 머리를 약간 숙

이며 말했고, 이어 경비원을 흘끗 쳐다본 뒤 다시 나를 보고 물었다. "올라가도 돼?"

그래서 윌리엄은 내 아파트로 올라왔고, 안으로 들어오다가 잠깐 멈칫했다. "당신 집이 이런 모습이란 거 잊고 있었어." 그가 말했다.

"언제 와봤었나?" 나는 그때 정말로 불안했는데, 콧수염이 사라지고 머리 길이가 짧아져 그가 아주 달라 보인다는 것 말고는 그 이유를 알 수 없었다.

"데이비드가 죽었을 때 내가 당신 일 처리를 도와주러 왔었잖아." 윌리엄이 말하고 주위를 둘러보았다.

오 맙소사, 나는 생각했다, 그랬었지.

"그래, 무슨 일인데?" 내가 물었다. "이 새로운 모습은 또 뭐고?" 나는 콧수염을 말하는 거라는 의미로 내 입에 손을 갖다 댔다.

그러자 그가 어깨를 으쓱하고 말했다. "뭔가 다른 걸 시도해봐야겠다고 생각했어. 아인슈타인을 닮았다는 말도 지긋지긋하고." 그러더니 거의 흥분한 표정으로 말했다. "이러니까 내가 그 사람을 닮은 것 같은데……" 그러고는 어느 유명한 배우의 이름을 댔다. "안 그래?"

내가 마지막으로 얼굴에 털이 전혀 없는 윌리엄을 본 건 아주 아주 오래전이었다―우리가 젊고, 사실상 어린아이들이었을 때. 하지만 지금 그는 젊지 않았다.

"음." 내가 말했다. "어쩌면. 조금." 나는 윌리엄과 그가 방금 이름을 댄 배우와의 연관성을 찾을 수 없었다.

그러자 윌리엄이 실내를 다시 둘러보며 말했다. "집이 좋은데." 그가 덧붙였다. "작아. 그리고 어수선해. 하지만 좋아." 그가 카우치 모서리에 어정쩡하게 앉았다.

"당신, 당신 어머니랑 닮아 보여." 내가 말했다. "오 맙소사, 윌리엄, 당신 입이 어머니 입하고 똑같아." 그리고 그것은 사실이었다. 그의 입술은 얇았고, 그의 어머니 입술도 그랬다. 하지만 광대뼈가 튀어나온 형태는 좀 달랐고, 그의 눈은 이상하게도 캐서린의 눈만큼 크지 않았다. 나는 그가 살이 빠졌다는 것을 알아챘다.

강이 바라보이는 창문을 통해 아침햇살이 흘러들고 있었다.

윌리엄이 말했다. "저기, 루시! 리처드 백스터는 메인주 셜리폴스 출신이래. 우리가 갔던 곳이 아니라."

나는 무슨 말을 해야 할지 몰라, 아무 말도 하지 않았다.

윌리엄이 물었다. "당신 셜리폴스에 갔던 거 기억나?" 나는 고개를 끄덕였고, 그러자 그가 말했다. "음, 리처드 백스터에 대해 조사를 하다가 그가 어디 출신인지 알아냈어. 굉장하지 않아?"

"그런 것 같네." 내가 말했다.

이어 윌리엄이 눈을 찡그리고 나를 올려다보며 말했다. "루시, 나하고 케이맨제도에 같이 갈래?"

내가 말했다. "뭐?"

그러자 그가 말했다. "나랑 케이맨제도에 같이 가겠느냐고?"

내가 말했다. "언제?"

그러자 윌리엄이 말했다. "이번주 일요일?"

"진심이야?" 내가 물었다.

그러자 그가 말했다. "그보다 더 늦어지면 허리케인 시즌이야."

나는 창가 의자에 천천히 앉았다. 내가 말했다. "오 윌리엄. 당신 때문에 돌겠다."

그러자 그는 어깨를 으쓱하고 미소를 지었다. 그리고 일어서서 주머니에 손을 집어넣었다. "있잖아," 그가 고개를 숙였다가, 거의 아이처럼 나를 올려다보며 말했다. "이건 너무 짧지 않지, 응?"

윌리엄은 카키 바지를 입고 있었는데, 사실 좀 너무 길었다. 내가 말했다. "응, 그건 괜찮아, 윌리엄."

그는 내 맞은편 카우치에 앉았다. "그냥 가자, 루시." 그가 말했다. 햇빛이 그의 눈동자에 일렁였고, 나는 일어서서 블라인드를 닫았다.

"아휴, 당신 때문에 정말 돌겠다." 나는 다시 앉으며 말했다.

그러자 윌리엄은 슬퍼진 것 같았다. 그가 말했다. "미안해."

나는 윌리엄이 팔꿈치를 무릎에 대고 바닥을 내려다보는 모습을 지켜보았다. 그리고 생각했다. 윌리엄, 당신 누구야?

하지만 그 이상이었다. 나는 약간의 두려움이 내 몸을 관통하는 것을 느꼈고, 그건 이상한 감정이었다.

윌리엄은 마침내 애원하듯 나를 바라보았다. "당신이 나하고 같이 가주면 좋겠어, 버튼." 그가 말했다.

그가 나를 그렇게 부른 건 이상했다. 내게 이상하게 느껴졌다는 뜻이다. 자연스럽지 않다거나 뭐 그런 느낌.

나는 말했다. "무슨 책을 읽고 있어?" 그러자 그가 책을 들어올렸다. 제인 웰시 칼라일*의 전기였다. 내가 말했다. "당신이 그걸 읽는다고?"

그러자 윌리엄이 말했다. "응, 이 책에 대해 들어봤어?" 그래서 나는 읽었다고, 아주 좋았다고 말했고, 그는 "그렇더라. 나도 좋더라. 막 읽기 시작했지만" 하고 말했다.

---

* 19세기의 스코틀랜드 저술가로, 생전에 공식적으로 글을 출판하지는 않았으나 훌륭한 편지글을 남긴 것으로 유명하다.

"그 전기를 고른 이유는 뭐야?" 내가 물었다.

그러자 그가 어깨를 조금 으쓱하며 말했다. "오, 누가 추천해 줬어. 어떤 여자가."

"아." 내가 말했다.

그러자 그가 말했다. "여자들에 대한 이해를 넓힐 필요가 있겠다는 생각이 들었어. 그래서 읽는 거야."

그 말에 나는 웃음이 나왔는데, 진짜 웃음이었다. 그 말이 재미있다고 생각했다. 그러자 윌리엄은 뭐가 재미있는지 잘 모르겠다는 듯 나를 쳐다보았다.

"그 책을 쓴 여자가 내 친구야." 나는 말했다. 그는 아주 희미한 관심만 보이는 것 같았다.

그리고 그가 말했다. "그냥 나하고 케이맨제도에 가자. 일요일에 떠나서 화요일에 돌아올 거야. 거기서 사흘을 보내고."

"내일 결정해서 알려줄게." 내가 말했다. "그때 알려주면 충분하지?"

윌리엄이 말했다. "당신이 왜 그냥 가겠다고 하지 않는지 모르겠어."

"나도 모르겠네." 내가 말했다.

그리고 우리는 딸들에 대해 얘기했다. 나는 내가 임신했을 때 어머니가 환시를 본 것처럼 나도 환시를 보려고 애썼다고 말했다—다만 내가 보고 싶은 건 크리시에 대한 환시였다. "하지만 나는 안 되더라." 내가 말했다. "그애가 임신이 될지, 안 될지 나는 모르겠어."

"환시를 의지로 볼 수는 없어." 그가 말했고, 맞는 말이었다.

내가 말했다. "음, 그 말이 맞아."

윌리엄이 한 손을 저으며 말했다. "다시 임신할 거야." 그래서 내가 말했다. "나도 그러길 바라." 나는 크리시가 아빠가 바보같이 굴었다고 하더라는 말을 거의 할 뻔했지만, 내 맞은편에 앉은 이 남자는 콧수염이 없어지고 머리를 짧게 깎으니 다르게, 이상하게 보였다. 그래서 나는 아무 말도 하지 않았다.

우리는 서로의 뺨에 키스했고, 그는 떠났다.

*

그날 밤 침대에 누워 내 집에서 보았던 윌리엄과 그의 얼굴을, 우리의 대화를 떠올렸고, 문득 이런 생각이 들었다. 오. 그는 권위를 잃었어.

그 생각에 나는 일어나 앉았다.

그 생각에 나는 침대에서 내려와 집안을 돌아다녔다.

그는 권위를 잃었다.

콧수염 때문에?

그럴지도. 내가 어떻게 알겠는가?

그 순간 이 일이 생각났다.

윌리엄을 떠나고 몇 년이 지났을 때 나는 맨해튼의 어느 뮤지엄 건너편에 사는 남자와 사귀었다. 그 남자는 나를 사랑했고, 나와 결혼하고 싶어했지만(나를 교향악단 연주회에 데려간 남자였다), 나는 그와 결혼하고 싶지 않았다. 그는 좋은 사람이었지만 나를 불안하게 만들었다. 그리고 내가 기억한 것은 이것이다. 그의 집에선 길 건너에 뮤지엄 타워가 보였다. 매일 밤—아마 일주일에 세 번은 그 집에 갔을 것이다—그 작은 타워에는 불이 켜져 있었고, 나는 늘 거기서 늦게까지 일하는 사람을 상상했다. 늘 조금 젊거나 중년인 남자였고, 가끔은 여자였는데, 그—혹은 그녀—는 그 일을 아주 재미있어해서 거기서 늦게까지 일했다. 나는 늘 그—혹은 그녀—가 뮤지엄의 불 켜진 타워에서 혼자 일하며 느꼈을 외로움에 마음이 움직였다. 그때 내가 느낀 위로란—! 밤마다 나는 뮤지엄 타워의 불 켜진 창문을 바라보았고 밤새 거기서 일하는 외로운 사람을 생각하면서 큰 위로를 받았다.

그리고 몇 년이 지나서야 나는 금요일이든 토요일이든 일요일이든, 밤에 그 불빛을 보지 못한 적이 한 번도 없었다는 사실을 깨달았다. 불은 늘 켜져 있었고, 여러 해가 지난 뒤에야 내가 지켜본 그 시간 동안, 자정을 지나 새벽 세시가 될 때까지, 햇빛이 충분히 밝아져서 전등이 여전히 켜져 있는지 알아볼 수 없게 될 때까지, 거기서 일한 사람은 아무도 없다는 사실을 깨달았고…… 여러 해가 지나서야 내가 어떤 신화에 의해 지탱되고 있었다는 것을 깨달았다.

그 시간에 그 타워에는 아무도 없었다.

하지만 남편을 떠나고 몹시 겁에 질려 있었을 때, 나를 사랑하지만 늘 불안하게 만들었던 그 잠든 남자 옆에 누워 불빛을 바라보면서 내 삶의 아주아주 많은 밤에 받았던 그 위로를, 나는 결코―기억에서―지우지 않았다. 타워의 불빛이 내가 그 시기를 통과하도록 도와주었다.

하지만 그 불빛은 내가 생각했던 것이 아니었다.

*

그리고 그것이 나와 윌리엄의 이야기였다.

나는 그 사실을 믿을 수 없었다. 그것이 거대한 파도처럼 나를 덮쳤다. 윌리엄은 뮤지엄의 불빛과 같았고, 다만 나는 내 삶이 뭔가 가치 있는 것이라고 생각하며 살았던 것뿐이었다.

그리고 나는 생각했다. 하지만 뭔가 가치가 있었다!

나는 의자에 앉아 창밖으로 도시의 불빛을 바라보았다. 내 아파트에서는 엠파이어스테이트빌딩이 보여서 나는 그것을 바라보았고, 이어 내가 사는 건물 가까이 있는 아파트들을 바라보았다. 그중 몇 곳에는 늘 불이 켜져 있었다.

그리고 나는 생각했다. 좋아, 이런 일이 일어나지 않은 것처럼 만들 수 있다면 뭐든 하겠어.

나는 방금 깨달은 이 사실로부터 윌리엄을 보호해주고 싶었다. 그리고 나 자신 또한 그것으로부터 보호하고 싶었다. 그랬다. 그건 사실이겠지만, 최대한 솔직히 말하건대, 나는 윌리엄이 내게서 권위를 잃었다는 것을 그가 어느 수준에서도 느끼게 하고 싶지 않았다.

하지만 내가 평생 마음속에 품고 다닌 헨젤과 그레텔의 모습,

그것은 사라졌다. 나는 더이상 헨젤을 안내자로 여기며 바라보는 꼬마가 아니었다. 윌리엄은 그저—아주 단순히—더는 내게 안전하다는 느낌을 주는 존재가 아니었다.

수면제를 먹어도 소용이 없을 게 뻔했다. 나는 일어나서 아파트 안을 서성였고, 창가 의자에 한참을 앉아 있었다.

나는 우리 딸들을 생각했다. 그를 가장 필요로 하는 사람은 베카인 것 같았다. 베카는 그 단어를 한 번도 쓰지 않았지만, 그애에게는 권위 있는 아버지가 필요했다. 앉아서 딸의 사랑스럽고 아이 같은 얼굴을 떠올리니 그 사실에 마음이 울컥했다. 그리고 마찬가지로 윌리엄을 여전히 그렇게 생각하고 있을 크리시를 생각했다. 어쨌거나 그는 그애의 아버지였다. 하지만 크리시는—내가 보기에—베카, 그 여린 아이보다는 훨씬 그의 변화를 감당할 마음의 준비가 되어 있는 듯 보였다. 그 이유를 누가 알겠는가? 한 아이는 이렇게, 또 한 아이는 저렇게 자라는 이유를 도대체 누가 알겠는가?

해가 떠오르기 시작할 무렵 나는 윌리엄에게 문자를 보냈다. 알았어, 갈게. 그러자 그가 즉시 문자를 보내왔다. 고마워 버튼.

그리고 나는 잠이 들었다.

늦은 아침에, 나는 아파트 안을 돌아다니면서 케이맨제도에 가져갈 옷을 침대 위에 꺼내놓았다. 그러는 동안 중간중간 멈추고 침대에 앉아 생각했다. 나는 물론 윌리엄이 다른 곳이 아니라 그곳에 같이 가자고 한 이유를 알았다. 나는 캐서린이 그랬던 것처럼 라운지체어에 윌리엄과 나란히 햇볕을 받으며 앉아 있는 내 모습을 그려보았다. 내가 책을 읽는 동안 그 역시 제인 웰시 칼라일에 대한 책을 읽는 장면을 그려보았다. 나는 우리가 틈틈이 책을 내려놓고 이야기를 나누다 다시 책을 집어드는 모습을 상상했다.

그러다 한번은 침대에 앉아 소리 내어 말했다. "오 캐서린."

그리고 생각했다. 오 윌리엄!

*

하지만 내가 오 윌리엄! 하고 생각할 때, 그건 또한 오 루시!를 의미하는 것은 아닌가?

오 모든 이여, 오 드넓은 세상에서 살아가는 소중한 모든 이여, 그런 의미는 아닌가? 우리는 누구도 알지 못한다, 심지어 우리 자신조차도!

우리가 알고 있는 아주, 아주 작은 부분을 빼면.

하지만 우리는 모두 신화이며, 신비롭다. 우리는 모두 미스터리다, 그게 내가 하려는 말이다.

아마도 이것이 내가 이 세상에서 진실이라고 알고 있는 유일한 것이다.

다음 사람들에게 감사의 마음을 표하고 싶다.

가장 먼저, 그리고 늘 그렇듯, 내 친구 캐시 체임벌린에게 감사한다. 진실한 것을 들으려 하는 그녀의 귀는 작가로서의 내 이력을 지금의 위치로 만들어주는 데 아주 크게 기여했다.

그리고 고인이 된 나의 편집자 수전 카밀에게 감사한다. 그녀는 나를 믿어주었고, 그 믿음으로 내가 필요로 하고 원하는 것을 쓸 자유를 허락해주었다.

앤디 워드에게도 감사의 마음을 표하고 싶다. 현재 나의 편집자인 그는 더없이 훌륭하고 품위 있게 일을 맡아주었다. 나를 지지해주고 내 책을 출판해준 지나 센트렐로, 내가 마음 깊이 아끼는 랜덤하우스의 내 담당 팀 전체, 한결같고 놀라우리만치 능수

능란한 내 에이전트 몰리 프리드리히와 루시 카슨, 관용과 믿음을 보여준 내 딸 자리나 셰이, 이 이야기의 영감이 되어준 내 오랜 친구 대럴 워터스, 내 말에 귀기울여준 친구들인 베벌리 골로고스키와 지니 크로커와 엘런 크로스비, 메인에서 독일 전쟁 포로의 경험을 조사하는 데 이루 말할 수 없이 귀중한 도움을 준 리와 샌디 커밍스, 내 교열 담당 편집자로서 놀라운 능력을 보여준 벤저민 드레이어, 일명 '닥터 B.' 그들 모두에게 감사한다. 그리고 긴 시간 동안 내 일을 지지해준 마티 파인먼에게도 감사한다.

그리고 자신도 모르는 사이에 기적처럼 이 책 전체를 꽃피워준 로라 리니에게도 감사를 전한다.

우리는 타인의 경험을 모른다

엘리자베스 스트라우트의 소설에 애정을 가지고 그녀의 소설을 깊이 있게 읽은 독자라면 소설에서 주로 다뤄지는, 혹은 작가가 인간으로서 이 세상을 바라보는 주제어나 관심사를 세 가지 이상은 댈 수 있을 것이다. 가난, 폭력, 트라우마, 집, 가족, 외로움, 치유 등. 이런 주제어들은 결국 주인공들에게는 삶에서 결코 사라지지 않고 늘 존재하는 배경이라는 뜻이기도 하다.

예컨대 스트라우트의 소설 속에 묘사된 가난에 대해 조금 덧붙여보면, 추위, 배고픔, 냄새 같은 단어들이 생각난다. 이 책 『오, 윌리엄!』에서는 "나 너무 배고파"라고 말하는 루시, 온도가 15도로 맞춰져 있는 호텔방에서 "평생 나는 추운 게 싫었다"고 말하는 루시의 모습이 인상적이다. 어린 시절 경험한 가난은 결코 어린 시절의 경험으로 끝나지 않고, 어린 시절 경험한 추위도 결코 어린 시절의 경험으로 끝나지 않으며, 평생의 배경이 된다. 냄새 또한 가난과 떼어놓을 수 없는데, 루시뿐 아니라 윌리엄의 어머니 캐서린을 묶어 생각해보면, 어릴 때 몸에 밴 냄새를 떼어 버리는 게 얼마나 가능한가, 혹은 가능하지 않은가. 영미권 소설 에서 수치심을 하얀색으로 표현한 경우를 두 번 이상은 보았는 데, 수치심이 색깔로 표현된다면 가난은 후각과 더 어울리는 것 일까. 코를 싸잡아야 하는 가난의 악취. 혹은 찌든 가난의 냄새 를 덮어버리는 향수.

『오, 윌리엄!』으로 엘리자베스 스트라우트와 처음 만난 독자 라면, 이 자기 고백적인 어법이 어떻게—편하게, 혹은 불편하 게—다가올지 모르겠다. 『오, 윌리엄!』에서도 그 전작인 『내 이 름은 루시 바턴』에서처럼 일인칭 화법으로 이야기가 서술된다. 『에이미와 이저벨』이나 『버지스 형제』에서의 어법은 또 다르고, 가장 잘 알려진 『올리브 키터리지』와 『다시, 올리브』에서의 어법 은 또 달라서, 어떤 책을 먼저 접하느냐에 따라 엘리자베스 스트 라우트를 만나는 경험이 다를 것 같지만, 『내 이름은 루시 바턴』 에서 세라 페인도 비슷하게 말했듯, 엘리자베스 스트라우트의 모든 작품을 관통하는 주제만큼은 거의 같은 것 같다. 결국 생각해보면, 우리 각자의 삶에서 일어나는 일도 심리학에서 '핵심 감정'이라고 말하는, 내 삶의 가장 중심에 들어앉은 가장 골치 아프고 가장 집요하고 그러면서도 가장 애틋하고 애달픈 감정의 변주가 아닌가 싶다. 작가들의 주제도 그러하지 않을까.

루시가 처음 등장한 작품은 『내 이름은 루시 바턴』이었는데, 이 소설에서는 루시가 당연히 일인칭시점에서 자기 이야기를 풀어놓고 있다. 이어 『무엇이든 가능하다』에서 타인의 시선에 비치는 루시가 잠시 나타난다. 그리고 다시 『오, 윌리엄!』에서 루시가 돌아와 주인공이면서 동시에 관찰자로 이야기를 이끌어간다. 『내 이름은 루시 바턴』에서는 루시가 자기에게 초점을 맞춰 이야기를 진행했다면, 『오, 윌리엄!』에서 루시는 윌리엄에 초점을 맞춰 이야기를 진행하고, 윌리엄을 통해 자신의 이야기를 한다. 그리고 동시에 세상 모든 이들에 대해 이야기한다. 루시는 자의식적이고 자기 고백적이며, 윌리엄에게서 '자기 몰두적'이라는 평가를 받는다. 자의식이 강하고 자기 고백적인 경향이 있다면 자기 몰두적일 수밖에 없다. 자기 몰두적이라는 건 자기가 세상의 중심인 자기중심적인 것과는 조금 다르다. 자기에 대해서 끊임없이 성찰하려고 하면 자기에게 몰두하게 되는데, 그렇게 해본 경험이 있다면 알겠지만, 자기는 성찰하면 할수록 작게 느껴진다. 내 경우에는 그랬다.

루시가 이야기하는 윌리엄은 윌리엄이 스스로 보여주는 윌리엄, 그리고 루시가 보고 느끼고 경험한 윌리엄이다. 하지만 루시가 우리에게 윌리엄이 어떤 사람인지 이해시키려고 하는 것 같지는 않다. 윌리엄이 스스로 보여줬다며 루시가 들려준 것도 루시의 관점에서 필터링이 되어 루시의 이야기가 되었다. 하지만 그렇다고 루시가 우리에게 자신의 관점을 이해시키려는 것 같지도 않다. 루시가 윌리엄을 통해, 그리고 윌리엄과 연결된 자신을 통해 말하고자 한 건 '우리는 타인의 경험을 결코 모른다'는 사실이다. 심지어 자기가 자신의 경험도 모른다고 한다. 나에 대해서건, 타인에 대해서건 우리가 아는 것은 아주 조금일 뿐이라고. "나는 다시 공항으로 돌아가야겠다고 생각했다―그리고 그 남자가 어떤 기분인지 알겠다고 생각했다. (물론 나는 모른다.)" 이 공항 장면에서 "나는 모른다"는 묵직하다. 그리고 그 묵직함은 이 책의 마지막에 더욱 묵직해진다. "하지만 우리는 모두 신화이며, 신비롭다. 우리는 모두 미스터리다, 그게 내가 하려는 말이다."

'투명인간'과 '권위', 이번 소설에서 가장 크게 눈에 들어온 부분이다. 루시는 스스로를 투명인간으로 느낀다. 자신이 투명인간이 아니라는 사실은 루시도 잘 알고 있다. 유명한 작가가 되었고, 다른 작가의 질투도 받고, 타지의 도서관에서 이름만 말해도 누군지 알아본다. 그래도 루시는 스스로 투명인간이다. 아무리 다르게 느껴보려 해도, 투명인간이다. 한편 윌리엄은 아마도 스스로 투명인간으로 느껴본 적이 한 번도 없을 것이다. 윌리엄과 더 어울리는 단어는 권위다. 타인을 주눅들게 하고 자기 마음대로 하겠다는 그런 권위주의의 권위가 아니라, 오라Aura처럼 사람에게서 풍겨나오는 그런 권위. 루시는 아마 한 번도 스스로 권위 있는 사람이라 느끼지 않았을 것이다. 윌리엄의 권위가 어디에서 비롯했는지가 이 소설의 관심사는 아닌 듯하고, 그 권위가 타인에게, 더 구체적으로 루시에게 어떤 영향을 미치는지가 관심사인 듯하다. 혹은 루시가 그 권위를 어떻게 경험하고 있는지가. 윌리엄의 권위에 대한 이야기는 소설의 초반에서 끝까지 이어지는데, 루시에게만 한정되는 것이 아니라 딸에게까지 이어진다. 윌리엄의 권위가 사라진 것이 딸들에게 어떤 영향을 미칠까, 루시는 걱정한다.

루시가 윌리엄을 권위 있는 존재로 볼 때, 외모적으로 윌리엄은 아인슈타인처럼 수염도 길렀고 뭔가를 꿰뚫어보는 눈빛도 가졌다. 내적으로는 루시에게 기댈 수 있는 상대가 된다. 기댈 수 있다는 건 결국 그 대상과 함께 있으면 '안전'하다고 느낀다는 것인데, 안정에 비해 안전은 더욱 원시적인 갈망이다. 물리적인 위협이 가장 앞선 고민이 될 때 나머지 것은 전부 배경으로 밀려난다. 가난과 폭력은 물리적인 위협이고, 루시는 그런 환경에서 어린 시절을 보냈다. 루시에게는 안전하지 않은 게 가장 무서운 것이고, 최우선으로 해결해야 하는 것은 자신에게 안전함을 주는 뭔가이다. 그 뭔가는 사람일 수도 있고, 집일 수도 있다. 윌리엄이 루시에게 유일한 집이었던 건 아마 그래서였을 것이다. 안전함을 주는 뭔가.

반면 두번째 남편 데이비드의 경우, 루시가 그에게서 받은 것은 위로였다. 그는 루시와 똑같지는 않으나 공감할 수 있는 어린 시절의 경험이 많았다. 같거나 비슷한, 그리고 지속적인 결핍을 공유하고 그것이 서로 안쓰럽게 여겨지면 서로 위로의 존재가 된다. 하지만 루시는 데이비드에게 권위를 느끼지는 않았다. 안전하다는 느낌도 받지 못했다. 데이비드는 집이 되지 못했다. 권위 대신 위로. 물리적인 안전이 정서적인 안정보다 먼저이듯, 물리적인 집은 정서적인 가정보다 먼저다. 이 소설에 등장한 집과 가정의 모습을 상상해본다. 캐서린 콜의 어린 시절 집, 루시의 어린 시절 집, 윌리엄과 루시가 살았던 집, 데이비드와 루시가 살았던 집, 윌리엄과 에스텔이 살았던 집. 그리고 루시와 윌리엄이 이룬 가정, 루시와 데이비드가 이룬 가정, 캐서린 콜과 클라이드 트래스크가 이룬 가정, 캐서린 콜과 빌헬름 게르하르트가 이룬 가정, 매릴린 스미스와 클라이드 트래스크가 이룬 가정, 로이스 부바가 누군가와 이룬 가정. 각 집에 대해, 각 가정에 대해 독자 여러분은 어떤 장면이 상상되는가?

이 소설에서 가장 솔깃했던 루시와 윌리엄의 대화는 선택과 책임, 자유의지에 대한 윌리엄의 의견이었다. 선택과 자유의지에 대해서는 개인적으로 윌리엄의 생각에 거의 동의하는데, 독자 여러분은 어떻게 생각하는지도 궁금하다. "나는 사람이 뭔가를 실제로 선택하는 건—기껏해야—아주 가끔이라고 생각해. 그런 경우가 아니면 우린 그저 뭔가를 좇아갈 뿐이야—심지어 그게 뭔지도 모르면서 그걸 따라가, 루시." 우리에게 순수한 자유의지란 정말 있는가?

윌리엄의 이야기로 이 글을 마무리하려 한다. 루시는 예순아홉 살부터의 윌리엄을 서술하고 있는데, 윌리엄의 잃어가는 권위에 대한 이야기라고 봐도 무방하지 않을까 싶다. 밤중에 원인 모를 공포를 느끼고, 루시에게 기대고, 세번째 아내에게 차이고, 망연히 앉아 있고, 이부누이의 존재를 알아내고, 루시에게 해결해달라고 하고, 이부누이를 찾아가고, 루시가 대신 그 누이를 만나고, 어머니의 진실을 알게 되고, 충격을 받고, 그리고 마지막에는 수염을 깎는다. 루시가 자신과의 결혼생활을 떠나려 할 때 "왜냐하면 당신은 루시니까!"라고 붙잡지 않았으나, 노년의 윌리엄이 그렇게 말하는 목소리가 들리는 듯하다.

하지만 정작 윌리엄은 이 이야기를 어떻게 볼까? 윌리엄에게 자신의 이야기는 그저 어렸을 때 어머니의 제대로 된 사랑을 받지 못했고, 아버지가 독일군으로 나치편에서 싸웠다는 이유로 괴로워하고, 아내가 셋이나 자기를 떠났다는 이유로 상실감을 배경처럼 드리운 채 살아가고, 이부누이를 찾아갔으나 만나보지도 못한, 그런 서글픈 노년을 살고 있는 사람 아닐까. 하지만 또 모른다. 젊은 시절 윌리엄은 스스로 권위를 느꼈고, 그 권위가 사라진다고 생각하는 순간 아인슈타인처럼 수염을 기르기 시작했을지도. 우리는 결국 타인에 대해서는 아무것도 모르는 것이다. 물론 자신에 대해서도. 아주 조금만 알 뿐.

그래서 이렇게 여리고 연약하고 불완전한 우리는 늘 권위와 위로의 대상, 집과 가정을 갈망하는 것 같다. 안쓰럽게도 루시에게 그것을 줄 수 있는 가장 완벽한 인물은 가상의 어머니였다. 현실의 어머니는 결코 해주지 않는 모든 것을 해주는 가상의 어머니. 엄마라는 존재의 상징성. "엄마! 나는 지난 세월 동안 스스로 만들어낸 어머니에게 말하며 울었다. 엄마, 나 아파요, 나 아파요. 그러자 지난 세월 동안 내가 만들어낸 어머니가 말했다. 네가 아프다는 거 알아, 우리 딸, 엄마도 알고 있어." 하지만 한편 생각해본다. 성장한다는 것은, 내게 그런 대상이 필요하다는 것을 깨닫고 그런 대상을 가상으로 만드는 것이 아니라, 그 대상조차 여리고 연약하고 불완전하다는 것을 깨닫는 순간이 아닐까.

개인적으로는, 이 책을 우리말로 옮기고 두번째로 검토할 때, 맨 마지막 오 윌리엄, 하는 부분에서 갑자기 울컥했고, 눈물이 고였고, 한참을 먹먹하게 있었다. 그리고 한동안 울었다. 왜 그 순간에 그 감정이 올라왔을까. 오 루시, 오 캐서린, 오 모든 이여. 그리고 오 내 삶이여. 이어 내 주변의 이름들이 떠올랐다. 모든 생각이 말로 표현될 수 없기에 말로 하지 못하고 하나의 감정의 덩어리로 응축되는 순간. 역시 엘리자베스 스트라우트가 풀어내는 모든 이야기의 끝은 인간에 대한 연민인가보다. 인간을 이해하고 사랑하는 열쇠. 연민을 느끼며 일어나는 내 마음의 진동, 그리고 평범한 이름들 앞에서 느껴지는 숙연함.

정연희

지은이 **엘리자베스 스트라우트**

1998년 첫 장편소설 『에이미와 이저벨』로 작품성과 대중성을 동시에 인정받았다. 2008년 출간한 『올리브 키터리지』로 퓰리처상을 수상했다. 이후 『버지스 형제』 『내 이름은 루시 바턴』 『무엇이든 가능하다』, 그리고 『올리브 키터리지』의 후속작인 『다시, 올리브』까지 꾸준히 작품 활동을 이어가며 많은 사랑을 받았다. 2021년 『내 이름은 루시 바턴』의 후속작인 『오, 윌리엄!』을 발표했다.

옮긴이 **정연희**

서울대학교 영어교육과를 졸업하고 미국 펜실베이니아대학교에서 석사학위를 받았다. 전문 번역가로 활동하고 있으며, 옮긴 책으로 『다시, 올리브』 『내 이름은 루시 바턴』 『무엇이든 가능하다』 『버지스 형제』 『에이미와 이저벨』 『사라진 반쪽』 『디어 라이프』 『착한 여자의 사랑』 『소녀와 여자들의 삶』 『운명과 분노』 『플로리다』 『엘리너 올리펀트는 완전 괜찮아』 『그 겨울의 일주일』 『비와 별이 내리는 밤』 『커먼웰스』 『헬프』 등이 있다.

문학동네 세계문학
오, 윌리엄!

1판 1쇄 2022년 10월 31일 | 1판 3쇄 2022년 12월 29일

지은이 엘리자베스 스트라우트 | 옮긴이 정연희
기획 이현자 | 책임편집 이봄이랑 | 편집 홍유진 이희연 이현자
디자인 김이정 최미영 | 저작권 박지영 형소진 이영은 김하림
마케팅 정민호 이숙재 박치우 한민아 이민경 안남영 왕지경 김수현 정경주
브랜딩 함유지 함근아 김희숙 고보미 박민재 박진희 정승민
제작 강신은 김동욱 임현식 | 제작처 천광인쇄사(인쇄) 경일제책사(제본)

펴낸곳 (주)문학동네 | 펴낸이 김소영
출판등록 1993년 10월 22일 제2003-000045호
주소 10881 경기도 파주시 회동길 210
전자우편 editor@munhak.com | 대표전화 031) 955-8888 | 팩스 031) 955-8855
문의전화 031) 955-3578(마케팅) 031) 955-1929(편집)
문학동네카페 http://cafe.naver.com/mhdn
인스타그램 @munhakdongne | 트위터 @munhakdongne
북클럽문학동네 http://bookclubmunhak.com

ISBN 978-89-546-8910-6 03840

www.munhak.com